一笑

古龍自署

國際學術研討會

古龍武俠小說　領先時代半世紀

【記者賴素鈴／報導】江湖代有才人出，這廂古龍凋零二十載，那廂今朝懸賞百萬獎新秀，浪淘不盡，唯有武俠熱愛，不隨時間變易，在學術研討會上更見分明。以「一代鬼才：古龍與武俠小說」爲主題，淡江大學第九屆文學與美學國際學術研討會昨起在國家圖書館，展開爲期兩天的議程，紀念武俠小說家古龍逝世二十周年，新生代學者與古龍故舊齊聚一堂，以文論劍話武俠。

日前與淡大中文系教授林保淳共同發表《台灣武俠小說發展史》，武俠小說評論家葉洪生昨天在專題演講中，直批胡適1959年底發表「武俠小說下流論」是「胡說」，學界泰斗的不當發言以及隨即展開的「暴雨專案」，反而促成1960年起台灣武俠新秀的繁興，「武俠小說迷人的地方，恰恰在門道之上。」，葉洪生認定，武俠小說審美四原則在文筆、意構、雜學、原創性，他強調：「武俠小說，是一種『上流美』。」

集多年心血完成《台灣武俠小說發展史》，葉洪生認爲他已爲從十歲起迷上武俠小說的半世紀畫上完美句點，並且宣布他「以後決心退出武俠論壇，封劍退隱江湖」。

雖然葉洪生回顧武俠小說名家此起彼落，套太史公名言「固一世之雄也，而今安在哉？」，認爲這是值得深思的嚴肅課題，昨天意外現身研討會而備受矚目的溫世禮，則爲了紀念同是武俠迷的哥哥溫世仁，推出第一屆「溫世仁武俠小說百萬大賞」，即日起至今年10月3日截止收件，經兩階段評選後於明年12月7日公布首獎得主，預料將會是一場武林新秀的龍虎爭霸戰。

看明日誰領風騷？風雲時代出版社發行人陳曉林眼中的古龍，其實領先他的時代半世紀，以致如今雖然古龍逝世20年，陳曉林認爲大家對古龍的了解仍然有限，預言未來世代更能和古龍的後設風格共鳴。

昨天這場研討會，也凸顯武俠小說作爲一項文學研究門類，仍有待開發學習空間。多位與會者都指出，武俠小說的發表、出版方式和管道具考證難度，學術理論與論文格式的建立待加強。而武俠名家的版權之爭、市場競爭力，也增加出版推廣困難，古龍武俠小說的版權糾紛、司馬翎作品的版權官司也成爲研討會的場外話題。

與

武俠小說

第九屆文學與美
一代鬼才
古

古龍兄為人慷慨豪邁、跌蕩自如，變化多端，文如其人，且饒多奇氣，惜英年早逝，余與古兄當年文好，且喜讀其書，今既不見其人，又無新作可讀，深自悼惜。

金庸

一九九六．十．十一．香港

陸小鳳傳奇

(一)

金鵬王朝

【導讀推薦】

江湖遊俠與金鵬王朝

——《陸小鳳傳奇》導讀

武俠評論家、國立台灣師範大學中文系教授
林保淳

陸小鳳系列的故事，是古龍一九七六～一九八一年創作的系列作品，總共包括了《陸小鳳傳奇》、《繡花大盜》、《決戰前後》、《銀鈎賭坊》、《幽靈山莊》、《鳳舞九天》（港版題為《隱形的人》）、《劍神一笑》等七部，屬於古龍晚期的作品。在此系列中，古龍設計了一個極富傳奇意味的英雄人物——四道眉毛的陸小鳳。

短幅的故事，單一英雄的傳奇，是古龍後期小說最喜愛的模式，也是一種創意，因爲短幅故事不僅迅起迅結，擺脫了舊式武俠小說動輒數十萬言的長篇壓力，足以在節奏迅速的現代社會中爭取到多數的讀者；同時，精簡而緊湊的情節張力，也最適於表現他奇詭、多變的風格；更重要的是，藉單一故事的烘托，英雄得以在情節中崛起，展現不凡的風采——而陸小鳳與楚留香又在一系列的故事中嶄露頭角，因此成爲古龍小說中最具知名度的人物。

古龍小說中的知名人物相當多，如《絕代雙驕》中的江小魚、花無缺，《武林外史》中的沈浪、王憐花，《多情劍客無情劍》中的李尋歡、阿飛，皆是讀者耳熟能詳的。不過，他們的知名程度，往往得力於後來小說中的推介。古龍對他筆下的英雄呵護備至，經常不忘在後期小說中隨處提及他們的豐功偉業（如《多情劍客無情劍》中提及沈浪與王憐花），這也是古龍擅長為人物造勢的手法。

在短幅的系列故事中，楚留香營造了胡鐵花這一相當成功的第二男主角。胡鐵花的粗率、直爽，與楚留香的風流蘊藉，正好相得益彰，在此，古龍充分擷取了傳統小說中的人物對襯手法，相信《水滸傳》中的宋江與李逵、《說岳全傳》中的岳飛與牛皋，皆是他取法的模範。

在陸小鳳系列中，古龍刻意塑造第二男主角，不但人數、份量遠較楚留香為多，就是作用也完全不同。我們可以說，在陸小鳳故事中，古龍掌握了更重要的人物技巧，賦予了人物更多樣化的性格特徵。在陸小鳳故事中，古龍開宗明義提到了熊姥姥、老實和尚、西門吹雪和花滿樓四人，此外，還有「偷王之王」司空摘星與「大老闆」朱停。這幾個人的出場次與作用不一，其中尤以老實和尚、西門吹雪、花滿樓與司空摘星最為重要，屢次在幾個故事中佔有關鍵的地位。

老實和尚名為「老實」，但究竟是否「真老實」，古龍刻意留下了想像的空間，藉他幾椿未必老實（如歐陽情、小豆子）的事件，增強故事的懸疑性（如懷疑他是「白襪子」組織的首腦）；西門吹雪孤傲絕俗，一生以追求劍道為命，是古龍內心世界的另一側面，而在故事中則往往充當正義的裁判者與執行者；花滿樓是個「眼盲而心不盲」的世家子弟，積極樂觀，心胸開朗，古龍藉他強調人生光明喜樂的一面；司空摘星無論輕功、易容術都是天下第一，妙的是語言之幽默犀利也是天下第一，他是故事趣味性的甘草人物，有時候也藉他的易容術製造懸疑。這四個人性格互異，行事也各有獨立的風格，陪襯著陸小鳳，可謂紅花綠葉，相得益彰。

陸小鳳當然是故事中最重要的人物，古龍曾將陸小鳳與楚留香作了個對照：

楚留香風流蘊藉，陸小鳳飛揚跳脫，兩個人的性格在基本上就是不同的，做事的方法當然也完全不同。

他們兩個人只有一點完全相同之處。

——他們都是有理性的人，從不揭人隱私，從不妄下判斷，從不冤枉無辜。

不僅性格相同，就是形貌的摹寫也頗有出入，楚留香「雙眉濃而長，充滿粗獷的男性魅力，但那雙清澈的眼睛，卻又是那麼透逸，他鼻子挺直，象徵著堅強、決斷的鐵石心腸，他那薄薄的，嘴角上翹的嘴，看來也有些冷酷」（真善美版，《楚留香傳奇》第一部，頁八）。塑造楚香帥，古龍已力圖擺脫武俠小說中「俊男」的造型，但用語及形容，還是不免有幾分「帥哥」意味，而且，楚留香永遠文質彬彬，不曾狼狽出糗，就是連他「摸鼻子」的習慣性動作，也頗爲「風流蘊藉」。陸小鳳則不同，他的形貌，只有「眉很濃，睫毛很長，嘴上留著兩撇鬍子，修剪得很整齊」，古龍捨棄了一切俊美的形容詞，只爲陸小鳳留下了他的註冊商標——「四道眉毛」。簡潔有力，讀者於想像中自不難捕捉到其神貌。陸小鳳經常出糗，不但擁有「陸三蛋」、「陸小雞」、「陸笨豬」等不雅的綽號（楚留香則是「老臭蟲」），而且在語言上也常吃虧露醜（尤其碰到司空摘星）。更重要的是，陸小鳳雖然武功深不可測，拿手絕技「靈犀一指」總是「來得正是時候」，卻不如楚留香的萬能；如果沒有周遭的朋友相助，陸小鳳不可能完全任何「事業」。換句話說，陸小鳳比楚留香多了一分「平凡」之氣，更易使人覺得分外親切，而「平凡」二字，正是古龍晚期小說刻意塑造的。

儘管如此，楚留香和陸小鳳系列還是有相同點，那就是以「破案」貫穿整體故事。陸小鳳與楚留香，在某種程度上都可以說是「神探」的化身，專門負責破解各種迷離詭異的案件，因此，古龍膾炙人口的詭奇風格，也在此系列中表現無遺。《陸小鳳傳奇》是陸小鳳系列的第一部，一開始，就展示了古龍不凡的情節營造功力。

這個故事以「復仇」爲主要線索，以大金鵬王委託陸小鳳搜尋三個叛臣「討回公道」爲經緯。「復仇」是武俠小說慣見的情節模式，在此模式中，「仇家」通常採「隱蔽」（即隱蔽身分，以騰挪出「搜尋」的空間）的塑型方式，以製造情節的波瀾起伏。但古龍在此別闢蹊徑，三個叛臣（珠光寶氣閣主人閻鐵珊、峨眉掌門獨孤一鶴、青衣樓主人霍休）一開始就目標顯朗，無須陸小鳳「搜尋」。倹省下來的「搜尋」空間，古龍轉而將之致力於「陰謀」的設計。陰謀是個「局」，「局」的真相須加以戳破，一切才能水落石出。因此，整個故事充滿了「偵探推理」的氣息，這是很典型的古龍後期小說風格。

「局」就是「騙」，其間含藏著許多亟待破解的隱秘。古龍在此書中設計了兩個「局」，一個是青衣樓主人之謎，一是大金鵬王之謎。此二謎交互穿插、影響，又形成了第三個「局」，使得全書波詭雲譎，張力極強。

青衣樓的設計，有一百零八座分樓，是江湖上的神秘黑道幫會，主持人是誰，一直是個秘密，這與古龍另外一個「青龍會」組織的設計頗爲類似。古龍在全書中，非常巧妙的利用了獨孤一鶴與霍天青爲障眼法，極力掩飾霍休的真實身分。尤其是霍天青的障眼，運用得非常成功。他最先以珠光寶氣閣的總管出現，但武林輩份極高，居然願意屈身低就，本就令人懷疑；但古龍卻以「市井七俠」的義氣，加以消解；然後導出對獨孤一鶴的懷疑。當獨孤一鶴受到懷疑之時，霍天青又適時出現，藉故消耗了獨孤一鶴的武功，使西門吹雪一戰而勝，因而再度遭到質疑。二度遭到質疑的霍天青，原已堂皇出現，預備直接加以揭穿時，卻又因其死亡而消解；最後才由霍休現形，澄清一切疑點。古龍刻意以一連串的「質疑／消解」過程安排此「局」，一張一弛之際，無疑是很能掌控讀者心弦的。

大金鵬王之「局」，安排得更是巧妙，其中，大金鵬王的真假是一關鍵。大金鵬王原是委託陸小鳳復仇的人，委託人居然是「假」的，這使得「復仇」行動顯得荒謬異常。實際上，這也是古龍此書的主題之一——對「復仇」的質疑。金鵬王朝的藏金，爲三個叛臣私吞，陸小鳳執行復仇行動，就是在討回藏金，以供王朝重定；孰料真的大金鵬王安於逸樂，根本不想復國，其間的諷刺意味，頗耐人尋思。更出人意料之外的是，委託者居然是假的大金鵬王，不但金鵬王爲假，連丹鳳公主也是假的。書中安排了「上官飛燕／上官丹鳳」此一真假莫明的角色，又設計了一個言詞謊實不一的上官雪兒，使得真象撲朔迷離，令讀者在真假之間徘徊猶疑，極盡迂迴曲折之能事。最後以「六根腳趾頭」爲線索，才算揭穿了一切的真相。

這兩個「局」彼此之間互有關聯，古龍將假金鵬王的幕後操縱者與神秘的青衣樓主腦合而爲一，使霍休成爲最後的線索，又是第三「局」。除了叛臣是真外，復仇是假，上官丹鳳是假，霍天青是假……，幾乎無一不假，只有霍休幕後操縱是真；而最後真相顯朗時，陸小鳳受困於機關中，完全沒有「破解」的能力。眼看著大勢已定，古龍別出一筆，使劇情直轉急下，冒出公孫大娘「破壞機關」。

三局交錯爲一局，構成了此書全部的情節；但古龍在〈前言〉中刻意點出的幾個人，雖全數皆已出場，但著墨有限，西門吹雪在與獨孤一鶴的交鋒中，初步展現了他「劍神」的鋒芒；花滿樓也以他充滿靈性的胸懷，在與上官飛燕的對手戲中，略有表現；但公孫大娘，古龍毫不說破，只是輕筆一點，有如神龍乍現；而老實和尙，則有如曇花一現，根本來不及發揮。

古龍在寫陸小鳳故事的時候，事實上已經構思了好幾個相關故事，預備一一敘寫，在初集的牛刀小試下，已可以想見未來幾個故事的精彩程度了。

古龍精品集 25

陸小鳳傳奇（一）

金鵬王朝

目錄

陸小鳳是一個人，是一個絕對能令我們永難忘懷的人。

在他充滿傳奇性的一生中，也不知道見過多少怪人和怪事。

也許比你在任何時候、任何地方所聽說過的都奇怪。

現在我想先介紹幾個人給你，然後再開始說他們的故事。

楔子

熊姥姥的糖炒栗子

月圓，霧濃。圓月在濃霧中，月色凄涼朦朧，變得令人的心都碎了。

但張放和他的夥計們卻沒有欣賞的意思，他們只是想無拘無束的隨便走走。

現在他們剛交過一趟從遠路保來的鏢，而且剛喝過酒，多日來的緊張和勞苦都已結束。

他們覺得輕鬆極了，也愉快極了。就在這時候，他們看見了熊姥姥。

熊姥姥就好像幽靈般忽然間就在濃霧裡出現了。

她背上彷彿壓著塊看不見的大石頭，壓得她整個人都彎曲了起來，連腰都似已被壓斷。

她手裡提著個很大的竹籃子，用一塊很厚的棉布緊緊蓋住。

「籃子裡裝的是什麼？」有人在問。

現在他們的興致都很高，無論對什麼事都很有興趣。

「糖炒栗子。」熊姥姥滿是皺紋的臉上已露出笑容：「又香又熱的糖炒栗子，才十文錢一斤。」

「我們買五斤，一個人一斤。」

栗子果然還是熱的，果然很甜很香。張放卻只吃了一個。

他不喜歡吃栗子，而且他的酒也喝得太多，只吃了一個栗子，他已覺得胃裡很不舒服，好像要嘔吐。

他還沒有吐出來，就發現他的夥伴們突然全都倒了下去，一倒下去，身子立刻抽緊，嘴角就像馬一樣噴出了白沫。

白沫忽然又變成了紅的，變成了血！

那老太婆還站在那裡，看著他們，臉上的笑容已變得說不出的詭秘可怕。

「糖炒栗子有毒！」張放咬著牙，想撲過去，但這時他竟也忽然變得全沒有半分力氣。

他本想扼斷這老太婆的咽喉，卻撲倒在她腳下。

他忽然發現這老太婆藏在灰布長裙裡的一雙腳上，穿著的竟是雙色彩鮮艷的繡花紅鞋子，就好像新娘子穿的一樣。

不過鞋面上繡的並不是鴛鴦，而是隻貓頭鷹。

貓頭鷹的眼睛是綠的，好像正在瞪著張放，譏嘲著他的愚昧和無知。張放怔住。

熊姥姥吃吃的笑了，道：「原來這小伙子不老實，什麼都不看，偏偏喜歡偷看女人的腳。」

張放這才勉強抬起頭，嗄聲問：「你跟我們究竟有什麼仇恨？」

熊姥姥笑道：「傻小子，我連看都沒有看見過你們，怎麼會跟你們有仇恨？」

張放咬了咬牙，道：「那你爲什麼要害我們？」

熊姥姥淡淡道：「也不爲什麼，只不過爲了我想殺人。」

她抬起頭，望著濃霧裡淒涼朦朧的圓月，慢慢的接著道：「每到月圓的時候，我就想殺人！」

張放看著她，眼睛裡充滿了憤怒和恐懼，只恨不得一口咬在她咽喉上。

可是這老太婆忽然間就已在他眼前幽靈般消失，消失在濃霧裡。

夜霧淒迷，月更圓了。

老實和尚

夕陽西下，秋風吹著簑草，岸上渺無人跡，一隻烏鴉遠遠的飛過來，落在岸旁繫船的木樁上。

這裡本就是個很荒涼的渡頭，現在最後一班渡船已搖走。

搖船的艄公是個連鬍子都已白了的老頭子。

二十年來，他每天將這破舊的渡船從對岸搖過來，再搖過去。

生命中能令他覺得歡樂的事已不多，已只剩下喝酒跟賭錢。

可是他發誓今天晚上絕不賭，因爲船上有個和尚。

這和尚看樣子雖然很規矩、很老實，但和尚就是和尚。

每次他只要看到和尚，就一定會連身上最後的一個銅板都輸光。

老實和尚規規矩矩的坐在船上的角落裡，垂著頭，看著自己的腳。腳很髒，很髒的腳上，穿著雙很破的草鞋。

別的人都坐得離他很遠，好像生怕他身上的虱子會爬到自己身上來。

老實和尚也不敢去看別人，他不但老實，而且很害羞。

就連強盜跳上船來的時候，他都沒有抬頭去看一眼，只聽見渡船上的人在驚呼，又聽見四個人跳上船頭的聲音，然後就聽見強盜們的厲喝道：「大爺們都是水蛇幫的好漢，一向只要錢，不要命，所以你們也不必害怕，只要把你們身上帶著的金銀財寶全拿出來，就沒事了。」

夕陽照著他們手裡的刀，刀光在船艙裡閃動。

船艙裡男人在發抖，女人在流淚，身上帶的錢財愈多，抖得就愈厲害，淚也流得愈多。

老實和尚還是垂著頭，看著自己的腳。

忽然他看到一雙腳，一雙穿著削尖大匝鞋的大腳，就站在他面前，只聽這雙大腳的主人大喝道：「輪到你了，快些拿出來。」

老實和尚好像根本聽不懂他說的話，囁嚅著道：「你要我拿什麼？」

「只要値錢的，全都拿出來！」

「可是我身上什麼都沒有。」老實和尚的頭垂得更低了。

他發現這人好像要抬起腿來踢他一腳，但卻被另一人拉住：「算了吧，這邋遢和尚看來也不像有油水的樣子，咱們還是扯呼了吧！」

扯呼的意思就是走。他們來得快，去得也快，做賊的人多多少少總是有點心虛的。

船上立刻就騷動了起來，有人在跳腳，有人在大罵，不但罵強盜，也罵和尚：「遇見了和尙，果然晦氣！」

他們罵的時候並不怕被和尙聽見，老實和尙也好像根本沒有聽見。

他還是垂著頭，坐在那裡，神情好像很不安，忽然跳起來，衝上船頭。

船頭上擺著塊木板，本是船到岸時搭橋用的。

老實和尙抓起了這塊木板，輕輕一拍，三寸厚的木板就碎成了五六塊。船上的人立刻都怔住。老實和尙將第一塊木板拋出去，木板剛落在水面上，他的人已飛起，腳尖在這塊木板上輕輕一點，第二塊木板已跟著拋了出去。他的人就好像忽然變成了一隻點水的蜻蜓，在水面上接連四五個起落，已追上了那艘水蛇幫的快艇。

水蛇幫的強盜大爺們正在計算著他們今天的收穫，忽然發現一個人飛仙般凌波而來，輕飄飄的落在船上，竟是剛才那邋遢和尙。

這種輕功他們非但連看都沒有看過，簡直連聽都沒有聽說過。

「原來這和尙竟是真人不露相，等我們財物到手後，他再來架横樑。」

每個人的手心裡都揑著把冷汗，只希望這和尙也只要他們的錢，不要他們的命。

誰也想不到這和尙竟然在他們面前直挺挺的跪了下來，恭恭敬敬說道：「我身上還有四兩銀子，本來是準備買件新衣服，買雙新草鞋，這已經犯了貪念。」

他已從身上將這錠銀子掏出來，擺在他們腳下，接著道：「何況出家人本不該打誑語，我剛才卻在大爺們面前說了謊，現在我只求大爺們原諒，我回去後也一定會面壁思過，在我佛面前懺悔三個月的。」

每個人全都怔住，沒有一個人敢開口說話。

老實和尚垂著頭，道：「大爺若是不肯原諒，我也只有在這裡跪著不走了。」

又有誰願意這麼樣一個人留在船上？

終於有個人鼓起勇氣，道：「好，我……我們就……就原諒了你。」

這句話本來應該理直氣壯的人說出來的，但是這個人說話的時候，連聲音都變了。

老實和尚臉上立刻顯露出歡喜之色，「咚，咚，咚」在甲板上磕了三個響頭，慢慢的站起來，突然橫身一掠四丈，到了岸上，忽然就連人影都已看不見。

大家怔在船頭，你看著我，我看著你，然後一起看著這錠銀子發怔，也不知道過了多久，才有個人長長吐出口氣，發表了他自己的意見：「你們難道真的以爲他是個和尚？」

「不是和尚是什麼？」

「是個活菩薩，不折不扣的是個活菩薩。」

第二天早上，有人發現水蛇幫上上下下八條好漢，忽然全都死在他們的窩裡。

每個人好像死得很平靜，既沒有受傷，也沒有中毒，誰也看不出他們是怎麼死的！

西門吹雪

西門吹雪吹的不是雪，是血。他劍上的血。

盆裡的水還是溫的，還帶些茉莉花的香氣。

西門吹雪剛洗過澡，洗過頭，他已將全身上下每個部分都洗得徹底乾淨。

現在小紅正在爲他梳頭束髮，小翠和小玉正在爲他修剪手腳上的指甲。

小雲已爲他準備了一套全新的衣裳，從內衣和襪子都是白的，雪一樣白。

她們都是這城裡的名妓，都很美，很年輕，也很懂得伺候男人——用各種方法來伺候男人。

但西門吹雪卻只選擇了一種。他連碰都沒有碰過她們。

他也已齋戒了三天。

因爲他正準備去做一件他自己認爲世上最神聖的事。

他要去殺一個人！這個人叫洪濤。

西門吹雪說不認得他，也沒有見過他，西門吹雪要殺他，只因爲他殺了趙剛。

無論誰都知道趙剛是個很正直，很夠義氣的人，也是條真正的好漢。

西門吹雪也知道，可是他也不認得趙剛，連見都沒有見過趙剛。

他不遠千里，在烈日下騎著馬奔馳了三天，趕到這陌生的城市，薰香沐浴，齋戒了三天，只不過是爲了替一個也沒有見過面的陌生人復仇，去殺死另外一個從未見過面的陌生人。

洪濤看著西門吹雪，他簡直不相信世上會有這麼樣的人，會做這麼樣的事。

西門吹雪白衣如雪，靜靜的在等著洪濤拔刀。

江湖中人都知道洪濤叫「閃電刀」，他的刀若不是真的快如閃電，「一刀鎭九州」趙剛也不會死在他的刀下！

洪濤殺趙剛，也正是爲了「一刀鎭九州」這五個字。

五個字，一條命！

西門吹雪一共只說了四個字！

洪濤問他的來意時，他只說了兩個字：「殺你！」

洪濤再問他「爲什麼」的時候，他又說了兩個字：「趙剛！」

洪濤問他：「閣下是趙剛的朋友？」

他只搖了搖頭。

洪濤又問：「閣下爲了個不認得的人就不遠千里趕來殺我？」

他只點了點頭。

他是來殺人的，不是來說話的。

洪濤臉色已變了，他已認出了這個人，也聽說過這個人的劍法和脾氣。

西門吹雪的脾氣很怪，劍法也同樣怪。

他決心要殺一個人時，就已替自己準備了兩條路走，只有兩條路：「不是你死，就是我死！」

現在洪濤也已發現自己只剩下這兩條路可走，他已別無選擇的餘地。

西風吹過長街，木葉蕭蕭落下。高牆內的庭園裡，突然有一群昏鴉驚起，飛入了西天的晚霞裡。

洪濤突然拔刀，閃電般攻出八刀。

趙剛就死在他這「玉連環」閃電八刀下的。

可惜他這「玉連環」也像世上所有其他的刀法一樣，也有破綻。只有一點破綻。

所以西門吹雪只刺出了一劍，一劍就已刺穿了洪濤的咽喉。

劍拔出來的時候，劍上還帶著血。

西門吹雪輕輕的吹了吹，鮮血就一連串從劍尖上滴落，恰巧正落在一片黃葉上。

黃葉再被西風舞起時，西門吹雪的人已消失在殘霞外，消失在西風裡……

花滿樓

鮮花滿樓。花滿樓對鮮花總是有種強烈的熱愛，正如他熱愛所有的生命一樣。

黃昏時，他總是喜歡坐在窗前的夕陽下，輕撫著情人嘴唇般柔軟的花瓣，領略著情人呼吸般美妙的花香。現在正是黃昏，夕陽溫暖，暮風柔軟。

小樓上和平而寧靜，他獨自坐在窗前，心裡充滿著感激，感激上天賜給他如此美妙的生命，讓他能享受如此美妙的人生。

就在這時候，他聽見樓梯上響起了一陣很急促的腳步聲。

一個十七、八歲的小姑娘，匆匆奔上了樓，神情很驚慌，呼吸也很急促。

她並不能算太美，但一雙明亮的大眼睛卻非常靈活聰敏，只可惜現在她眼睛裡也帶著種說不出的驚慌和恐懼。花滿樓轉過身，面對著她。

他並不認得這個女孩子，但態度還是很溫和，而且顯得很關心：「姑娘莫非出了什麼事？」

小姑娘喘息著，道：「後面有人在追我，我能不能在你這裡躲一躲？」

「能！」花滿樓的回答幾乎完全沒有考慮。

樓下沒有人，大門總開著，這小姑娘顯然是在驚慌中無意闖進來的。

但就算是一匹負了傷的狼在躲避獵犬追逐時，投奔到他這裡來，他也同樣會收容。

他的門永遠開著，正因爲無論什麼樣的人到他這裡來，他都同樣歡迎。

小姑娘的眼睛四面轉動著，好像正想找個安全的地方躲起來。

花滿樓柔聲道：「你已用不著再躲，只要到了這裡，你就已安全了。」

「真的？」小姑娘眨著大眼睛，彷彿有點不信：「追我的那個人不但兇得很，而且還帶著刀，隨時都可能殺人的！」

花滿樓笑了笑，道：「我保證他絕不會在我這裡殺人。」

小姑娘還是在慌張，還準備問他：「爲什麼？」

可是她已沒法子再問，追她的人已追到這裡來，追上了樓。

他身材很高大，上樓時的動作卻很輕快。

他手裡果然提著柄刀，眼睛裡也帶著種比刀還可怕的兇光，一看到這小姑娘，就瞪起眼來厲聲大喝：「這下子我看你還能往哪裡跑？」

小姑娘正在往花滿樓身後跑，花滿樓正在微笑著，道：「她既已到了這裡，就不必再跑了。」

提刀的大漢瞪了他一眼，發現他只不過是個很斯文、很秀氣的年輕人，立刻獰笑道：「你知道老子是誰？敢來管老子的閒事？」

花滿樓的態度還是同樣溫和，道：「你是誰？」

大漢挺起了胸，道：「老子就是『花刀太歲』崔一洞，老子給你一刀，你身上就多了一個洞！」

花滿樓道：「抱歉得很，閣下這名字我從來也沒有聽說過，我身上也不必再增加別的洞了，無論大洞小洞我已都不想再要。」

小姑娘忍不住「噗哧」一聲笑了！

崔一洞卻已變了顏色，突然狂吼：「你不想要也得要！」

他反手抖起了一個刀花，刀光閃動間，他的刀已向花滿樓的胸膛上直刺了過來。

花滿樓身子連動都沒有動，只動了兩根手指。

他突然伸出手，用兩根手指一挾，就挾住了崔一洞的刀。

這柄刀好像立刻就在他手指間生了根。

崔一洞用盡了全身力氣，竟還是沒法子把這柄刀拔出來。他的冷汗卻已流了出來。

花滿樓還是在微笑著，柔聲道：「這柄刀你若是肯留在這裡，我一定代你好好保管，我這裡大門總是開著的，你隨時都可以來拿。」

崔一洞滿頭冷汗，突然跺了跺腳，放開手裡的刀，頭也不回的衝下樓去，下樓時遠比上樓時還要快得多。

小姑娘銀鈴般笑了起來，她看著花滿樓時，顯得又佩服，又驚異：「我真沒看出來你居然有這麼大的本事。」

花滿樓笑了笑，道：「不是我有本事，是他沒本事！」

小姑娘道：「誰說他沒本事？江湖中有好多人都打不過他，連我都打不過他。」

花滿樓道：「你？」

小姑娘道：「我雖然打不過他，可是也有很多大男人打不過我，我就是江南的上官飛燕。」

她立刻又自己搖了搖頭，嘆著氣道：「這名字你當然也不會聽說過的！」

花滿樓走過去，將手裡的刀輕輕放在靠牆邊桌子上，忽又回過頭，問道：「他爲什麼要追你？」

上官飛燕咬著嘴唇，遲疑著，終於嫣然而笑，道：「因爲我偷了他的東西。」

花滿樓並沒有覺得吃驚，反而笑了。

上官飛燕搶著道：「我雖然是個小偷，但他卻是個強盜，我從來也不偷好人的，我專偷強盜。」

她垂下頭，用眼角偷偷的瞟著花滿樓，又道：「我只希望你不要看不起我，不要討厭我。」

花滿樓微笑著，道：「我喜歡你，我喜歡說實話的人。」

上官飛燕眨著眼，道：「說實話的人可不可以在這裡多坐一會兒？」

花滿樓道：「當然可以。」

上官飛燕好像鬆了口氣，嫣然道：「那我就放心了，我剛才真怕你會把我趕出去。」

她走到窗口，深深的呼吸著，風中充滿了花香，窗外暮色漸濃，屋子已暗了下來。

上官飛燕輕嘆了口氣，道：「一天過得真快，現在天又黑了。」

花滿樓道：「嗯。」

上官飛燕道：「你為什麼還不點燈？」

花滿樓笑道：「抱歉得很，我忘了有客人在這裡。」

上官飛燕道：「有客人你才點燈？」

花滿樓道：「嗯。」

上官飛燕道：「你自己晚上難道從來不點燈的？」

花滿樓微笑道：「我用不著點燈。」

上官飛燕道：「為什麼？」

她已轉過身，看著花滿樓，眼睛裡已充滿了驚異之色。

花滿樓的表情卻還是很愉快、很平靜，他慢慢的回答：「因為我是個瞎子。」

暮色更濃了，風中仍充滿了芬芳的花香。

但上官飛燕已完全怔住。

這雖然只不過是很平凡的五個字，可是上官飛燕這一生中卻從來也沒有聽過比這五個字更令她驚奇的話。

「我是個瞎子。」

她瞪著眼看著花滿樓，就是這個人，他對人類和生命充滿了熱愛，對未來也充滿了希望，他隨隨便便伸出兩根手一挾，就能挾住別人全力砍過來的刀鋒，他一個人獨自生活在這小樓上，非但完全不需別人的幫助，而且隨時都在準備幫助別人。

上官飛燕實在不能相信這人竟會是個瞎子，她忍不住再問了句：「你真的是個瞎子？」

花滿樓點點頭，道：「我七歲的時候就瞎了。」

上官飛燕道：「可是你看來一點也不像。」

花滿樓又笑了，道：「要什麼樣的人才像瞎子？」

上官飛燕說不出來。她看見過很多瞎子，總認爲瞎子一定是個垂頭喪氣，愁眉苦臉的人，因爲這多彩多姿的世界，對他們說來，已只剩下一片黑暗。

她雖然沒有說出心裡的話，但花滿樓卻顯然已明白了她的意思。

他微笑著又道：「我知道你一定認爲瞎子絕不會過得像我這麼開心的。」

上官飛燕只有承認。

花滿樓道：「其實做瞎子也沒有什麼不好，我雖然已看不見，卻還是聽得到，感覺得到，有時甚至比別人還能享受更多樂趣。」

他臉上帶著種幸福而滿足的光輝，慢慢的接著道：「你有沒有聽見過雪花飄落在屋頂上的聲音？你能不能感覺到花蕾在春風裡慢慢開放時那種美妙的生命力？你知不知道秋風中常常都帶著種從遠山上傳來的木葉清香？」

上官飛燕靜靜地聽著他說的話，就像是在傾聽著一首輕柔美妙的歌曲。

花滿樓道：「只要你肯去領略，就會發現人生本是多麼可愛，每個季節裡都有很多足以讓你忘記所有煩惱的賞心樂事。」

上官飛燕閉上了眼睛，忽然覺得風更輕柔，花也更香了。

花滿樓道：「你能不能活得愉快，問題並不在於你是不是個瞎子，而在於是不是真的喜歡你自己的生命？是不是真的想快快樂樂的活下去？」

上官飛燕抬起頭，在朦朧的暮色中，凝視著他平靜而愉快的臉。

現在她眼睛裡的表情已不再是驚異和憐憫，而是尊敬與感激。

她感激這個人，並不是爲了他救了她，而是因爲他已使得她看清了生命的真正意義。

她尊敬這個人，也不是因爲他的武功，而是因爲他這種偉大的看法與胸襟。

但她還是忍不住要問：「你家裡已沒有別的人？」

花滿樓微笑道：「我的家是個很大的家族，家裡有很多人，每個人都很健康、很快樂。」

上官飛燕道：「那你爲什麼要一個人住在這裡？」

花滿樓道：「因爲我想試試看，能不能一個人真正獨立？因爲我不願別人處處讓著我、幫助我，不願別人把我當做個瞎子。」

上官飛燕道：「你……你在這裡真的能一個人過得很好？」

花滿樓道：「我在這地方已住了八個月，我從來也沒有像這麼樣愉快過。」

上官飛燕輕輕嘆息一聲，道：「但是除了冬天的雪、春天的花之外，你還有什麼呢？」

花滿樓道：「我有很充足的睡眠、有很好的胃口、有這間很好的屋子，還有一張聲音很好的古琴，這些本已足夠，何況我還有個很好的朋友。」

上官飛燕道：「你的朋友是誰？」

花滿樓臉上又發出了光，道：「他姓陸，叫陸小鳳。」

他微笑著，又道：「你千萬不要以為他是女人，他的名字雖然叫小鳳，但卻是條不折不扣的男子漢。」

上官飛燕道：「陸小鳳？……這名字我好像也聽說過，卻不知道他究竟是個什麼樣的人。」

花滿樓笑得更愉快：「他也是個很奇怪的人，你只要見過他一面，就永遠再也不會忘記，他不但有兩雙眼睛和耳朵、有三隻手，還長著四條眉毛。」

兩雙眼睛和耳朵，當然是說他能看見的和聽見的都比別人多。

三隻手也許是他的手比任何人都快，都靈活。

但「四條眉毛」是什麼意思呢？上官飛燕就實在不懂了。

她決心以後一定要想法子去看看這個有著四條眉毛的陸小鳳。

一 有四條眉毛的人

一

黃昏，黃昏後。

這正是龍翔客棧最熱鬧的時候，樓下的飯廳裡每張桌上都有客人，跑堂的夥計小北京忙得滿頭大汗，連嗓子都有點啞了。

樓上是四六二十四間客房，也已全都客滿。

客人們大多數都是佩刀掛劍的江湖好漢，誰也不懂得這平時很冷落的地方，怎麼會突然變得熱鬧了起來。

突然間，蹄聲急響，兩匹快馬竟從大門外直闖了進來。

健馬驚嘶，滿堂騷動，馬上的兩條青衣大漢卻還是紋風不動的坐在雕鞍上。

一匹馬的雕鞍旁掛著一副銀光閃閃的雙鈎，馬上人紫紅的臉，滿臉大鬍子，眼睛就好像他的銀鈎一樣，鋒銳而有光。

他目光四面一閃，就盯在小北京臉上，沉聲道：「人呢？」

小北京道：「還在樓上天字號房。」

紫面虬髯的大漢又問道：「九姑娘在哪裡？」

小北京道：「也還在樓上纏著他。」

紫面大漢不再說話，雙腿一夾，韁繩一緊，這匹馬就突又箭一般竄上樓去。

另一匹馬上的人動作也不慢。這人左耳缺了半邊，臉上一條刀疤從左耳角直劃到右嘴角，使得他鐵青的臉看來更猙獰可怖。

馬一衝上樓，他的人已離鞍而起，凌空倒翻了兩個跟斗，突然飛起一腳，「砰」的，已踢開了樓梯口旁天字號房的門。

他的人撲進去時，手裡已多了對百煉精鋼打成的判官筆。

然後他就突然怔住，房裡只有一個人，一個女人。

一個完全赤裸的女人，雪白的皮膚，豐滿的胸膛，修長結實的腿。

這本是個任何男人一看見她，就會聯想到床的女人，但現在卻在屋頂上。

屋樑很高，她就四平八穩的坐在上面，表情卻急躁得像是條蹲在發燙的白鐵皮屋頂上叫春的貓。

她沒有叫，只不過因爲她的嘴巴已被塞住。

紫面大漢手裡的馬鞭一揮，鞭梢已靈蛇般將她嘴裡含著的一塊紅絲巾捲了出來。

刀疤大漢已在問：「人呢？」

屋樑上的女人喘了幾口氣，才回答：「走了，他好像早就發現我是什麼人。」

刀疤大漢立刻追問：「往哪邊走的？」

屋樑上的女人道：「聽他的馬蹄聲，是往北邊黃石鎮那方面去的。」

她急著又道：「你們先把我弄下去，我跟你們一起去追。」

刀疤大漢冷冷道：「又沒有人拉著你，你自己難道不會下來？」

這句話沒說完，他的人又已凌空翻起。

屋樑上的女人更急，大叫道：「我下不去，那王八蛋點了我大腿上的穴道。」

但這時兩條大漢卻已掠出窗外，下面已有人早就準備好另外兩匹健馬，勒住韁繩在等著。

他們的人一落到馬鞍上，兩匹馬立刻就又箭一般向北面竄了過去。

屋樑上的女人聽到這一陣馬蹄聲，氣得連嘴唇都白了，用力打著屋樑，恨恨道：「王八蛋，一個個全他媽的都是王八蛋……」門是開著的，她看著自己赤裸裸的腿，咬著嘴唇道：「這次佔便宜的又不知是哪個王八蛋！」

「是我這個王八蛋。」小北京正笑嘻嘻地走了進來，也瞇著眼睛在看著那又白又結實的長腿，然後門就被關了起來。

二

黃石鎮是個大鎮。這條街本來是條很繁榮熱鬧的街。

但現在夜已深，新月如鈎，淡淡的照在青石板鋪成的街道上，那兩騎快馬急馳而來時，街上已看不見什麼人。

刀疤大漢勒馬四顧，沉聲道：「你想他會不會在這鎮上留一宿？」

紫面大漢道：「會。」

「他」也是個人，晚上也要睡覺的，只不過大家都知道他睡覺有個毛病。

刀疤大漢道：「他若已留下來，留在哪裡？」

紫面大漢想也不想，道：「迎春閣。」

迎春閣是這裡漂亮女人最多的地方。「他」睡覺絕不能沒有女人，這就是他的毛病。

每個人豈非都多多少少有點毛病？

迎春閣大門口的燈籠還亮，緋色的燈光，正在引誘著人們到這裡來享受一個緋色的晚上。門半掩。紫面大漢手提韁繩，「的盧」一聲，健馬就直闖了進去。

一個面黃肌瘦的男人，正坐在院子裡的籐椅上打瞌睡。

紫面大漢手裡的馬鞭忽然已繞上了他的脖子，厲聲道：「今天晚上這裡有沒有一個穿著大紅披風的年輕人來過？」

這人已被鞭子勒得連氣都透不過來，只能不停的點著頭。

紫面大漢終於放過了他，道：「他還在不在？」

這人喘著氣，又點了點頭。

紫面大漢道：「在哪裡？」

這人道：「他剛才還在桃花廳跟四個人喝酒，四個人輪流灌他，總算把他灌醉了！」

刀疤大漢動容道：「四個什麼樣的人？」

這人道：「四個看樣子很兇的人，但是對他倒很客氣！」

刀疤大漢道：「他們的人呢？」

這人道：「見他們送他回房去的，直到現在，還留在他房裡！」

紫面大漢已勒轉馬頭，衝入了左面一片桃花林裡，桃花林的桃花廳燈還亮著。

桃花廳裡的桌子上杯盤狼藉，三四個酒罈子都已空了。

刀疤大漢凌空翻身，一個箭步竄了進去，一腳踢開了廳後的門，他又怔住。

房裡只有四個人，四個人一排，直挺挺的跪在門口，本來已經蒼白得全無血色的臉，看見這刀疤大漢，突然一下子脹得通紅。

四個人身上穿的衣裳都很華麗，看來平時一定都是氣派很大的人，但現在四人的臉上卻已都被人畫得一塌糊塗。

第一個人額頭上畫了個烏龜，臉上還配了四個字：「我是烏龜。」

第二個額頭上畫的是王八：「我是王八。」

第三個人：「我是活豬。」

第四個人：「我是土狗。」

刀疤大漢站在門口，看著他們，看著他們臉上的畫和字，突然忍不住放聲大笑起來，笑得連腰都彎了下去，好像這一輩子從來也沒有看過這麼好笑的事。

四個人咬著牙，狠狠的瞪著他，看他們眼睛裡那種憤恨怨毒之色，就像是恨不得跳起來一口把他咬死。

但四個人卻還是全都直挺挺的跪在那裡，非但跳不起來，連動都動不了。

刀疤大漢狂笑道：「威風凜凜的江東四傑，幾時變成烏龜王八，活豬土狗的？這倒真是怪事。」

紫面大漢已笑著衝出去，拍手大呼道：「歡迎大家來參觀參觀大名鼎鼎的江東四傑現在的威風，無論誰進來看一眼，我都給他九兩銀子。」

跪在地上的四個人，四張臉突又變得白裡透青，冷汗雨點般落了下來。

刀疤大漢笑道：「那小子雖然也是個王八蛋，但倒真是個好樣的王八蛋。」

紫面大漢道：「咱們這一趟走得倒還不冤枉。」

兩個人的笑聲突然停頓，因爲他們又看見外面有個人垂著頭走了進來。

一個最多只有十四、五歲的小姑娘，雖然打扮得滿頭珠翠，滿臉脂粉，但還是掩不住她臉上那種又可憐，又可愛的孩子氣。

她垂著頭，輕輕問：「兩位是不是來找陸大少爺的？」

刀疤大漢沉下了臉，道：「你怎麼知道？」

這小姑娘囁嚅著，道：「剛才陸大少爺好像已快醉得不省人事了，我剛好坐在他旁邊，就偷偷的替他喝了兩杯酒！」

刀疤大漢冷笑，道：「看來他在女人堆裡人緣倒真不錯！」

小姑娘脹紅了臉，道：「誰知道他後來忽然又醒了，說我的心還不錯，所以就送我一樣東西，叫我賣給你們。」

紫面大漢立刻追問：「他送給你的是什麼？」

小姑娘道：「是……是一句話。」

紫面大漢皺了皺眉，道：「一句話？一句什麼話？」

小姑娘道：「他說這句話至少要值三百兩銀子，連一文都不能少，他還說，一定要兩位先付過銀子，我才能把這句話說出來。」

她自己似乎也覺得荒唐，話沒說完，臉更紅了。

誰知道紫面大漢連考慮都沒有考慮，立刻就拿出三張一百兩的銀票，拋在這小姑娘面前的桌子上，道：「好，我買你這句話。」

小姑娘張大了眼睛，看著這三張銀票，簡直不相信天下竟真有這麼荒唐的人，竟真的肯拿三百兩銀子買一句話。

紫面大漢道：「你過來，在我耳朵旁邊輕輕的說，千萬不能讓裡面那四個畜牲聽見。」

小姑娘遲疑著，終於走過去，在他耳畔輕輕道：「他說的這句話只有八個字：要找我，先找老闆娘。」

紫面大漢皺起了眉，他實在聽不懂這句話是什麼意思。

世上的老闆娘也不知有多少，每家店舖裡都有老闆娘，這叫他怎麼去找？

小姑娘忽然又道：「他還說，你若是聽不懂這句話，他還可以另外奉送一句，他說這老闆娘是天下最漂亮的一個。」

紫面大漢又怔了一怔，什麼話都不再問，向他的夥伴一招手，就大步走了出去。

刀疤大漢又怔了怔，突又轉身，拿起個空酒罈隨手一拋。

這空酒罈就恰巧落在第二個人頭上，酒罈是綠的。

刀疤大漢大笑，道：「這才真正像是不折不扣的活王八。」

世上漂亮的老闆娘也有不少，最漂亮的一個是誰呢？

刀疤大漢皺眉道：「這小子難道要我們一家家店舖去找，把店裡的老闆娘全都找出來，一個個的看？」

紫面大漢道：「不必。」

刀疤大漢道：「你難道還有別的法子？」

紫面大漢沉吟著，道：「也許我已猜出了他這句話的意思。」

刀疤大漢道：「他是什麼意思？」

紫面大漢忽然笑了笑，道：「你難道忘了朱停的外號叫什麼？」

刀疤大漢又大笑，道：「看來我也該弄個酒罈子給他戴上了。」

朱停從來沒有做過任何生意，也沒有開過店。

他認爲無論做什麼生意，開什麼店，都難免有蝕本的時候，他絕不會冒這個險。

其實他不做生意還有個更重要的理由，那只因爲他從來沒有過做生意的本錢，但他的外號卻叫「老闆」。

三

朱停是個很懂得享受的人，而且對什麼都很看得開，這兩種原因加起來，就使得他身上的肉也一天天增加了起來。

胖的人看來總是很有福氣的，很有福氣的人才能做老闆，所以很多人都叫他老闆。

事實上，他也的確是個有福氣的人。

他自己的長像雖然不敢恭維，卻有個非常美的老婆，他這一生中從來也沒有做過一樣正經事，卻總是能住最舒服的房子，穿最講究的衣服，喝最好的酒。

他還有件很自傲的事——他總認爲自己比陸小鳳還懶。

你只要一看見他坐到那張寬大而舒服的太師椅上，世上就很少還有什麼事能讓他站起來。

因爲他無論要做什麼事的時候，都要先「停」下來想一想。

只要想開了，世上也就沒什麼事是非做不可了。

到現在他日子還能過得很舒服，只因爲他有雙非常靈巧的手，能夠做出許許多多奇奇怪怪的東西來，只要你能想得出的東西，他就能做得出。

有一次他跟別人打賭，說他能做出一個會走路的木頭人來。

結果他贏了五十桌的燕翅席，外加五十罈陳年的好酒。

這使得他身上的肉至少又增加了五斤。現在他正研究，怎麼樣才能做得出一個能把人帶上天去的大風箏。

以前他曾經想到地底下去看看，現在他卻想上天。

就在這時候，他聽見了外面的蹄聲馬嘶，然後就看見了那兩條青衣大漢。

這一次那刀疤大漢沒有踢門，因爲門本來就是開著的。

他一衝進來，就瞪起了眼睛，厲聲道：「老闆娘呢？」

朱停淡淡道：「你要找老闆娘，就應該到對面的雜貨舖去，那裡才有老闆娘。」

刀疤大漢道：「這裡也有，你叫老闆，你的老婆就是老闆娘。」

朱停笑了笑道：「這裡的老闆娘若知道有『青衣樓』的人特地來找她，一定也會覺得很榮幸。」

他認得這兩個人。

「青衣樓」並不是一座樓，有一百零八座，每樓都有一百零八個人，加起來就變成個勢力極龐大的組織。

他們不但人多勢大，而且組織嚴密，所以只要是他們想做的事，就很少有做不成的。

這兩個人都是青衣樓第一樓上有畫像的人。

誰也不知道青衣樓第一樓在哪裡，誰也沒有親眼看見過那一百零八張畫像。

但無論誰都知道，能夠在那裡有畫像的人，就已經能夠在江湖上橫衝直闖了。

有刀疤的大漢叫「鐵面判官」——據說別人一刀砍在他臉上時，連刀鋒都砍得缺了個口，那「鐵面」這兩個字就是這麼樣來的。

另外一個叫「勾魂手」，他的一雙銀鈎也的確勾過很多人的魂。

朱停淡淡的接著道：「只可惜她現在有很要緊的事，恐怕沒空見你們。」

鐵面判官道：「什麼要緊的事？」

朱停道：「她正在和朋友喝酒，陪朋友喝酒豈非是天下第一要緊的事？」

鐵面判官道：「你這個朋友是不是姓陸？」

朱停忽然沉下了臉，道：「你最好聽清楚些，姓陸的只不過是她的朋友，不是我的。」

鐵面判官道：「他們在哪裡喝酒？」

朱停道：「好像在那小子住的那家青雲客棧裡。」

鐵面判官看著他，上上下下的看了他幾眼，面上忽然露出一絲惡毒的微笑，道：「你老婆在客棧裡陪一個有名的大色鬼喝酒，你居然還能在這裡坐得住？」

朱停淡淡道：「小孩要撒尿，老婆要偷人，本就是誰也管不了的，我坐不住又能怎麼樣？上房去翻跟斗？滾在地上爬？」

鐵面判官大笑道：「你這人倒真看得開，我佩服你。」

他常常大笑，只因爲他自己知道笑起來比不笑時更可怕——他笑起來的時候，臉上的刀疤就突然扭曲，看來簡直比破廟裡的惡鬼還猙獰詭秘。

朱停一直在看著他，道：「你有沒有老婆？」

鐵面判官道：「沒有。」

朱停笑了笑，悠然道：「你若也有個像我這樣的漂亮老婆，你也會看得開了。」

四

陸小鳳躺在床上，胸口上放著滿滿的一大杯酒。

酒沒有濺出來，只因爲他躺在那裡，連一動都沒有動，看起來幾乎已像是個死人，連眼睛都始終沒有張開來過。他的眉很濃，睫毛很長，嘴上留著兩撇鬍子，修剪得很整齊。

老闆娘就坐在對面，看著他的鬍子。

她的確是個非常美的女人。

彎彎的眉，大大的眼睛，嘴唇玲瓏而豐滿，看來就像是個熟透了的水蜜桃，無論誰看見，都忍不住想咬一口的。

但是她身上最動人的地方，並不是她這張臉，也不是她的身材，而是她那種成熟的風韻。

只要是男人，就會對她這種女人有興趣。

但現在她卻好像對陸小鳳這兩撇鬍子有興趣，她已看了很久，忽然吃吃的笑了，道：「你這兩撇鬍子看來真的跟眉毛完全一模一樣，難怪別人說你是個有四條眉毛的人。」

她笑得如花枝亂顫，又道：「沒有看見過你的人，一定想不到你還有兩條眉毛是長在嘴上的。」

陸小鳳還是沒有動，忽然深深的吸了一口氣，胸膛上的酒杯立刻被他吸了過去，杯子裡滿滿的一杯也立刻被吸進了嘴，「咕嘟」一聲，就到了肚子裡。

他再吐出口氣，酒杯立刻又回到原來的地方。

老闆娘又笑了，道：「你這是在喝酒，還是在變戲法？」

陸小鳳還是閉著眼睛，不開口，只伸出手來指了指胸口上的空杯子。

老闆娘就只好又替他倒了杯酒，忍不住道：「喂，你叫我陪你喝酒，爲什麼又一直像死人一樣躺著，連看都不看我一眼？」

陸小鳳終於道：「我不敢看你。」

老闆娘道：「爲什麼？」

陸小鳳道：「我怕你勾引我！」

老闆娘咬著嘴唇，道：「你故意要很多人認爲我跟你有點不清不白的，卻又怕我勾引你，這究竟是爲了什麼呢？」

陸小鳳道：「爲了你老公！」

老闆娘道：「爲了他？你難道認爲他喜歡當活王八？」

陸小鳳道：「活王八總比死王八好！」

他不讓老闆娘開口，接著又道：「幹他這行的人，隨時隨地都可能被人一刀砍下腦袋來的，他認得的人太多，知道的秘密也太多！」

老闆娘也不能不承認，朱停的確替很多人做過很多又秘密、又奇怪的東西！

那些人雖然都相信他的嘴很穩，但死人的嘴豈非更穩？

殺人滅口，燬屍滅跡這種事，那些人本就是隨時都能做得出的。

陸小鳳道：「他死了之後，你若能爲他守一年寡，我就不信！」

老闆娘揚起了眉，冷笑道：「你以爲我是什麼人？是潘金蓮？」

陸小鳳悠然道：「只可惜就算你是潘金蓮，我也不是西門慶！」

老闆娘瞪著他，突然站起來，扭頭就走。陸小鳳還是動也不動的躺著，連一點拉住她的意思都沒有。

但老闆娘剛走出門，突又衝了回來，站在床頭，雙手插腰，冷笑道：「你難道以為我真不懂你的意思，難道以為我是個呆子？」

陸小鳳道：「你不是？」

老闆娘大聲道：「你跟他鬧翻了，卻又怕他被別人弄死，所以才故意讓別人認爲我跟你好，我爲了要表示清白，爲了不想做寡婦，當然就會求你保護他，別人就真要殺他，也不得不考慮考慮了！」

她的火氣更大，聲音也更大，接著道：「可是你爲什麼不替我想想，我爲什麼不明不白的揹上這口黑鍋？」

陸小鳳道：「爲了你老公！」

老闆娘突然說不出話來了。女人爲了自己的丈夫犧牲一點，豈非本就是天經地義的事？

陸小鳳淡淡道：「所以只要你老公相信你，別人的想法，你根本就不必去管它！」

老闆娘咬著嘴唇，發了半天怔，忍不住道：「你認爲他真的會信任我？」

陸小鳳道：「他不笨！」

老闆娘瞪著他，道：「但他是不是也一定信任你呢？」

陸小鳳懶洋洋的嘆了口氣，道：「這句話你爲什麼不去問他？」

他又吸了口氣，將胸口的一杯酒喝下去，喃喃道：「青衣樓的人若是也不太笨，現在想必已經快到了，你還是快去吧！」

老闆娘眼睛裡又露出關切之色，道：「他們真的要找你，找你幹什麼？」

陸小鳳淡淡道：「這也正是我想問他們的，否則我也不會讓他們找來了！」

朱停坐在那張太師椅裡，癡癡的發呆，心裡又不知在胡思亂想些什麼！那些奇奇怪怪的東西，也就是這麼樣想出來的。

老闆娘施施然走了進來，用兩根手指頭拈著塊小手帕，扭動著腰肢，在他面前走了兩遍，朱停好像沒看見。

老闆娘忍不住道：「我回來了！」

朱停道：「我也看見了！」

老闆娘臉上故意作出很神秘的樣子，道：「我剛剛跟小鳳在他房裡喝了許多酒，現在頭還是有點暈暈的！」

朱停道：「我知道！」

老闆娘眼珠子轉動著，道：「但我們除了喝酒之外，並沒有做別的事！」

朱停道：「我知道！」

老闆娘忽然叫了起來，道：「你知道個屁！」

朱停淡淡道：「屁我倒不知道！」

老闆娘的火氣又大了起來，大聲道：「我跟別的男人在他房裡喝酒喝了半天，你非但一點也不吃醋，還在這裡想什麼糊塗心思？」

朱停道：「就因爲我沒有糊塗心思，所以我才不吃醋！」

老闆娘的手又插起了腰，道：「一個像他那樣的男人，一個像我這樣的女人，關在一間小屋子裡面，難道真的會一直規規矩矩的坐在那裡喝酒？」她冷笑著，又道：「你以爲他是什麼人？是個聖人？是柳下惠？」

朱停笑了，道：「我知道他是個大混蛋，可是我信任他！」

老闆娘的火氣更大，道：「你不吃醋，只因爲你信任他，並不是因爲信任我？」

朱停道：「我當然也信任你！」

老闆娘道：「可是你更信任他！」

朱停道：「莫忘記我們是穿開襠褲的時候就已認得了！」

老闆娘冷笑道：「你們既然是二三十年的老朋友，爲什麼忽然就變得像仇人一樣，連話都不說一句？」

朱停淡淡道：「因爲他是個大混蛋，我也是個大混蛋！」

老闆娘看著他，終於忍不住「噗哧」一聲笑了，搖著頭道：「你們這兩個大混蛋做的事，我非但連一點都不懂，而且簡直愈來愈糊塗。」

朱停道：「大混蛋做的事，你當然不懂，你又不是混蛋！」

老闆娘嫣然道：「你總算說了句人話！」

朱停笑了笑，悠然道：「你最多也只不過是個小混蛋，很小很小的一個小混蛋！」

五

陸小鳳還是閉著眼睛，躺在那裡，胸膛上還是擺著滿滿的一杯酒。

這杯酒是老闆娘臨走時替他加滿的。他自己當然不會爲了要倒一杯酒就站起來。

這張床又軟又舒服，現在能要他從床上下來的人，天下只怕也沒有幾個人。

他的紅披風就掛在床頭的衣架上，也不知爲了什麼，無論春夏秋冬，無論什麼地方，他總是要帶著這麼樣一件紅披風。

只要看見這件紅披風，就可以知道他的人必定也在附近。

鐵面判官和勾魂手現在已看到了這件紅披風，從窗口看見的。

然後他們的人就從窗口直竄到床頭，瞪著床上的陸小鳳。

陸小鳳還是像個死人般躺在那裡，連一點反應也沒有，甚至好像連呼吸都沒有呼吸。

鐵面判官厲聲道：「你就是陸小鳳？」

還是沒有反應。

勾魂手皺了皺眉，冷冷道：「這人莫非已死了？」

鐵面判官冷笑道：「很可能，這種人本來就活不長的！」

陸小鳳忽然張開了眼，看了他們一眼，卻又立刻閉上，喃喃道：「奇怪，我剛才好像看見屋子裡有兩個人似的！」

鐵面判官大聲道：「這裡本來就有兩個人！」

陸小鳳道：「屋子裡如真的有人進來，我剛才爲什麼沒有聽見敲門的聲音？」

勾魂手道：「因爲我們沒有敲門。」

陸小鳳又張開眼看了看他們，只看了一眼，忽然問道：「你們真的是人？」

鐵面判官道：「不是人難道是活鬼？」

陸小鳳道：「我不信。」

勾魂手道：「什麼事你不信？」

陸小鳳淡淡道：「只要是個人，到我房裡來的時候都會先敲門的，只有野狗才會不管三七二十一就從窗口跳進來！」

勾魂手的臉色變了，突然一鞭子向他抽了下去！他不但是關內擅使雙鈎的四大高手之一，在這條用蛇皮絞成的鞭子上，也有很深的功夫。

據說他可以一鞭子打碎擺在三塊豆腐上的核桃。

陸小鳳的人比核桃大得多，而且就像死人般躺在他面前，他這一鞭子抽下去，當然是十拿九穩。

誰知陸小鳳突然伸出了手，用兩根手指輕輕一捏，就好像老叫化子捏臭蟲一樣，一下子就把他靈蛇般的鞭梢捏住。

這一手不是花滿樓教他的，是他教花滿樓的。

勾魂手現在的表情，也就像崔一洞的刀鋒被捏住時一樣，一陣青，一陣白，一陣紅。

他用盡全身力氣，還是沒法子把這條鞭子從陸小鳳兩根手指裡抽出來。

陸小鳳卻還是舒舒服服的躺在那裡，胸膛上滿滿的一杯酒，連半滴都沒有濺出來。

鐵面判官在旁邊看著，眼睛裡也露出了很吃驚的表情，忽然大笑，道：「好，好功夫！陸小鳳果然是名不虛傳。」

勾魂手也忽然大笑，放下手裡的鞭子，笑道：「我這下子總算試出這個陸小鳳是不是真的陸小鳳了！」

鐵面判官道：「世風日下，人心不古，江湖上的冒牌貨也一天比一天多了，陸朋友想必不會怪我們失禮的。」

兩個人一搭一檔，替自己找台階下，陸小鳳卻好像又已睡著。

勾魂手漸漸有點不笑了，輕咳了兩聲，道：「陸朋友當然也早已知道我們是什麼人？」

他好像在提醒陸小鳳，莫忘記了「青衣樓」是任何人都惹不起的。

鐵面判官道：「我們這次只不過是奉命而來，請陸朋友勞駕跟我們回去一趟，我們非但管接管送，而且保證絕不動陸朋友一根毫髮。」

陸小鳳終於懶洋洋的嘆了口氣，道：「我跟你們回去幹什麼？你們的老闆娘又不肯陪我睡覺！」

鐵面判官的臉沉了下來，冷冷道：「我們那裡沒有老闆，這裡有！」

陸小鳳也沉下了臉，道：「你們既然已知道這件事，就該趕快回去告訴你們樓上那姓衛的，叫他最好不要來動朱停，否則我就一把火燒光你們一百零八座青衣樓！」

鐵面判官冷笑道：「我們若殺了朱停，豈非對你也有好處？」

陸小鳳淡淡道：「你們難道從來也沒有聽說過，我一向不喜歡寡婦？」

鐵面判官道：「只要你答應跟我們去走一趟，我就保證絕不讓老闆娘做寡婦。」

他這句話剛說完，忽然聽見一陣敲門聲。

不是外面有人在敲門，敲門的人不知道什麼時候已進了屋子。

他也並不是用手敲門的，因為他沒有手。

又是黃昏。

夕陽從窗外照進來，恰巧照在敲門的這個人臉上，那根本已不能算是一張臉。

這張臉左面已被人削去了一半，傷口現在已乾癟收縮，把他的鼻子和眼睛都歪歪斜斜的扯了過來——不是一個鼻子，是半個，也不是一雙眼睛，是一隻。

他的右眼已只剩下了一個又黑又深的洞，額角上被人用刀鋒畫了個大「十」字，一雙手也被齊腕砍斷了，現在右腕上裝著個寒光閃閃的鐵鈎，左腕上裝著的卻是個比人頭還大的鐵球。

鐵面判官和這個人一比，簡直就變成了個英俊瀟灑的小白臉。

現在他就站在門裡面，用右腕上的鐵鈎輕輕敲門，冷冷道：「我是人，不是野狗，我到別人房裡來的時候，總是要敲門的！」

他一說話，被人削掉了的那半邊臉，就不停的抽動，又好像是在哭，又好像是在笑。

看到了這個人，連鐵面判官都忍不住機伶伶打了個寒噤。

他居然沒有發覺這個人是怎麼進來的。勾魂手已後退了兩步，失聲道：「柳餘恨？」

這人喉嚨裡發出一連串刀刻鐵鏽般輕澀的笑聲，道：「想不到這世上居然還有人認得我，難得，難得！」

鐵面判官也已聳然動容，道：「你就是那個『玉面郎君』柳餘恨？」

這麼樣的一個人居然叫「玉面郎君」？

這人卻點點頭，黯然神傷，道：「多情自古空餘恨，往事如煙不堪提，現在『玉面郎君』早已死了，只可恨柳餘恨還活著。」

鐵面判官變色道：「你……你到這裡來幹什麼？」

他似乎對這人有種說不出的畏懼，竟連說話的聲音都變了。

柳餘恨冷冷說道：「十年前柳餘恨也就已想死了，無奈偏偏直到現在還活著，我此來但求一死而已。」

鐵面判官道：「我為什麼要你死？」

柳餘恨道：「因為你若不要我死，我就要你死……」

鐵面判官怔住。勾魂手的臉色也已發青。

就在這時候，他們又聽見一陣敲門聲。

這次敲門的人是在外面，但忽然間就已走了進來，沒有開門就走了進來。

這扇用厚木板做成的門，在他面前，竟像是變成了張薄紙！

他既沒有用東西撞，也沒有用腳踢。

隨隨便便的往前面走過來，前面的門就突然粉碎。

可是看起來他卻連一點強橫的樣子也沒有，竟像是個很斯文、很秀氣的文弱書生，一張白白淨淨的臉上，總是帶著微笑。

現在他正微笑著道：「我也是人，我也敲門。」

鐵面判官忽然發現他就算在笑的時候，眼睛裡也帶著種刀鋒般的殺氣。

勾魂手已又後退了兩步，失聲道：「蕭秋雨！」

這人微笑道：「好，閣下果然有見識，有眼力。」

鐵面判官又不禁聳然動容，道：「莫非是『斷腸劍客』蕭秋雨？」

這人點點頭，長嘆道：「秋風秋雨愁煞人，所以每到殺人時，我總是難免要發愁的！」

鐵面判官忍不住問道：「發什麼愁？」

蕭秋雨淡淡道：「現在我正在發愁的是，不知道是我來殺你，還是讓柳兄來殺你？」

鐵面判官突又大笑，但笑聲卻似已被哽在喉嚨裡，連他自己聽來都有點像是在哭。

勾魂手更已手足無措，不停的東張西望，好像想找一條出路。

突聽一人笑道：「你在找什麼？是不是在找你的那對銀鉤？」

這人就站在窗口，黑黑瘦瘦的臉，長得又矮又小，卻留著滿臉火焰般的大鬍子，手裡拿著一對銀鉤，正是勾魂手的。

他微笑著，又道：「銀鉤我已經替你帶來了，拿去！」

「去」字出口，他的手輕輕一揮，這雙銀鉤就慢慢的向勾魂手飛了過去，慢得出奇，就好像有雙看不見的手在下托著似的。

這人連鐵面判官都認得，他已失聲道：「『千里獨行』獨孤方？」

獨孤方也點點頭，道：「我一向很少進別人的屋子，但這次卻例外！」話剛說完，他的人已不見了。

他的人忽然已到了門口，在破門上敲了敲，敲門聲剛響起，他的人忽然又出現在窗口，忽然已從窗外跳了進來，微笑道：「我也是人，我也敲門。」

門明明已四分五裂，他偏偏還是去敲，敲過了之後，偏偏還是要從窗口跳進來。

勾魂手已接住了他的鈎，突然厲聲道：「你也是來找我們麻煩的？」

獨孤方淡淡道：「我不殺野狗，我只看別人殺。」

他索性搬了張椅子坐下來，就坐在窗口。窗外暮色更濃。

陸小鳳卻還是舒舒服服的躺在床上，這裡無論發生了什麼事，都好像跟他完全沒有關係。

柳餘恨、蕭秋雨、獨孤方，這三個人他也知道。

江湖中不知道這三個人的只怕還很少，可是現在能讓陸小鳳從床上下來的人更少，他好像已經準備在這張床上賴定了。

獨孤方、蕭秋雨、柳餘恨，這三個人就算不是江湖上最孤僻的、最古怪的人，也已差不了許多。但現在他們卻居然湊到了一起，而且忽然出現在這裡，是爲了什麼呢？

勾魂手的臉雖已發青，卻還是冷笑道：「青衣樓跟三位素無過節，三位今天爲什麼找到我們兄弟頭上來？」

蕭秋雨道：「因爲我高興！」

他微笑著，又道：「我一向高興殺誰就殺誰，今天我高興殺你們，所以就來殺你們！」

勾魂手看了鐵面判官一眼，緩緩道：「你若不高興呢？」

蕭秋雨道：「我不高興的時候，你就算跪下來求我殺你，我也懶得動手的！」

勾魂手嘆了口氣，就在他嘆氣的時候，鐵面判官已淩空翻身，手裡已拿出了他那雙黑鐵判官筆，撲過去急點柳餘恨的「天突」、「迎香」，兩處大穴。

他用的招式並不花俏，但卻非常準確，迅速，有效！

但柳餘恨卻好像根本沒有看見這雙判官筆！

他反而踏上一步，只聽「叭」的一聲，一雙判官筆已同時刺入了他的肩頭和胸膛。

可是他左腕的鐵球也已重重的打在鐵面判官的臉上。鐵面判官的臉突然就開了花。

他連呼聲都沒有發出來，就仰面倒了下去，但柳餘恨右腕的鐵鈎卻已將他的身子鈎住。

一雙判官筆還留在柳餘恨的血肉裡，雖沒有點到他的大穴，但刺得很深。

柳餘恨卻好像連一點感覺都沒有，只是冷冷的看著鐵面判官一張血肉模糊的臉，忽然冷冷道：「這張臉原來並不是鐵的！」

鐵鈎一揚，鐵面判官已從窗口飛了出去，去見真的判官了。

就在這時，勾魂手的那對銀鈎也飛了起來，飛出了窗外。

他的人卻還留在屋子裡，面如死灰，雙手下垂，兩條手臂上的關節處都在流著血。

蕭秋雨手裡的一柄短劍也在滴著血。

他微笑著，看看勾魂手，道：「看來你這雙手以後再也勾不走任何人的魂了！」

勾魂手咬著牙，牙齒還是在不停的格格作響，忽然大吼道：「你爲什麼還不殺了我？」

蕭秋雨淡淡道：「因爲現在我又不高興殺你了，現在我要你回去告訴你們樓上的人，這兩個月最好乖乖的耽在樓上不要下來，否則他恐怕就很難再活著上樓去。」

勾魂手臉色又變了變，一句話都不再說，扭頭就往門外去。

誰知獨孤方忽然又出現在他面前，冷冷道：「你從窗口進來的，最好還是從窗口出去！」

勾魂手狠狠的看著他，終於跺了跺腳——從窗口進來的兩個人，果然又全都從窗口出去了。

柳餘恨正癡癡的注視著窗外已漸漸深沉的夜色，那雙判官筆還留在他身上。

蕭秋雨走過去，輕輕的爲他拔了下來，看著他胸膛裡流出來的血，冷酷的眼睛裡竟似露出了一種惋惜之色！

柳餘恨突然長長嘆息，道：「可惜……可惜……」

蕭秋雨道：「可惜這次你又沒有死？」

柳餘恨不再開口！

蕭秋雨也長長嘆息了一聲，黯然道：「你這又是何苦？……」

獨孤方也嘆息著道：「你斷的是別人的腸，他斷的卻是自己的！」

屋子裡死了一個人，打得一塌糊塗，陸小鳳還是死人不管，好像什麼都沒有看見。

更奇怪的是，這三個人居然也好像根本不知道床上還躺著個人。

屋子裡也暗了下來，他們靜靜的站在黑暗裡，誰也不再開口，可是誰也不走。

就在這時，晚風中突然傳來一陣悠揚的樂聲，美妙如仙樂。

獨孤方精神彷彿一振，沉聲道：「來了！」

六

是什麼人奏出的樂聲如此美妙？

陸小鳳也在聽，這種樂聲無論誰都忍不住要聽的。

他忽然發現這本來充滿血腥氣的屋子，竟然變得充滿了香氣。比花香更香的香氣，從風中吹來，隨著樂聲傳來，一轉眼天地間彷彿都已充滿著這種奇妙的香氣。

然後這間黑暗的屋子也突然亮了起來。

陸小鳳終於忍不住張開了眼，忽然發覺滿屋子鮮花飛舞。

各式各樣的鮮花從窗外飄進來，然後再輕輕的飄落在地上。

地上彷彿忽然舖起了一張用鮮花織成的毯子，直舖到門外。

一個人正慢慢的從門外走了進來。

陸小鳳看見過很多女人，有的很醜，也有的很美。但他卻從未看見過這麼美的女人。

她身上穿著件純黑的柔軟絲袍，長長的拖在地上，拖在鮮花上。

她漆黑的頭髮披散在雙肩，臉色卻是蒼白的，臉上一雙漆黑的眸子也黑得發亮。

沒有別的裝飾，也沒有別的顏色。

她就這樣靜靜站在鮮花上，地上五彩繽紛的花朵，竟似已忽然失去了顏色。

這種美已不是人世間的美，已顯得超凡脫俗，顯得不可思議。

柳餘恨、蕭秋雨、獨孤方都已悄悄走到牆角，神情都彷彿顯得很恭敬。

陸小鳳的呼吸好像已經快停止了，但他還是沒有站起來。

黑衣少女靜靜的凝視著他，一雙眸子清澈得就像春日清晨玫瑰上的露水，她的聲音也輕柔得像是風，黃昏時吹動遠山上池水的春風。

但她的微笑卻是神秘的，又神秘得彷彿靜夜裡從遠方傳來的笛聲，飄飄渺渺，令人永遠也無法捉摸。

她凝視著陸小鳳，微笑著，忽然向陸小鳳跪了下去，就像是青天上的一朵白雲，忽然飄落在人間。

陸小鳳再也沒法子躺在床上了，他突然跳起來。

他的人像是忽然變成了一粒被強弓射出的彈子，忽然突破了帳頂，接著又「砰」的一聲，撞破了屋頂。

月光從他撞開的洞裡照下來，他的人卻已不見了。

一個眼睛很大，而樣子很乖的小姑娘，就站在黑衣少女的身後，站在鮮花上。

陸小鳳突然好像見了鬼似的落荒而逃，這小姑娘也嚇了一跳，忍不住悄悄的問：「公主對他如此多禮，他爲什麼反而逃走了呢？他怕什麼？」

黑衣少女並沒有直接回答這句話。

她慢慢的站了起來，輕撫著自己流雲般的柔髮，明亮的眼睛裡，帶著種很奇怪的表情，過了很久，才輕輕的說道：「他的確是個聰明人，絕頂聰明！」

二 丹鳳公主

一

酒杯還在陸小鳳手裡，杯子裡的酒卻已有一大半濺在身上。

他剛進霍老頭屋裡來的時候，霍老頭也正在喝酒。

這是間很簡陋的小木屋，孤孤單單的建築在山腰上的一片棗樹林裡。

屋子雖陳舊，裡面卻打掃得很乾淨，佈置得居然也很精緻。

霍老頭的人也正像這木屋一樣，矮小、孤單、乾淨、硬朗，看起來就像是一枚風乾了的硬殼果。他正在一張小而精緻的椅子上喝酒。

酒很香，屋子裡擺著大大小小，各式各樣的酒罈子，看來居然全都是好酒。

他看到陸小鳳手裡的酒杯，就忍不住笑了，搖著頭笑道：「你難道還怕我不知道你是來喝酒的？還帶著個酒杯來提醒我？」

陸小鳳也笑了，道：「我走的時候幾乎連褲子都來不及穿，哪裡還有空放下這杯子？杯子裡還有酒，丟在路上又太可惜！」

霍老頭好像覺得很奇怪，皺著眉問道：「什麼事能讓你急成這樣子？」他實在想不通。

陸小鳳嘆了口氣，苦笑道：「其實也沒有什麼事，只不過有個女人到了我房子裡！」

霍老頭又笑了，道：「我記得你屋子裡好像天天都有女人去的，你從來也沒有被嚇跑過一次！」

陸小鳳道：「這次的這個女人不同！」

霍老頭道：「有什麼不同？」

陸小鳳道：「什麼地方都不同！」

霍老頭瞇起了眼睛，道：「這女人難道是個醜八怪？」

陸小鳳立刻用力搖頭，道：「非但不是醜八怪，而且簡直像天仙一樣美，像公主一樣高貴！」

霍老頭道：「那你怕她什麼？怕她強姦你？」

陸小鳳笑道：「她若真的要強姦我，就是有人用掃把來趕我，我也不會走了！」

霍老頭道：「她究竟做了什麼事，才把你嚇跑的？」

陸小鳳又嘆了口氣，道：「她向我跪了下來！」

霍老頭張大了眼睛，看著陸小鳳，就好像他鼻子上忽然長出了一朵喇叭花一樣。

陸小鳳卻好像怕他聽不懂，又解釋著道：「她一走進我屋子，就忽然向我跪下來，兩條腿全都跪了下來！」

霍老頭終於也長長嘆了口氣，道：「我一向認爲你是個很正常的小伙子，一點毛病也沒有，但現在我卻開始有點懷疑了！」

陸小鳳苦笑道：「現在你懷疑我有毛病？」

霍老頭道：「一個美如天仙的女人，到你屋裡去，向你跪了下來，你就被嚇得落荒而逃？」

陸小鳳點點頭，道：「不但是落荒而逃，而且是撞開屋頂逃出來的！」

霍老頭嘆道：「看來你腦袋不但有毛病，而且病已經很重。」

陸小鳳道：「就因爲我腦筋一向很清楚，所以我才要逃！」

霍老頭道：「哦？」

陸小鳳道：「我說過，她不但人長得漂亮，而且派頭奇大！」

霍老頭道：「她派頭有多大？」

陸小鳳道：「簡直比公主還大！」

霍老頭道：「你見過公主沒有？」

陸小鳳道：「沒有，但我卻知道，她用的那三個保鏢，就算真的公主也絕對請不到！」

霍老頭道：「那三個保鏢是誰？」

陸小鳳道：「柳餘恨、蕭秋雨，和獨孤方！」

霍老頭又皺了皺眉，道：「是不是那個打起架來不要命的柳餘恨？」

陸小鳳道：「是！」

霍老頭道：「是不是那個看起來文質彬彬，但力氣卻比野牛還大的蕭秋雨？」

陸小鳳道：「是！」

霍老頭道：「是不是那個一向行蹤飄忽，獨來獨往的獨孤方？」

陸小鳳道：「是！」

霍老頭道：「這三個人全做了她的保鏢？」

陸小鳳道：「是！」

霍老頭道：「她有這麼三個保鏢，卻向你跪了下去？」

陸小鳳道：「是！」

霍老頭不說話了，倒了杯酒，一口喝下去。

陸小鳳也把杯子裡剩下的酒一口喝了下去，道：「現在你是不是已經想通了？」

霍老頭道：「是！」

陸小鳳道：「你想她爲什麼要向我下跪呢？」

霍老頭道：「她有事求你！」

陸小鳳道：「像她這麼樣一個人，居然不惜跪下來求我，爲的是什麼事？」

霍老頭道：「一件很麻煩的事！」

陸小鳳道：「我連看都沒有看見過她，爲什麼要爲她去惹麻煩呢？」

霍老頭道：「只有笨蛋才會去惹這種麻煩！」

陸小鳳道：「我是笨蛋？」

霍老頭道：「你不是！」

陸小鳳道：「你若是我，遇見這種事怎麼辦？」

霍老頭道：「我也會跟你一樣落荒而逃，而且說不定逃得比你還快！」

陸小鳳長長吐出口氣，微笑道：「看來你雖然已經很老，卻還是個老糊塗。」

霍老頭道：「你卻是個小糊塗！」

陸小鳳道：「哦？」

霍老頭道：「像她那種人，居然不惜跪下來求你，這件事當然是別人解決不了的！」

陸小鳳同意。

霍老頭道：「現在她既然已找到了你，你想你還能逃得了？」

陸小鳳道：「你認爲她還會來找我？」

霍老頭道：「說不定她現在就已經找來了！」

陸小鳳笑了笑，道：「我別的本事沒有，但逃起來卻快得很！」

霍老頭道：「是不是已經快得沒有人能追得上？」

陸小鳳道：「能追上我的人至少還不太多！」

霍老頭冷笑。

陸小鳳道：「你冷笑是什麼意思？」

霍老頭道：「我冷笑就是冷笑的意思。」

陸小鳳道：「你的意思我不懂。」

霍老頭道：「你不懂的事多得很。」

陸小鳳卻又笑了，道：「至少我還懂得分辨你這些酒裡哪一罈最好。」

他隨隨便便的一伸手，果然就挑了罈最好的酒，剛想去拍開泥封，突然「咚、咚、咚」，三聲大響，前、左、右，三面的牆，竟全都被人撞開一個大洞。

三個人施施然從洞裡走了進來，果然是柳餘恨、蕭秋雨，和獨孤方。

三個人的神情都很從容，一副心安理得的樣子，牆上的三個大洞就好像根本不是他們撞開的，就好像三個剛從外面吃喝飽了的人，開了門，回到自己家裡來一樣。

蕭秋雨甚至還在微笑著，悠然道：「我們沒有從窗口跳進來！」

獨孤方道：「所以我們不是野狗。」

兩個人嘴裡說著話，手上已提起張椅子，隨手一拗，「喀喇」一聲響，兩張很精緻的雕花木椅，就已被他們拗得四分五裂。

柳餘恨卻慢慢的坐到床上，還沒有坐穩，又是「喀喇」一響，床已被他坐塌了。

蕭秋雨皺了皺眉，道：「這裡的傢俱不結實。」

獨孤方道：「下次千萬要記住，不能再到這家店裡去買。」

兩句話還沒有說完，又有五六件東西被砸得粉碎。

陸小鳳和霍老頭卻好像根本沒有看見。

霍老頭還在慢慢的喝著酒，連一點心疼的樣子都沒有，這些人砸爛的東西，好像根本不是他的。

片刻之間，屋子裡所有的東西都已被這三個人砸得稀爛，十七八罈好酒也被砸得粉碎。

蕭秋雨四面看了看，道：「這房子看來好像也不太結實，不如拆了重蓋！」

獨孤方和蕭秋雨對望了一眼，轉過頭，就發現陸小鳳和霍老頭已坐在屋子前面的空地上，坐的還是剛才那兩張椅子，面前的桌上，還擺著剛才那罈酒。

蕭秋雨道：「色是刮骨鋼刀，酒是穿腸毒藥，留下總是害人的！」

獨孤方道：「對，連一罈都留不得！」

他竟大搖大擺的走過來，抓起了桌上這最後一罈酒往地上一摔。

這次酒罈子並沒有被他砸碎。酒罈子忽然又回到桌上。

獨孤方皺了皺眉，又抓起來，往地上一摔。

這次終於看清楚，酒罈還沒有摔到地上，陸小鳳突然一伸手，已經接住。

獨孤方再摔，陸小鳳再接。霎眼間獨孤方已將這罈酒往地上摔了七八次，但這罈酒還是好好的擺在桌上。獨孤方看著這罈酒，好像已經開始在發怔了。

怔了半天，他才轉過頭，看著蕭秋雨苦笑，道：「這罈酒裡有鬼，摔不破的！」

蕭秋雨道：「什麼鬼？」

獨孤方道：「當然是酒鬼。」

蕭秋雨道：「我來試試。」

他居然也走過來，好像也沒有看見坐在桌子旁邊的兩個人，突然抓起酒罈子，用力一掄。

這罈酒突然「呼」的一聲，飛出去五六丈。但這罈酒還是沒有被摔破。

酒罈子飛出去的時候，陸小鳳也跟著飛了出去。

陸小鳳剛回到椅子上坐下來的時候，酒罈子也已回到桌上。

蕭秋雨再抓起來盡力一掄，這次酒罈子飛得更快、更遠。

他本來就是天生的神力，這麼樣用力一掄，幾百斤重的鐵都可能被他掄出去。

可是這罈酒卻又回來了，跟著陸小鳳回來了。

蕭秋雨也不禁開始發怔，喃喃道：「這罈酒果然有鬼，好像是長著翅膀的酒鬼。」

柳餘恨突然冷笑，只冷笑了一聲，他的人已到了桌子前，雙手抓起了酒罈子，抓得很緊，猛然重重往他自己腦袋上砸了下去。

別人要砸爛的本是這罈酒，他要砸爛的卻好像是自己的頭。

蕭秋雨嘆了口氣，這下子酒罈固然非破不可，柳餘恨的頭只怕也不好受。

誰知柳餘恨的頭既沒有開花，酒罈子也沒有破。

陸小鳳的手已突然伸到他頭上，托住了這罈酒。

柳餘恨又一聲冷笑，突然飛起一腳，猛踢陸小鳳的下腹。

他也沒有踢著。

陸小鳳的人已突然倒翻了起來，從他頭頂上翻了過去，落到他背後，手裡還是托著這罈酒。

柳餘恨反踢一腳，陸小鳳就又翻到前面來了，忽然嘆了口氣，道：「這罈酒已經是我們最後一罈酒了，這腦袋也是你最後一個腦袋，你又何苦一定要把它們砸破？」

柳餘恨瞪著他，沒有瞎的眼睛也好像瞎了的那隻眼睛一樣，變成了個又黑又深的洞。

蕭秋雨忽然笑了笑，道：「看來這個人果然是真的陸小鳳。」

獨孤方道：「哦！」

蕭秋雨道：「除了陸小鳳之外，又有誰肯爲了一罈酒費這麼大的力氣？」

獨孤方大笑道：「不錯，像這樣的呆子世上的確不多！」

蕭秋雨微笑著，將柳餘恨手裡的酒罈子接下，輕輕的擺在桌上。

突聽「啵」的一聲，這酒罈突然粉碎，罈子裡的酒流得滿地都是——剛才柳餘恨的兩隻手，和陸小鳳的一隻手都在用力，這酒罈子休說是泥做的，就算是鐵打的，也一樣要被壓扁。

蕭秋雨怔了怔，苦笑道：「天下的事就是這樣子的，你要它破的時候，它偏偏不破，你不要它破的時候，它反而破了。」

陸小鳳卻淡淡道：「這世上無可奈何的事本來就很多，所以做人又何必太認真呢？」

柳餘恨獨眼裡突然露出一種說不出的淒涼辛酸之色，默默的轉過身，走了出去。

陸小鳳的那句話，彷彿又引起了他久已藏在心底的傷心事。

就在這時候，突聽得一種又可愛、又清越的聲音，道：「大金鵬王陛下的丹鳳公主，特來求見陸小鳳陸公子。」

說話的人正是那樣子很乖，眼睛很大，穿著五彩衣的小女孩。

她正從那片濃密的棗林子中走出來，滿天的星光月色，彷彿都到了她眼睛裡。

陸小鳳道：「丹鳳公主？」

小女孩用一雙發亮的眼睛看著他，抿著嘴笑了：「是丹鳳公主，不是小鳳公主！」

陸小鳳看著霍老頭嘆了口氣，喃喃道：「她果然是個真的公主！」

小女孩道：「絕對一點也不假！」

陸小鳳道：「她的人呢？」

小女孩又笑了笑，笑得真甜：「她生怕又把陸公子嚇跑了，所以還留在外面！」

她笑得雖甜，說的話卻有點酸。

陸小鳳只有苦笑。

小女孩睜著眼，微笑道：「現在她正在外面等著，卻不知陸公子敢不敢見她。」

霍老頭忽然道：「他敢！」這深沉而神秘的老人微笑著，悠然接著道：「他若是不去見這位丹鳳公主，他所有朋友的屋子只怕都要被他們拆光了！」

二

群星閃爍，上弦月彎彎的嵌在星空裡，棗林裡流動著一陣陣清香——並不是棗樹的香，是花香。

花香是從一條狗身上傳出來的，一條非常矯健的、闊耳長腿的獵狗。

牠身上披著一串串五色繽紛的鮮花，嘴裡還啣著一籃子花。

滿籃鮮花中，有金光燦然，是四錠至少有五十兩的金元寶。

小女孩接過了花籃，嫣然道：「這是我們公主賠償這位老先生的，就請陸公子替他收下！」

陸小鳳睜了睜眼，道：「爲什麼要賠償給他？因爲你們拆了他的房子？」

小女孩點了點頭。

陸小鳳道：「這四錠元寶至少有一百多兩，的確不算少了！」

像這樣的小木屋，五十兩金子就可以蓋好幾棟，這當然已不能算少。

小女孩道：「一點小意思，但望這位老人家笑納！」

陸小鳳道：「他不會笑納的！」

小女孩道：「爲什麼？」

陸小鳳道：「因爲這一百多兩金子若真是你們送給他的，他根本不需要，若算是你們賠償他這屋子的，又好像不夠。」

小女孩道：「這是五十兩一錠的金元寶！」

陸小鳳道：「我看得出。」

小女孩道：「這還不夠賠他的木屋？」

陸小鳳道：「還差一點點！」

小女孩道：「差一點是差多少？」

陸小鳳道：「究竟差多少，我也算不出來，大概再加三四萬兩總差不多了！」

小女孩道：「三四萬兩什麼？」

陸小鳳道：「當然是三四萬兩金子。」

小女孩笑了。

陸小鳳道：「你不信？」

小女孩吃吃的笑個不停，遇見這麼樣一個會敲竹槓的人，她除了笑之外，還能怎麼樣，難道還能真的賠他三四萬兩黃金？

陸小鳳忽然提起剛才他坐著的那張雕花木椅，道：「你知道這是張什麼椅子？」

小女孩笑道：「看來好像是張坐人的椅子！」

陸小鳳道：「但這張椅子卻是四百年前的名匠魯直親手爲天子雕成的，普天之下已只剩下了十二張，皇宮大內裡有五張，這裡本來有六張，剛才卻被他們砸爛了四張！」

小女孩張大了眼睛，瞪著他手裡的這張椅子，漸漸已有點笑不出！

陸小鳳道：「你知道這木屋以前是誰住過的？」

小女孩搖搖頭。

陸小鳳道：「這本是大詩人陸放翁的夏日行吟處，牆壁上本還有著他親筆題的詩，現在也已被砸得稀爛。」

小女孩的眼睛張得更大，臉上已忍不住露出驚異之色。

陸小鳳淡淡道：「所以這木屋裡每一片木頭，都可以算是無價之寶，你們就算真的拿四五萬兩金子來賠，也未必夠的。」

他笑了笑，接著道：「幸好這位老先生連一文錢都不會要你們賠，因爲四五萬兩金子，在他看來跟一文錢是差不了多少！」

小女孩悄悄的伸出舌頭來舐了舐嘴唇，吃驚的看著這神秘的老人。

霍老頭卻還是悠悠閒閒的坐在那裡，慢慢的啜著他杯子裡剩下的半杯酒，像是覺得這世上再也沒有比喝這杯酒更重要的事。

陸小鳳忽又轉過頭向獨孤方笑了笑道：「我知道閣下的見聞一向很博，閣下當然也聽說過世上最有錢的人是誰了？」

獨孤方沉吟著，道：「地產最多的，是江南花家，珠寶最多的，是關中閻家，但真正最富有的人只怕算是霍休。」

陸小鳳道：「閣下知不知道他是個什麼樣的人？」

獨孤方道：「這個人雖然富甲天下，卻喜歡過隱士般的生活，所以很少有人能看見他的真面目，只聽說他是個很孤僻、很古怪的老人，而且……」他突然停住口，看著霍老頭。

現在每個人終於都已明白，這神秘孤獨的老人，就是富甲天下的霍休。

霍老頭忽然嘆了口氣，慢慢的站起來，道：「現在既然已有人知道我在這裡，這地方我也住不下去了，不如就送給你吧！」

陸小鳳看著地上一堆堆破木頭，道：「我記得以前也問你要過，你卻連借我住幾天都不肯！」

霍老頭淡淡道：「你自己剛才也說過，這裡的東西本都是寶貝，寶貝怎麼能送人！」

陸小鳳道：「寶貝變成了破木頭，就可送人了？」

霍老頭道：「一點也不錯！」

陸小鳳嘆了口氣，苦笑道：「我現在明白你怎麼會發財的了！」

霍老頭面不改色，淡淡道：「還有件事你也該明白。」

陸小鳳道：「什麼事？」

霍老頭道：「你逃走的時候，世上也許真的沒有人能追上你，只可惜這世上除了人之外，還有很多別的東西，譬如說……」

陸小鳳道：「譬如說一條鼻子很靈的獵狗！」

霍老頭也嘆了口氣，道：「你總算還不太笨，將來說不定也有一天會發財的！」

三

漆黑的車子，漆黑的馬，黑得發亮。發亮的車馬上，也綴滿了五色繽紛的鮮花。

小女孩道：「我們的公主就在馬車裡等你，你上去吧。」

陸小鳳道：「上車去？」

小女孩道：「嗯！」

陸小鳳道：「然後呢？」

小女孩道：「然後這輛馬車就會把你帶到一個你從來也沒有去過的地方，我保證你到了那地方後，絕不會後悔的！」

陸小鳳道：「我當然不會後悔，因爲我根本就不會去。」

小女孩又瞪起了眼睛，好像很吃驚，道：「你爲什麼不去？」

陸小鳳道：「我爲什麼要跟著一個我從來也沒有見過的人，到一個我從來也沒有去過的地方去？」

小女孩瞪了瞪眼，道：「因爲……因爲我們會送很多很多金子給你！」

陸小鳳笑了。

小女孩道：「你不喜歡金子？」

陸小鳳道：「我喜歡金子，卻不喜歡爲了金子拚命！」

小女孩眼珠子轉了轉，悄悄道：「車子裡很安靜，我們公主又是個很美的美人，這段路也很長，在路上說不定會發生很多事的！」

陸小鳳微笑道：「這句話好像已經有點讓我動心了！」

小女孩眼睛裡立刻發出了光，道：「你已經答應上去？」

陸小鳳道：「不答應。」

小女孩嘟起了嘴，道：「爲什麼還不答應？」

陸小鳳道：「漂亮的女人我一向很喜歡，但卻也不喜歡爲了女人去拚命！」

小女孩道：「爲了什麼你才肯拚命？」

陸小鳳道：「爲了我自己。」

小女孩道：「除了你自己外，天下就再也沒有別人能讓你去拚命？」

陸小鳳道：「沒有。」

小女孩眼珠子又轉了轉，道：「爲了花滿樓你也不肯？」

陸小鳳道：「花滿樓？」

小女孩悠然道：「我想你總該認得花滿樓，他現在也就在那地方等你，你若不去，他一定會覺得很失望！」

陸小鳳道：「他若要我去，他自己會來找我。」

小女孩道：「只可惜他現在不能來！」

陸小鳳道：「爲什麼？」

小女孩道：「因爲他現在連一步路都沒法子走！」

陸小鳳道：「你是說他已落在你們手裡？」

小女孩道：「好像是的！」

陸小鳳忽然大笑，就像剛聽見一樣天下最可笑的事，笑得捧起了肚子。

小女孩忍不住問道：「你笑什麼？」

陸小鳳笑道：「我笑你，你畢竟還是個小孩子，連說謊都不會說！」

小女孩道：「哦？」

陸小鳳道：「你們若能制得住花滿樓，天下就沒什麼事你們做不到了，又何必來找我？」

小女孩淡淡的笑了笑，道：「你這人的確不笨，可是也不太聰明！」

陸小鳳道：「哦？」

小女孩道：「你若真的聰明，就早已該明白兩件事！」

陸小鳳道：「哦？」

小女孩道：「第一，我已經不是孩子了，我是丹鳳公主的表姐，她今年才十九，我都已二十。」

陸小鳳這次才真的怔住了，上上下下的看著這小女孩，看了好幾遍，隨便怎麼也看不出她已經是個二十歲的少女，她看來簡直好像連十二歲都沒有。

小女孩又淡淡的接著道：「你應該明白，有些人是天生就長不高的，有些六七十歲的老頭子比我還矮一大截，你總該也看見過。」

陸小鳳雖然還是不太相信，但也不能不承認世上的確是有這種人的。

小女孩道：「第二，你也應該明白，花滿樓跟你不一樣！」

陸小鳳道：「他比我聰明！」

小女孩道：「但他卻是個好人。」

陸小鳳道：「我不是？」

小女孩道：「就因為你不是好人，所以不容易上別人的當，但他卻對每個人都很信任，要他上當，就容易得多了！」

陸小鳳看著她，又上上下下的看了好幾遍，突又問道：「你真的已經有二十歲？」

小女孩道：「上個月才滿二十。」

陸小鳳笑了笑，淡淡道：「二十歲的人就已應該明白，像我這種壞人，是絕不肯為了朋友去拚命的，隨便為了什麼的朋友都不行！」

小女孩瞪著眼，看著他，道：「真的？」

陸小鳳道：「真的。」

陸小鳳已坐在馬車上，馬車已啓行。

車廂裡也堆滿了五色繽紛的鮮花，丹鳳公主坐在花叢裡，就像一朵最珍貴、最美麗的黑色玫瑰花，她的眸子也是漆黑的，又黑又亮，她還在看著陸小鳳。

陸小鳳沒有看她，他已閉起眼睛，好像準備在車上睡一覺。

丹鳳公主忽然笑了笑，柔聲道：「我剛才還以爲你不會上車來的。」

陸小鳳道：「哦？」

丹鳳公主道：「我剛才好像聽見你在說，你絕不會爲了任何朋友拚命！」

陸小鳳淡淡道：「我本來就不會爲了朋友拚命，但爲朋友坐坐馬車總沒有什麼關係的。」

丹鳳公主又笑了，她向你笑的時候，就彷彿滿園春花忽然在你面前開放。

陸小鳳的眼睛剛睜開，立刻又閉了起來。

丹鳳公主柔聲道：「你好像連看都不願看我，爲什麼？」

陸小鳳道：「因爲這車廂很小，我又是個禁不起誘惑的人。」

丹鳳公主道：「你怕我誘惑你？」

陸小鳳道：「我也不願爲你去拚命！」

丹鳳公主道：「你怎麼知道我一定是要你去拚命的？」

陸小鳳道：「因爲我並不笨。」

丹鳳公主拈起了朵鮮花，默默的凝視著，過了很久，才輕輕嘆了口氣，道：「你說的不錯，我們這次來找你，的確是爲了要求你去替我們做一件事，可是我並不想誘惑你，也不必誘惑你。」

陸小鳳道：「哦？」

丹鳳公主道：「因爲我知道有種人爲了朋友是什麼事都肯做的！」

陸小鳳道：「是哪種人？」

丹鳳公主道：「就是你這種人。」

陸小鳳笑了笑，道：「連我自己都不知道自己是哪種人，你反而知道！」

丹鳳公主道：「我以前雖然沒有見過你，但你的傳說我卻已聽到過很多。」

陸小鳳在聽著，唯一沒有聽見過這些傳說的人，也許就是他自己。

丹鳳公主道：「我聽見很多人都說你是個混蛋，但就連他們自己都不能不承認，你是所有混蛋中最可愛的一個。」

陸小鳳嘆了口氣，他實在聽不出這是讚賞？還是譏刺？但他的眼睛總算已睜開。

丹鳳公主道：「他們都說你外表看來雖然像是茅坑裡的石頭，又臭又硬，其實你的心卻軟得像豆腐。」

陸小鳳苦笑，他只有苦笑。

丹鳳公主忽又笑了笑，道：「傳說當然並不一定可靠，但其中至少有一點他們並沒有說謊。」

陸小鳳忍不住問道：「哪一點？」

丹鳳公主嫣然道：「我一直想不通他們為什麼要說你有四條眉毛，現在我才總算明白了。」

陸小鳳忽然皺了皺眉，他皺眉的時候，鬍子好像也皺了起來。

丹鳳公主道：「你是不是已經猜到這些話是誰告訴我的？」

陸小鳳皺著眉道：「花滿樓真的在你們那裡？」

丹鳳公主道：「我為什麼要騙你？反正你很快就會見到他的。」

陸小鳳道：「他眼睛雖然看不見，但十里外的危險，他都能感覺得到，我實在想不通他怎麼會落入你們的手裡的。」

丹鳳公主道：「因爲他是個好人，又是個男人，一個好男人若是遇見了個壞女人，就難免要上當了。」

陸小鳳道：「他遇見了你？」

丹鳳公主嘆了口氣，道：「有時我雖然也想去騙騙人，只可惜我十個加起來，也比不上一個上官飛燕。」

陸小鳳道：「上官飛燕？」

丹鳳公主道：「上官飛燕是雪兒的姐姐。」

陸小鳳道：「雪兒又是誰？」

丹鳳公主道：「雪兒就是我的小表妹，也就是剛才去請你來的那個小女孩。」

陸小鳳道：「她不是你表姐？」

丹鳳公主笑道：「她今年才十二歲，怎麼會是我表姐？」

陸小鳳怔住了，也不知道自己是該哭三聲？還是該大笑三聲？

他實在想不到自己居然會被一個十二歲的小丫頭騙得團團亂轉。

有這樣的妹妹，姐姐是個什麼樣的人，也就可想而知了。

丹鳳公主看著他臉上那種哭笑不得的表情，又不禁嫣然一笑，道：「那小鬼說起謊來，連眼睛都不會眨一眨的，你是不是也上了她的當？」

陸小鳳苦笑道：「至少我現在總算已想通花滿樓是怎麼上當的了。」

丹鳳公主道：「他雖然在我們那裡，但我們還是很尊敬他，那不僅因爲他是你的好朋友，也因爲他確實是個很了不起的人。」

陸小鳳道：「他的確是的。」

丹鳳公主道：「你跟他，還有朱停，是不是在很小的時候就認得的？」

陸小鳳道：「你對我的事好像知道得很多？」

丹鳳公主笑了笑，道：「老實說，我們爲了要找你，至少已準備了七個月。」

陸小鳳嘆了口氣，道：「無論誰若是花了七個月的功夫去找一個人，這個人想必都要倒楣了。」

丹鳳公主柔聲道：「但我們並不想害你！」

陸小鳳只有苦笑。

丹鳳公主道：「我們要求你做的事雖然危險，可是我相信你一定能做到。」

她凝視著他，眼睛充滿了仰慕和信心。陸小鳳道：「你們要我做的究竟是什麼事？」

丹鳳公主垂下頭，遲疑著，道：「現在我也不必告訴你，反正你很快就會知道的。」

陸小鳳道：「柳餘恨、蕭秋雨、獨孤方，也是爲了這件事來的？」

丹鳳公主點點頭，又笑道：「找他們雖然也不容易，至少總比找你容易得多！」

陸小鳳道：「你們找這三個人用的又是什麼法子？」

丹鳳公主微笑道：「每個人都有弱點的，他們一定也猜不出我能用什麼法子請到你！」

她將手裡的一朵鮮花送到陸小鳳面前，慢慢的接著道：「柳餘恨、蕭秋雨、獨孤方、花滿樓，再加上你，這世上若還有什麼事是你們五個人做不到的，那才真的是怪事。」

車窗外已經有乳白色的煙霧昇起，車廂裡的燈光更柔和。

陸小鳳凝視著她手裡的鮮花，花雖鮮艷，她的手卻更美。

她用她這雙纖秀柔柔的手，輕輕的將這朵鮮花插在陸小鳳的衣襟上，輕輕道：「我看你還是趕快睡覺的好。」

陸小鳳道：「爲什麼？」

丹鳳公主垂下了頭，聲音更輕、更溫柔：「因爲我已經忍不住要開始誘惑你了。」

車馬前行，衝破了濃霧，霧雖濃，卻是晨霧，漫漫的長夜已經結束。

陸小鳳斜倚在車廂裡，似已睡著。

丹鳳公主柔聲道：「你好好的睡一覺，等你醒來的時候，說不定就可以看見他了。」

陸小鳳忍不住又張開眼，道：「他是誰？」

丹鳳公主道：「大金鵬王。」

三 大金鵬王

一

長廊裡陰森而黑暗，彷彿經年看不見陽光。長廊的盡頭是一扇很寬大的門，門上的金環卻在閃閃的發著光。

他們推開這扇門，就看見了大金鵬王。

大金鵬王並不是個很高大的人。

他的人似已因歲月的流逝，壯志的消磨而萎縮乾癟，就正如一朵壯麗的大雞冠花已在惱人的西風裡剛剛枯萎。

他坐在一張很寬大的太師椅上，椅子上鋪滿了織錦的墊子，使得他整個人看來就像是一株已陷落在高山上雲堆裡的枯松。

可是陸小鳳並沒有覺得失望，因爲他的眼睛裡還在發著光，他的神態間還是帶著種說不出的尊嚴和高貴。

那條闊耳長腿的獵犬竟已先回來了，此刻正蜷伏在他腳下。

丹鳳公主也已輕輕的走過去，拜倒在他的足下，彷彿在低低的敘說此行的經過。

大金鵬王一雙發亮的眼睛，卻始終盯在陸小鳳身上，忽然道：「年輕人，你過來。」

他的聲音低沉而有力，他說的話好像就是命令。陸小鳳沒有走過去。

陸小鳳並不是個習慣接受命令的人，他反而坐了下來，遠遠的坐在這老人對面的一張椅子上。

屋子裡的光線也很暗，大金鵬王的眼睛卻更亮了，厲聲道：「你就是陸小鳳？」

陸小鳳淡淡道：「是陸小鳳，不是上官丹鳳。」

他現在已知道他也姓上官——昔日在他們那王朝族裡每個人都是姓上官的，每個人世世代代都爲自己這姓氏而驕傲。

大金鵬王突然大笑，道：「好，陸小鳳果然不愧是陸小鳳，看來我們並沒有找錯人。」

陸小鳳道：「我也希望我沒有找錯人。」

大金鵬王道：「你找花滿樓？」

陸小鳳點點頭。

大金鵬王道：「他很好，只要你答應我一件事，隨時都可以見到他。」

陸小鳳道：「你說的是什麼事？」

大金鵬王並沒有直接回答這句話。

他凝視著手上一枚形式很奇特的指環，蒼老的臉上，忽然閃起了一種奇特的光輝，過了很久，才慢慢的說道：「我們的王朝，是個很古老的王朝，遠在你們這王朝還沒有建立起來的時候，我們的王朝就已存在了。」

他的聲音變得更有力，顯然在爲自己的姓氏和血統而驕傲。

陸小鳳並不想破壞一個垂暮老人的尊嚴，所以他只聽，沒有說。

大金鵬王道：「現在我們的王朝雖已沒落，但我們流出來的血，卻還是王族的血，只要我們的人還有一個活著，我們的王朝就絕不會被消滅！」

他聲音裡不但充滿驕傲，也充滿自信。

陸小鳳忽然覺得這老人的確有他值得受人尊敬的地方，他至少絕不是個很容易就會被擊倒的人。

陸小鳳一向尊敬這種人，尊敬他們的勇氣和信心。

大金鵬王道：「我們的王朝雖然建立在很遙遠的地方，但世代安樂富足，不但田產豐收，深山裡更有數不盡的金沙和珍寶。」

陸小鳳忍不住問道：「那你們爲什麼要到中土來呢？」

大金鵬王臉上的光輝黯淡了，目光中也露出了沉痛仇恨之意，道：「就因爲我們的富足，所以才引起了鄰國的垂涎，竟聯合了哥薩克的鐵騎，引兵來犯。」

他黯然接著道：「那已是五十年前的事了，那時我年紀還小，先王一向注重文治，當然無法抵抗他們那種強悍野蠻的騎兵，但他卻還是決定死守下去，與國土共存亡。」

陸小鳳道：「是他要你避難到中土來的？」

大金鵬王點點頭，道：「爲了保存一部分實力，以謀日後中興，他不但堅持要我走，還將國庫的財富，分成四份，交給了他的四位心腹重臣，叫他們帶我到中土來。」

他面上露出感激之色，又道：「其中有一位是我的舅父上官謹，他帶我來這裡，用他帶來的一份財富，在這裡購買了田產和房舍，使我們這一家能無憂無慮的活到現在，他對我們的恩情，是我永生也難以忘懷的。」

陸小鳳道：「另外還有三位呢？」

大金鵬王的感激又變成憤恨，道：「從我離別父王的那一天之後，我再也沒有看見過他們，但他們的名字，也是我永遠忘不了的。」

陸小鳳對這件事已剛剛有了頭緒，所以立刻問道：「他們叫什麼名字？」

大金鵬王握緊雙拳，恨恨道：「上官木、平獨鶴、嚴立本。」

陸小鳳沉吟著，道：「這三個人的名字我從來也沒有聽說過。」

大金鵬王道：「但他們的人你卻一定看見過。」

陸小鳳道：「哦？」

大金鵬王道：「他們一到了中土，就改名換姓，直到一年前，我才查出了他們的下落。」

他忽然向他的女兒做了個手勢，丹鳳公主就從他座後一個堅固古老的櫃子裡，取出了三卷畫冊。

大金鵬王恨恨道：「這上面畫的，就是他們三個人，我想你至少認得其中兩個。」

每卷畫上，都畫著兩個人像，一個年輕，一個蒼老——兩個人像畫的本是同一個人。

丹鳳公主攤開了第一卷畫，道：「上面的像，是他當年離宮時的形狀，下面畫的，就是我們一年前查訪出的，他現在的模樣。」

這人圓圓的臉，滿面笑容，看來很和善，但卻長著個很大的鷹鈎鼻子。

陸小鳳皺了皺眉，道：「這人看來很像是關中珠寶閻家的閻鐵珊。」

大金鵬王咬著牙，道：「不錯，現在的閻鐵珊，就是當年的嚴立本，我只感激上天，現在還沒有讓他死。」

第二張畫的人顴骨高聳，一雙三角眼威稜四射，一看就知道是個很有權力的人。

陸小鳳看到這個人，臉色竟然有些變了。

大金鵬王道：「這人就是平獨鶴，他現在的名字叫獨孤一鶴，青衣樓的首領也就是他……」

陸小鳳聳然動容，怔了很久，才緩緩道：「這個人我也認得，但卻不知道他就是青衣樓第一樓的主人。」

他長長嘆息了一聲，又道：「我只知道他是峨嵋劍派的當代掌門。」

大金鵬王恨恨道：「他的身分掩飾得很好，世上只怕再也不會有人想到，公正嚴明的峨嵋掌門，竟是個出賣了他故國舊主的亂臣賊子！」

第三張像畫的是個瘦小的老人，矮小，孤單，乾淨，硬朗。

陸小鳳幾乎忍不住叫了起來：「霍休！」

大金鵬王道：「不錯，霍休，上官木現在用的名字，就是霍休！」

他接著又道：「別人都說霍休是個最富傳奇性的人，五十年前，赤手空拳出來闖天下，忽然奇蹟地變成了天下第一富豪，直到現在為止，除了你之外，江湖中人只怕還是不知道他那龐大的財富是怎麼得來的！」

陸小鳳臉色忽然變得蒼白，慢慢的後退了幾步，坐到椅上。

大金鵬王凝視著他，慢慢道：「你現在想必已能猜出我們要求你做的是什麼事了。」

陸小鳳沉默了很久，長長嘆息，道：「但我卻還是不知道你要的究竟是什麼？」

大金鵬王握緊雙拳，用力敲打著椅子，厲聲道：「我什麼都不要，我要的只是公道！」

陸小鳳道：「公道就是復仇？」

大金鵬王鐵青著臉，沉默著。

陸小鳳道：「你是不是要我替你去復仇？」

大金鵬王又沉默了很久，忽然長長嘆了口氣，黯然道：「他們已全都是就快進棺材的老人，我也老了，難道我還想去殺了他們？」

他自己搖了搖頭，否定了自己這句話，又道：「可是我也絕不能讓他們這樣逍遙法外。」

陸小鳳沒有說什麼，他什麼都不能說。

大金鵬王又厲聲道：「第一，我要他們將那批從金鵬王朝帶出來的財富，歸還給金鵬王朝，留作他日復興的基礎。」

這要求的確很公道。

大金鵬王道：「第二，我要他們親自到先王的靈位前，懺悔自己的過錯，讓先王的在天之靈，也多少能得到些安慰。」

陸小鳳沉思著，長嘆道：「這兩點要求的確都很公道。」

大金鵬王展顏道：「我知道你是個正直公道的年輕人，對這種要求是絕不會拒絕的。」

陸小鳳又沉思了很久，苦笑道：「我只怕這兩件事都很難做得到。」

大金鵬王道：「若連你也做不到，還有誰能做得到？」

陸小鳳嘆道：「也許沒有人能做得到。」

他很快的接著又道：「現在這三個人都已經是當今天下聲名最顯赫的大人物，若是真的這麼樣做了，豈非已無異承認了自己當年的罪行？他們的聲名、地位和財富，豈非立刻就要全部都被毀於一旦！」

大金鵬王神情更黯然，道：「我也知道他們自己是當然絕不會承認的。」

陸小鳳道：「何況他們非但財力和勢力，都已經大得可怕，更且他們自己都有著一身深不可測的武功。」

大金鵬王道：「先王將這重任交託給他們，也就因爲他們本就是金鵬王朝中的一流高手！」

陸小鳳道：「這五十年來，他們想必也在隨時提防著你去找他們復仇，所以他們的武功又不知精進了多少？」

他又嘆了口氣，接著道：「我常說當今天下武功真正能達到巔峰的，只有五六個人，霍休和獨孤一鶴完全都包括在其中。」

女人畢竟是好奇的，丹鳳公主忍不住問道：「還有三四個人是誰？」

陸小鳳道：「少林方丈大悲禪師、武當長老木道人，內外功都已達於化境，但若論劍法之犀利靈妙，還得數南海飛仙島，『白雲城主』葉孤城，和『萬梅山莊』的西門吹雪。」
丹鳳公主凝視著他，道：「你自己呢？」
陸小鳳笑了笑，什麼都沒有說——他已不必說。
大金鵬王忽又長長嘆息，黯然道：「我也知道這件事的困難和危險，所以我並不想勉強你來幫助我們，你不妨多考慮考慮。」
他眉宇間充滿悲憤，握緊雙拳，厲聲道：「但我們自己，無論如何也要跟他們拚一拚的，只要我們有一個人活著，就要跟他們拚到底。」
陸小鳳嘆道：「我明白。」
大金鵬王沉默了很久，忽又勉強笑了笑，大聲道：「不管怎麼樣，陸公子總是我們的貴客，爲什麼還不上酒來？」
丹鳳公主垂頭道：「我這就叫人去準備。」
大金鵬王道：「要最好的波斯葡萄酒，將花公子也一起請來。」
丹鳳公主道：「是。」
大金鵬王看著陸小鳳，神情又變得驕傲而莊嚴，緩緩道：「不管怎麼樣，你已是我們的朋友，金鵬王朝的後代，從來也不曾用任何事來要脅朋友。」
銀樽古老而高雅，酒是淡紫色的。
陸小鳳靜靜的看著丹鳳公主將酒傾入古樸的高杯裡，花滿樓就坐在他身旁。

他們並沒有說什麼，只互相用力握了握手。

這就已足夠說明一切。酒已傾滿，只有三杯。

大金鵬王抬頭笑道：「我已有多年不能喝酒，今天破例陪兩位喝一杯。」

丹鳳公主卻搖了搖頭，道：「我替你喝，莫忘記你的腿。」

大金鵬王瞪起了眼，卻又終於苦笑，道：「好，我不喝，幸好看著別人喝酒也是種樂趣，好酒總是能帶給人精神和活力。」

丹鳳公主微笑著向陸小鳳解釋，道：「家父只要喝一點酒，兩腿就立刻要腫起來，會變得寸步難行，我想兩位一定會原諒他的。」

陸小鳳微笑舉杯。

丹鳳公主轉過身，背著她的父親，忽然向陸小鳳做了個很奇怪的表情。陸小鳳看不懂。

丹鳳公主也已微笑舉杯，道：「這是家父窖藏多年的波斯葡萄酒，但望能合兩位的口味。」

她自己先舉杯一飲而盡，又輕輕嘆了口氣，道：「果然是好酒。」

很少有主人會自己再三稱讚自己的酒，丹鳳公主也絕不是個喜歡炫耀自己的人。

陸小鳳正覺得奇怪，忽然發覺他喝下去的並不是酒，只不過是種加了顏色的糖水。

他忽然明白了丹鳳公主的意思，卻又怕花滿樓看不見她的表情。

花滿樓卻在微笑著，微笑著喝下他的酒，也嘆了口氣，道：「果然是好酒！」

陸小鳳笑了，道：「我簡直從來也沒有喝過這麼好的酒！」

大金鵬王大笑，第一次真正愉快的大笑，道：「這的確是人間難求的好酒，但你們這兩個年輕人也的確配喝我這種好酒。」

陸小鳳又很快的喝了三杯，忽然笑道：「這麼好的酒，當然是不能白喝的。」

大金鵬王的眼睛亮了，看著他，道：「你的意思是說……」

陸小鳳長長吸了口氣，道：「你要的公道，我一定去盡力替你找回來！」

大金鵬王忽然長身而立，踉蹌衝到他面前，用雙手扶住他的肩，一雙蒼老的眼睛裡，已充滿了感激的熱淚，連聲音都已哽咽：「謝謝你們，謝謝你們，謝謝你……」

他反反覆覆不停的說著兩句話，也不知已說了多少遍。

丹鳳公主在旁邊看著，也不禁扭轉身子，悄悄的去拭淚。

過了很久，大金鵬王才比較平靜了些，又道：「獨孤方和獨孤一鶴雖然同是獨孤，但他們卻仇深如海，柳餘恨的半邊臉就是被閻鐵珊削去的，蕭秋雨卻是柳餘恨的生死之交，你只要能爲我們做這件事，他們三個赴湯蹈火，也跟你走。」

陸小鳳卻道：「他們最好還是留在這裡。」

大金鵬王皺眉道：「爲什麼？」

陸小鳳嘆了口氣，道：「我也知道他們全都是武林中的一流高手，可是，若要他們去對付獨孤一鶴和霍休，實在無異要他們去送死。」

大金鵬王道：「你……你難道不要別的幫手？」

他輕輕拍了拍花滿樓的肩，微笑道：「我們本來就是老搭檔。」

大金鵬王看著花滿樓，彷彿有點懷疑。

他實在不信這瞎子能比柳餘恨、蕭秋雨、獨孤方那樣的高手還強，只怕無論誰都不信。

陸小鳳已接著又道：「除了他之外，我當然還得去找兩三個人！」

大金鵬王道：「找誰？」

陸小鳳沉吟著，道：「先得找朱停。」

大金鵬王道：「朱停？」他顯然沒有聽見過這名字。

陸小鳳笑了笑，道：「朱停並不能算是個高手，但現在卻很有用。」

大金鵬王在等著他解釋。

陸小鳳道：「你既然找到了他們，他們說不定已發現了你，你要找他們算帳，他們也很可能先下手爲強，將你殺了滅口！」

大金鵬王冷笑道：「我不怕！」

陸小鳳嘆了口氣，道：「你不怕，我怕，所以我一定要找朱停來，只有他可以把這地方改造成一個誰都很難攻進來的城堡。」

大金鵬王道：「他懂得製造機關消息？」

陸小鳳微笑道：「只要他肯動手，他甚至可以製造出一張會咬人的椅子。」

大金鵬王也笑了，道：「看來你的確有很多奇怪的朋友。」

陸小鳳道：「現在我只希望我能說動一個人出來幫我做這件事。」

大金鵬王目光閃動，道：「他也很有用？」

陸小鳳道：「他若肯出手，這件事才有成功的機會。」

大金鵬王道：「這個人是誰？」

陸小鳳道：「西門吹雪。」

長廊裡更陰森黝暗，已經是下午。

丹鳳公主垂著頭，漆黑的頭髮春泉般披在雙肩，輕輕道：「剛才的事，我真不知道該怎麼樣謝謝你。」

陸小鳳道：「你說的是剛才那杯酒？」

丹鳳公主的臉紅了紅，垂著頭道：「現在你也許已看得出，家父是個很好勝的人，而且再也受不了打擊，所以我一直不願讓他知道真相。」

陸小鳳道：「我明白。」

丹鳳公主幽幽的嘆息著，道：「這地方除了他老人家日常起居的客廳和臥房外，別的房子幾乎已完全是空的了，就連那些窖藏多年的好酒，也都已陸續被我們賣了出去。」

她的頭垂得更低：「我們家裡幾乎完全沒有能生產的人，要維持這個家，已經很不容易，何況，我們還要去做很多別的事，爲了去找你，甚至連先母留給我的那串珍珠，都被我典押給別人了。」

陸小鳳嘆了口氣，道：「我本來還不很清楚你們的情況，可是那杯酒，卻告訴了我很多事。」

丹鳳公主忽然抬起頭，凝視著他，道：「就因爲你已知道我們的情況，所以才答應？」

陸小鳳道：「當然也因爲他已將我當做朋友，並沒有用別的事來要脅我！」

丹鳳公主看著他，美麗的眼睛裡似已露出了感激的淚珠。

所以她很快的垂下頭，柔聲說道：「我一直都看錯了，我一直都以爲你是個絕不會被情感打動的人！」

花滿樓一直在微笑著，他聽的多，說的少，現在才微笑著道：「我說過，這個人看來雖然又臭又硬，其實他的心卻軟得像豆腐。」

丹鳳公主忍不住嫣然一笑，道：「其實你也錯了！」

花滿樓道：「哦？」

丹鳳公主道：「他看起來雖然很硬，但卻一點也不臭。」

這句話沒說完，她自己的臉已紅了，立刻改變話題，道：「客房裡實在簡陋得很，只希望兩位不要在意。」

陸小鳳輕輕咳嗽，道：「也許我們根本不該答應留下來吃晚飯的。」

丹鳳公主忽又嫣然一笑，道：「莫忘記我們還有你爲我們留下來的四錠金子。」

陸小鳳目光閃動著，道：「那時你們已知道霍老頭就是你們要找的人？」

丹鳳公主道：「直到你說出來，我們才知道。」

陸小鳳的表情忽然變得很嚴肅，道：「但你們又怎會知道獨孤一鶴就是青衣樓的主人？這本是江湖中最大的秘密！」

丹鳳公主遲疑著，終於回答：「因爲柳餘恨本是他左右最得力的親信之一，昔年風采翩翩的『玉面郎君』變成今天這樣子，也是爲了他。」

陸小鳳的眼睛亮了，似乎忽然想通了很多事。

丹鳳公主輕輕嘆息，又道：「多情自古空餘恨，他本是個傷心人，已傷透了心！」

二

客房很大，但除了一床一几，幾張陳舊的椅子外，就幾乎已完全沒有別的陳設。

花滿樓坐了下來，他雖然看不見，卻彷彿總能感覺到椅子在哪裡。

陸小鳳看著他，忽然問道：「你從來沒有坐空過？」

花滿樓微笑道：「你希望我坐空？」

陸小鳳也笑了，道：「我只希望你坐下去的時候，忽然發現自己坐在一個女人身上。」

花滿樓道：「這種經驗你比我豐富。」

陸小鳳淡淡道：「這種經驗你若也跟我一樣多，也許就不會上當了！」

花滿樓道：「上誰的當？」

陸小鳳道：「你已忘了上官飛燕？」

花滿樓笑了笑，道：「我沒有上當，我自己願意來的。」

陸小鳳很驚訝，道：「你自己願意來的？爲什麼？」

花滿樓道：「也許因爲我最近過的日子太平凡，也很想找一兩件危險而有趣的事來做做！」

陸小鳳冷冷道：「也許你只不過是被一個很會說謊的漂亮女人騙了！」

花滿樓笑道：「她的確是個很會說謊的女孩子，但卻對我說了實話。」

陸小鳳道：「她早已將這件事告訴了你？」

花滿樓點點頭。

陸小鳳道：「也許她已發現對付你這種人最好的法子，就是說實話。」

花滿樓道：「也許。」

陸小鳳道：「她的目的就是要你來，你既然來了，她就已達到目的。」

花滿樓微笑道：「你好像存心要讓我生氣？」

陸小鳳道：「你不生氣？」

花滿樓笑道：「我爲什麼要生氣？他們用馬車接我來，用貴賓之禮接待我，這裡風和日麗，院子裡鮮花開得很旺盛，何況，現在你也來了，我就算真的是上了她的當，也已沒什麼好抱怨的。」

陸小鳳忍不住笑道：「看來要你生氣，的確很不容易。」

花滿樓忽然問道：「你真的想去找西門吹雪？」

陸小鳳道：「嗯！」

花滿樓道：「你能說動他出手替別人做事？」

陸小鳳苦笑道：「我也知道天下好像再也沒有什麼能打得動他的事，但我總得去試試。」

花滿樓道：「然後呢？」

陸小鳳道：「現在我還沒有想到別的，只想到外面到處去走走，到處去看看。」

花滿樓道：「你是想看什麼？」

陸小鳳道：「也許我最想看的就是上官飛燕。」

花滿樓還在微笑著，但笑容中似乎已有了些憂慮之意，淡淡道：「你看不到她的！」

陸小鳳道：「爲什麼？」

花滿樓道：「自從我來了之後，就再也沒有聽過她的聲音，她好像已離開了這裡。」

陸小鳳看著他，眼睛裡彷彿也有了些憂慮之色。

花滿樓卻又笑了笑，道：「她好像是個很不容易安定下來的女人。」

陸小鳳忽然也笑了，道：「其實女人又有哪個不是這樣子的？」

屋子裡已剛剛黯了下來，花滿樓一個人靜靜的坐在那裡，看來還是那麼愉快，那麼平靜。他永遠是愉快而滿足的，因爲無論在什麼地方，他都能領略到一些別人領略不到的樂趣。

現在他正在享受著這暮春三月裡的黃昏。

然後他就聽到了一陣敲門聲。

敲門聲剛響起，人已推開門走了進來，是兩個人，獨孤方和蕭秋雨。

但腳步聲卻只有一個人的，獨孤方的腳步簡直比春風還輕。

花滿樓微笑道：「兩位請坐，我知道這裡還有幾張椅子！」

他既沒有問他們的來意，也沒有問他們是誰，無論誰走進他的屋子，他都一樣歡迎，都一樣會將自己所有的一切和這個人分享。

獨孤方卻沉下了臉，冷冷道：「你怎麼知道我們是兩個人？你究竟是不是個真的瞎子？」

他本來認爲絕不會有人聽到他腳步聲的，他對自己的輕功一向很自負！所以他現在很不高興。

花滿樓卻是同樣愉快，微笑著道：「有時連我自己也不信我是個真的瞎子，因爲我總認爲只有那種雖然有眼睛，卻不肯去看的人，才是真的瞎子。」

蕭秋雨也在微笑，道：「你忘了還有一種人也是真的瞎子。」

花滿樓道：「哪種人？」

蕭秋雨道：「死人。」

花滿樓笑道：「你怎麼知道死人是真的瞎子？也許死人也同樣能看見很多事，我們都還沒有死，又怎麼會知道死人的感覺？」

獨孤方冷冷道：「也許你很快就會知道了！」

蕭秋雨悠然道：「我們並不認得你，跟你也沒有仇恨，但現在卻是來殺你的！」

花滿樓非但沒有吃驚，甚至連一點不愉快的表情都沒有，他還是在微笑著，淡淡的笑道：「其實我也早就在等著兩位了！」

獨孤方道：「你知道我們要來殺你？」

花滿樓道：「陸小鳳並不笨，可是他得罪的人卻遠比他自己想像中多得多，因爲他有時說話簡直就像是個大砲。」

獨孤方冷笑。

花滿樓道：「誰也不願意別人認爲他還不如個瞎子，何況是兩位這麼樣的高手，這當然是件不能忍受的事，兩位當然會找我這個瞎子比一比高下！」他神情還是同樣平靜，慢慢的接著道：「江湖好漢最忍不得的，本就是這口氣！」

獨孤方道：「你呢？」

花滿樓道：「我不是好漢，我只不過是個瞎子。」

獨孤方雖然還在冷笑，但臉上卻已忍不住露出很驚異的表情。

這瞎子知道的事實在太多了。

蕭秋雨道：「你知道我們要來，還在這裡等著？」

花滿樓道：「一個瞎子又能跑到哪裡去？」

獨孤方突然厲喝道：「去死去！」

喝聲中他已出手，一根閃亮亮的練子槍已毒蛇般刺向花滿樓咽喉。

斷腸劍也已出手！

他出手很慢，慢就沒有風聲，瞎子是看不到劍的，只能聽到一劍刺來時所帶起的風聲。

這一劍卻是根本沒有風聲，這一劍才是真正能令瞎子斷腸的劍。

何況還有毒蛇般的練子槍，在前面搶攻。練子槍縱然不能一擊而中，這一劍卻是絕不會失手的。

可是蕭秋雨想錯了。

這瞎子除了能用耳朵聽之外，竟似還有種奇妙而神秘的感覺。

他彷彿已感覺到真正致命的並不是槍，而是劍——他既看不到、也聽不到的這一劍！

劍沒有刺過來，他已突然翻身，練子槍從他肩上掃過去的時候，他的雙手已「啪」的一聲，夾住了劍鋒。

「格、格」兩響，一柄百煉精鋼長劍，已突然斷成了三截——別人的腸未斷，他的劍卻已斷了。

最長的一截還夾在花滿樓手裡，他反手，練子槍就已纏住了劍鋒。

花滿樓的人卻已滑出三丈，滑到窗口，恰巧坐在窗下的一張椅子上。

獨孤方怔住，蕭秋雨的臉在暮色中看來，已驚得像是張白紙。

花滿樓微笑著，道：「我本不想得罪蕭先生的，但蕭先生的這一劍，對一個瞎子說來，未免太殘忍了些，我只希望蕭先生換過一柄劍後，出手時能給別人留下兩三分退路。」

三

花園裡的花木本來確實很多，但現在卻已有很多花枝被折斷。

陸小鳳現在才知道丹鳳公主帶去的那些鮮花是從什麼地方來的了。

就在這時候，他又看見了那個小女孩。

上官雪兒就站在花叢裡，站在斜陽下。淡淡的斜陽，照著她絲綢般柔軟光滑的頭髮。

她看起來還是很乖很乖的樣子，就像是從來也沒有說過半句謊話。

陸小鳳笑了，忍不住過去招呼，道：「喂，小表姐。」

上官雪兒回頭看了他一眼，也笑了笑，道：「喂，小表弟。」

陸小鳳道：「你好！」

上官雪兒道：「我不好！」

陸小鳳道：「爲什麼不好？」

上官雪兒道：「我有心事，很多心事。」

陸小鳳忽然發覺她那雙明亮的大眼睛裡，好像真的帶著種說不出的憂鬱，甚至連她那甜甜的笑容，都似已變得有點勉強。

他忍不住問道：「你有什麼心事？」

上官雪兒道：「我在耽心我姐姐。」

陸小鳳道：「你姐姐？上官飛燕？」

上官雪兒點點頭。

陸小鳳道：「你擔心她什麼？」

上官雪兒道：「她忽然失蹤了。」

陸小鳳道：「什麼時候失蹤的？」

上官雪兒道：「就是花滿樓到這裡來的那一天，也就是我們出去找你的那一天。」

陸小鳳瞪著眼，道：「你既然擔心，爲什麼不出去找她？」

上官雪兒道：「因爲她說過她要留在這裡等我們回來的。」

陸小鳳道：「她說的話你全都相信？」

上官雪兒道：「當然相信。」

陸小鳳忍不住笑道：「她既然沒有出去，又怎麼會忽然不見了呢？」

上官雪兒道：「我也想不通，所以我正在找她。」

陸小鳳道：「在這花園裡找？」

上官雪兒道：「嗯！」

陸小鳳道：「她難道會在這花園裡躲起來，而且已躲了好幾天？」

上官雪兒道：「我不是在找她的人，我是在找她的屍首。」

陸小鳳皺眉道：「她的屍首？」

上官雪兒道：「我想她一定已經被人殺了，再把她的屍首埋在這花園裡！」

陸小鳳道：「這是你們自己的家，難道也會有人殺她？」

上官雪兒道：「這裡雖然是我們自己的家，但家裡卻有別人。」

陸小鳳道：「別的什麼人？」

上官雪兒道：「譬如說你的朋友花滿樓。」

陸小鳳道：「你認爲花滿樓也會殺人？」

上官雪兒道：「爲什麼不會？每個人都可能殺人的，甚至連老王爺都有可能！」

陸小鳳道：「老王爺也可能殺她？爲什麼？」

上官雪兒道：「就因爲我不知道爲什麼，所以我才要找！」

陸小鳳輕輕嘆了口氣，道：「你想得太多了，一個十二歲的小女孩，本不該想得這麼多的！」

上官雪兒看著他，看了很久，才慢慢的問道：「誰說我只有十二歲？」

陸小鳳道：「你表姐說的。」

上官雪兒道：「她說的話你相信，我說的話你爲什麼就不相信？」

陸小鳳道：「因爲……」

上官雪兒冷笑道：「是不是因爲我天生看來就像是個會說謊的人？」

陸小鳳又笑了，道：「至少你看來絕不像是個二十歲的女人。」

上官雪兒又看了他很久，忽然嘆了口氣，道：「你這人最大的毛病就是自作聰明，該相信的你不信，不該相信的你反而相信了。」

這句話沒說完，她的人影一閃，已消失在花叢裡。

暮色蒼茫，連那最後的一抹夕陽，也已看不見了，大地已漸漸被籠罩在黑暗裡。

滿園鮮花，也漸漸失去了顏色。

陸小鳳面對著霧一般茫茫的暮色，忽然覺得這地方彷彿本就在霧裡。人也在霧裡。

四

暮色更濃，屋子裡沒有燃燈。

陸小鳳進來的時候，花滿樓還坐在窗口，彷彿正在享受著那窗外吹進來的春風，春風中帶著的香氣，他隨時隨地都享受著生命。

陸小鳳忽然問道：「他們已來過？」

花滿樓道：「誰來過？」

陸小鳳道：「獨孤方和蕭秋雨。」

花滿樓道：「你知道他們會來？」

陸小鳳笑了笑，道：「柳餘恨不會爲了這種事來殺你，可是他們——他們也殺不了你。」

花滿樓凝視著他，微笑道：「你好像算得很準。」

陸小鳳笑道：「我若算不準，剛才爲什麼要溜出去？」

花滿樓道：「你故意激他們來，故意溜出去，讓他們有機會來殺我？」他嘆了口氣，苦笑著道：「像你這樣的朋友，倒也真難找得很。」

陸小鳳忽然也嘆了口氣，道：「你那位上官飛燕，也真難找。」

花滿樓道：「你找過她？」

陸小鳳道：「連她妹妹都找不到她，我去找又有什麼用？」

花滿樓安詳平靜的臉上，又露出一抹憂慮之色，對這個突然失蹤了的女孩子，他顯然已有了種很不尋常的感情，就算想隱藏也隱藏不了。

這種感情若是到了一個人心裡，就好像沙粒中有了顆珍珠一樣，本就是任何人都一眼就可以看出來的。

陸小鳳當然也看得出，立刻又故意問道：「你見過她妹妹沒有？」

花滿樓道：「沒有。」

陸小鳳道：「看來你運氣還不錯，至少比我的運氣好些。」

花滿樓道：「她妹妹是個小搗蛋？」

陸小鳳苦笑道：「豈只是個小搗蛋，簡直是個小妖怪，非但說起謊來可以把死人都騙活，而且還有疑心病。」

花滿樓道：「小姑娘也會有疑心病？」

陸小鳳道：「她的疑心病簡直比老太婆還重，她甚至懷疑她的姐姐已經被人謀害了，甚至懷疑你和大金鵬王就是兇手。」

他本來是想讓花滿樓開心些的，所以他自己也笑了。

可是花滿樓卻連一點開心的樣子都沒有。

陸小鳳又忍不住道：「你說她這種想法是不是很滑稽？」

花滿樓道：「不滑稽。」

陸小鳳道：「上官飛燕也只不過是個小姑娘，最多也只不過會說謊而已，十八九歲的女孩子，誰不會說謊呢？別人爲什麼要謀害這麼樣一個女孩子，又有誰能下得了這種毒手？」

花滿樓沉默著，過了很久，才緩緩道：「現在我只有一個希望。」

陸小鳳道：「什麼希望？」

花滿樓微笑著，道：「我只希望他們今天晚上用的不是假酒。」

這句話本不該花滿樓說的，他本來也不是個喜歡喝酒的人。

陸小鳳看著他，忽然覺得他的笑容好像也變得有點神秘起來。

無論什麼人，只要到了這裡，好像都立刻會變得有點神秘，有點古怪。

陸小鳳眨了眨眼，也故意裝出像是很神秘的腔調，壓低聲音道：「我也有個希望。」

花滿樓忍不住問道：「什麼希望？」

陸小鳳道：「我只希望他們今天晚上請我們吃的不是人肉包子，喝的不是迷魂酒！」

四 盛宴

一

盛宴。宴席就擺在大金鵬王剛才接見的花廳裡，酒菜豐富而精緻。

酒是真酒，真正上好的陳年花雕。

陸小鳳舉杯一飲而盡，忽然嘆息著道：「這雖然也是好酒，但比起剛才的波斯葡萄酒來，就差得遠了。」

大金鵬王大笑，道：「那種酒只宜在花前月下，淺斟慢飲，你閣下這樣子喝法，就未免有些辜負了它。」

花滿樓微笑道：「他根本不是在喝酒，是在倒酒，根本連酒是什麼味道，都沒有感覺出來，好酒拿給他喝，實在是糟塌了。」

大金鵬王又大笑，道：「看來你倒真不愧是他的知己。」

這主人今天晚上非但興致很高，而且又換了件用金線繡著團龍的錦袍，看來已真的有點像是國王在用盛宴款待他出征前的大將。

丹鳳公主也顯得比平時更嬌艷，更美麗。

她親自爲陸小鳳斟滿了空杯，嫣然道：「我倒覺得就要像這樣子喝酒才有男子漢的氣概，那些喝起酒來像喝毒藥一樣的男人，絕沒有一個女孩子會看上眼的！」

大金鵬王忽然板起了臉，道：「女孩子難道都喜歡酒鬼？」

丹鳳公主眼珠子轉了轉，道：「喝酒當然也有點壞處。」

大金鵬王道：「只有一點壞處？」

丹鳳公主點點頭，道：「一個人酒若是喝得太多，等到年紀大了，腿有了毛病，不能再喝酒時，看見別人喝酒就會生氣，一個人常常生氣總不是好事。」

大金鵬王還想板著臉，卻已忍不住失笑道：「說老實話，我年輕時喝酒也是用倒的，我保證絕不會比你倒得慢。」

聰明的主人都知道，用笑來款待客人，遠比用豐盛的酒菜更令人感激。

所以懂得感激的客人就該知道，要怎麼樣才能讓主人覺得自己笑的值得。

陸小鳳又倒了一杯酒下去，忽然道：「我準備明天一早就去找西門吹雪。」

大金鵬王拊掌道：「好極了。」

陸小鳳道：「這人是個怪物，一定要我自己去才找得出來，朱停就不必了。」

他從身上找出張又髒又皺的紙，鋪開，用筷子蘸了蘸醬油，在紙上劃了個龍飛鳳舞的「鳳」字，然後就交給丹鳳公主，道：「你隨便找個人帶著這張紙去見他，他就會跟那個人來的。」

丹鳳公主遲疑著，道：「我聽說你們已經有很久不說話了。」

陸小鳳道：「我並沒有想到跟他說話，只不過要他來而已，那完全是兩回事。」

丹鳳公主瞪著眼，道：「他不跟你說話，可是一看見你的花押，他就肯跟一個陌生人到陌生的地方來？」

陸小鳳道：「絕無問題。」

丹鳳公主失笑道：「看來這位朱先生倒也可以算是個怪人。」

陸小鳳道：「豈止是個怪物，簡直是個混蛋。」

丹鳳公主摺起了這張紙，竟赫然是張伍千兩的銀票。

她忍不住道：「這張銀票還能不能兌現？」

陸小鳳道：「你認爲這是偷來的？」

丹鳳公主的臉紅了紅，道：「我只不過覺得，你們本來既然是好朋友，你用這種法子去請他，他會不會覺得你看不起他？會不會生氣？」

陸小鳳道：「他不會。」

他笑了笑，接著道：「這個人唯一的好處，就是無論你給他多少錢，他都絕不會生氣。」

丹鳳公主嫣然道：「這只因爲他並不是個僞君子，你也不是。」

你明明知道你的朋友在餓著肚子時，卻偏偏要恭維他是個可以不食人間煙火的神仙，是條寧可餓死也不求人的硬漢。

你明明知道你的朋友要你寄錢給他時，卻只肯寄給他一封充滿了安慰和鼓勵的信，還告訴他自力更生是件多麼高貴的事。

假如你真的是這種人，那麼我可以保證，你唯一的朋友就是你自己。

上官丹鳳不是這種人，她顯然已明白了陸小鳳的意思。

除了有一張美麗的臉之外，她居然還有一顆能了解別人、體諒別人的心——這兩樣東西本來是很難在同一個女孩子身上找到的。

只有最聰明的女人才知道，體諒和了解，永遠比最動人的容貌還能令男人動心。

陸小鳳忽然發現自己竟好像愈來愈喜歡這女孩子了，直到現在為止，他心裡居然還在想著她。

現在夜已很深，屋子裡沒有點燈，春風輕輕的從窗外吹進來，送來了滿屋花香。

陸小鳳一個人躺在床上，眼睛還睜得很大。如此深夜，他為什麼還不睡？莫非他還在等人？

他等的當然不會是花滿樓，花滿樓剛剛才跟他分手沒多久。

夜更靜，靜得彷彿可以聽見露珠往花瓣上滴落的聲音，所以他聽見了走廊上的腳步聲。

腳步聲很輕，但他的心卻忽然跳得很快了，這時腳步聲已停在他門外。

門沒有閂，一個人輕輕的推開門，走進來，又輕輕的將門掩起。

屋子裡暗得很，連這個人的身材是高是矮都分辨不清。

但陸小鳳卻沒有問她是什麼人，好像早已知道她是什麼人。

腳步聲更輕、更慢，慢慢的走到他的床頭，慢慢的伸出手來，輕輕的摸著他的臉。

她的手冰冷而柔軟，還帶著種鮮花的芬芳。

她摸到了陸小鳳的鬍子，才證實了躺在床上的這個人確實是陸小鳳。

陸小鳳剛聽見衣服落在地上的聲音，就已感覺到一個赤裸的身子鑽進了他的被窩。

她的身子本來也是冰涼而柔軟的，但忽然間就變得發燙起來，而且還在發著抖，就像是跳動的火焰一樣，刺激得陸小鳳連咽喉都似被堵塞住。

過了很久，他才輕輕嘆了口氣，喃喃說道：「我警告過你，我是禁不起誘惑的，你為什麼還是要來！」

她沒有說話，她身子抖得更厲害。

他忍不住翻著身，緊緊擁抱著她，她緞子般光滑的皮膚上，立刻被刺激得起了粒粒麻點，好像是春水被吹起了一陣陣漩渦。

她的胸膛已緊緊貼住他的胸膛，她的胸膛就像是鴿子般嬌嫩而柔軟。

陸小鳳忽然推開了她，失聲道：「你不是……你是什麼人？」

她還是不肯開口，身子卻已縮成一團。

陸小鳳伸出手，剛碰到她的胸膛，又像是觸了電般縮回去，道：「你是小表姐！」

她終於不能不承認了，吃吃的笑了起來，道：「我知道你是小表弟。」

陸小鳳就像是突然中了箭般，突然從床上跳起來，道：「你來幹什麼？」

上官雪兒道：「我為什麼不能來，你剛才以為我是誰？」

聽她的聲音，她好像已生氣了。

一個女孩子最不能忍受的事，也許就是一個男人在跟她親熱時，卻將她當做了別人。

陸小鳳的嘴並不笨，但是在這種情況下，他實在不知道該說什麼。

上官雪兒冷笑了一聲，又道：「她能來，我爲什麼不能來，你說？」

陸小鳳嘆了口氣，道：「因爲我跟你一比，簡直就像個老頭子。」

上官雪兒道：「我到這裡，爲的就是要證明給你看，我已經不是孩子了，要你相信我不是在說謊，你難道以爲我喜歡你？告訴你，少自我陶醉！」

她的聲音愈說愈大，愈說愈氣，已好像要哭出來的樣子。

陸小鳳的心又軟了，剛伸出手，輕輕揉了揉她的頭髮，剛想說兩句安慰她的話……

忽然間，房門又被推開，黑暗的房子立刻亮了起來。

一個人手裡舉著燈，站在門口，穿著件雪白的袍子，臉色卻比她的白袍子還蒼白。

上官丹鳳！

陸小鳳幾乎忍不住要鑽到床底下去，他實在受不了她看著他時的那種眼色。

雪兒臉上的表情，也好像一個正在廚房裡偷冰糖吃，恰巧被人撞見了的孩子。

可是她立刻又挺起了胸，赤裸裸的站起來，歪著嘴向陸小鳳笑了笑，道：「你爲什麼不早點告訴我她要來，我本來可以早點走的。」

上官丹鳳看著她，連嘴唇都已氣得發抖，想說話，卻又說不出。

雪兒也已披上了長袍，昂著頭，從她面前走過，忽又歪著嘴對她笑了笑，道：「其實你也用不著生氣，男人本來就全都是這樣子的。」

上官丹鳳沒有動，也沒有開口，她全身都似僵硬。雪兒的腳步聲終於已漸漸遠去。

上官丹鳳還是站在那裡，瞪著陸小鳳，美麗的眼睛似已有了淚光，喃喃道：「這樣也好，我總算看清了你是個什麼樣的男人。」她跺一跺腳，扭頭就走。

可是陸小鳳已趕過去，拉住了她。

上官丹鳳咬著嘴唇，道：「你……你還有什麼話說？」

陸小鳳嘆了口氣，道：「我本來也不必說什麼的，因爲你應該明白，我本是在等你。」

上官丹鳳垂下頭，聽著，過了很久，也輕輕嘆了口氣，道：「我本來是想來的。」

陸小鳳道：「現在呢？」

上官丹鳳道：「現在……現在我卻要走了。」

她忽又抬起頭，凝視著陸小鳳，眼睛裡帶著種又複雜，又矛盾的表情，也不知是在埋怨，還是在惋惜。

陸小鳳苦笑道：「你真的相信我會跟雪兒……」

上官丹鳳用指尖輕輕掩住了他的嘴，柔聲道：「我知道你不會，可是今天晚上……今天晚上我已不能留在這裡。」

無論誰看見這種殺風景的事，都絕不會再對別的事有興趣了。

陸小鳳當然明白她的意思，他已放開手。

上官丹鳳忽然踮起腳尖，在他臉上親了親，輕輕說道：「你也應該知道我本來並不想走的。」

陸小鳳忽然笑了，微笑著道：「現在你最好還是快點走，否則我說不定會……」

上官丹鳳不等他的話說完，已從他懷抱中溜了出去，忽又回眸一笑，道：「我警告你，那小丫頭可真是個小妖精，你下次看見她時也最好快點走，我吃醋的時候會咬人的。」

夜更深，更靜，天地間充滿了寧靜與和平。人的心呢？

二

上午。青石板的街道已剛剛被太陽曬得發燙，兩旁的店舖還有幾家未曾開門。大城裡的人，又有幾個還能習慣那種「日出而作」的生活？陸小鳳和花滿樓正站在發燙的青石板上。

丹鳳公主用綴滿鮮花的馬車，一直將他們送到這裡才回頭的。

「我們一有消息，就會通知你。」

「我知道，我等你。」

我等你——有她這麼樣一個女孩子在等你，你還有什麼可埋怨的。

花滿樓忽然笑著道：「我看你只怕遲早總免不了要被她咬一口的了。」

陸小鳳瞪了他一眼，也忍不住笑道：「這個人的耳朵簡直比兔子還要靈呢，下次我倒要提防著他些。」

花滿樓微笑著道：「她說的那小妖精，也就是上官飛燕的妹妹？」

陸小鳳苦笑道：「像她那樣的小妖怪，無論在什麼地方都很難找出第二個。」

花滿樓沉吟著，終於忍不住問道：「她有沒有找到她姐姐？」

陸小鳳道：「好像還沒有——我剛才應該問問上官丹鳳的，她也許會知道你那隻燕子飛到哪裡去了？」

花滿樓又笑了笑，道：「你不問也好，問了說不定也要被她咬一口。」

陸小鳳道：「我雖然沒有問，但雪兒卻已應該問過。」

花滿樓道：「看樣子她也沒有問出來！」

他雖然在微笑，但臉上卻又掩不住露出了憂慮之色。

陸小鳳沉思著，忽又問道：「你知不知道上官飛燕有多大年紀？」

花滿樓道：「她說過，她是屬羊的，今年才十八。」

陸小鳳用指尖抹著他的鬍子，喃喃道：「一個十八歲的女孩子，會不會有一個二十歲的妹妹？」

花滿樓笑道：「這就得看情形了。」

陸小鳳怔了怔，道：「看情形？」

花滿樓道：「若連你這樣聰明的人，都會問出這麼笨的話來，十八歲的女孩子爲什麼不會有二十歲的妹妹？二十歲的妹妹說不定還會生出八十歲的兒子來！」

陸小鳳也笑了，忽然用力拍了拍他的肩，道：「十八歲的姐姐顯然絕不會有二十歲的妹妹，上官飛燕也就絕不會有意外。」

花滿樓道：「哦？」

陸小鳳道：「雪兒說不定根本就知道她姐姐在哪裡，卻故意用那些話來唬我，現在我才知道，她說的話連一個字都不能相信。」

花滿樓又笑了笑，彷彿已不願再討論這件事，他忽然改變話題，問道：「你不是說你要到這裡來找人？」

陸小鳳點點頭。

花滿樓道：「西門吹雪好像並不是住在這裡的！」

陸小鳳道：「他本來就不在這裡，我找的是別人！」

花滿樓道：「你找誰？」

陸小鳳道：「你很少在外面走動，也許還不知道江湖中有兩個很奇怪的老頭子，一個上知天文、下知地理，古往今來所有奇奇怪怪的事，他都知道一點，另一個的本事更大，無論你提出多奇怪困難的問題，他都有法子替你解決。」

花滿樓道：「你說的是大通和大智？」

陸小鳳道：「你也知道他們？」

花滿樓淡淡道：「我雖然是個瞎子，卻一點也不聾。」

陸小鳳苦笑道：「有時我倒真希望你還是聾一點的好。」

這時他們已走到陰涼的屋簷下，對面正有一個和尚垂著頭，規規矩矩的走過來。

這和尚長得倒也是方面大耳，很有福相，身上所穿的卻又破又髒，腳上一雙草鞋更已幾乎爛通了底。

陸小鳳看見了這和尚，立刻迎上去，笑道：「老實和尚，你好！」

老實和尙抬頭看見了他，也笑了，道：「你最近有沒有變得老實些？」

陸小鳳笑道：「等你不老實的時候，我就會老實了。」

老實和尙遇著了他，好像只有苦笑。

陸小鳳又道：「看樣子你今天好像特別開心，莫非有什麼喜事？」

老實和尙苦笑道：「老實和尙怎麼會有喜事？像你這樣不老實的小伙子才會有喜事。」

陸小鳳道：「但今天卻好像是例外。」

老實和尙皺了皺眉，又嘆了口氣，道：「今天的確是例外。」

看他的表情，無論誰都看得出他已不願陸小鳳再問下去。

只可惜陸小鳳偏偏有點不識相，還是在問道：「爲什麼？」

老實和尙苦著臉，訥訥道：「因爲……因爲我剛做過一件不太老實的事。」

他本來不想說的，卻又不能不說，因爲他是個老實和尙。

所以陸小鳳更覺得奇怪，更要問下去：「你也會做不老實的事？」

老實和尙道：「這還是我平生第一次。」

陸小鳳覺得更有趣了，壓低聲音，道：「你做了什麼事？」

老實和尙的臉似已有點發紅，囁嚅著道：「我剛去找過歐陽。」

陸小鳳道：「歐陽是什麼人？」

老實和尙看著他，表情忽然變得很奇怪，竟好像有點沾沾自喜的樣子，又好像對陸小鳳的無知很同情，搖著頭道：「你怎麼連歐陽都不知道？」

陸小鳳道：「我爲什麼一定要知道？」

老實和尚悄悄道：「因爲歐陽就是歐陽情。」

陸小鳳道：「歐陽情又是何許人也？」

老實和尚的臉更紅，結結巴巴的說道：「她是個……是個很出名的……妓女。」

他好像已連吃奶的力氣都用了出來，才總算說出了最後這兩字。

陸小鳳幾乎忍不住要跳了起來，他做夢也想不到這老實和尚也會去找妓女。

可是他心裡雖然覺得又驚奇，又好笑，臉上卻偏偏不動聲色，反而淡淡道：「其實這也算不了什麼，這種事本來就很平常的。」

老實和尚反而吃了一驚，忍不住道：「這種事還很平常？」

陸小鳳正色道：「和尚既沒有老婆，也沒有小老婆，一個身強力壯的人，若連妓女都不能找，你叫他們怎麼辦？難道去找尼姑？」

老實和尚已聽得怔住。

陸小鳳接著道：「何況，高僧和名妓不但是妙對，而且本來就有種很密切的關係。」

老實和尚忍不住問道：「什麼關係？」

陸小鳳道：「高僧是做一天和尚，撞一天鐘，名妓卻是做一天鐘，撞一天和尚……這種關係難道還不夠密切麼？」話還沒有說完，他自己忍不住笑得彎了腰。

老實和尚卻已氣得發了呆，呆呆的怔了半天，才嘆息著，喃喃道：「我佛慈悲，爲什麼叫我昨晚上遇見孫老爺，今天早上又遇見陸小鳳？」

陸小鳳忽然不笑了，急急問道：「你看見了孫老爺?他在哪裡?我正要找他。」

老實和尙卻好像沒聽見他的話，嘴裡還是唸唸有詞，道：「阿彌陀佛，看來壞事真是萬萬做不得的，我真該死，菩薩應該罰我爬回去。」

他唸著唸著，忽然伏在地上，竟真的一路爬著走了。

陸小鳳也只有看著他苦笑，全沒有半點別的法子。

花滿樓忍不住走過來，問道：「他真的在爬?」

陸小鳳嘆了口氣，苦笑道：「這個人若說要爬十里，就絕不會只爬九里半的，因爲他是個老實和尙。」

花滿樓笑道：「看來他不但是個老實和尙，還是個瘋和尙。」

陸小鳳道：「但他卻是在裝瘋，其實他心裡比誰都清楚。」

花滿樓道：「孫老爺又是何許人也?」

提起孫老爺，陸小鳳的興致又高了，道：「這孫老爺的全名應該是龜孫子大老爺。」

花滿樓失笑道：「他怎麼會起這麼樣個好名字?」

陸小鳳道：「因爲他自己常說他自己沒錢的時候雖然是龜孫子，但有錢的時候就是大老爺了，他又恰巧姓孫，所以別人就索性叫他孫老爺。」

花滿樓笑道：「你認得的怪物倒真不少。」

陸小鳳道：「幸好十個怪物，倒有九個都不太討厭，這孫老爺尤其不討厭。」

花滿樓道：「你要找的究竟是大通大智，還是他?」

陸小鳳道：「大通大智本是兩個怪物，從來也沒有人見過他們，更沒有人知道他們的行蹤，除了孫老爺外，誰也找不到他們！」

花滿樓道：「想不到這孫老爺的本事倒不小。」

陸小鳳道：「這個人從小就吃喝嫖賭，浪蕩逍遙，平生沒做過一件正經事，也沒有別的本事，就憑這一樣本事，已經足夠他逍遙半生了。」

花滿樓道：「爲什麼？」

陸小鳳道：「因爲無論誰要找大通大智，都得把他從各種地方贖出來。」

花滿樓道：「贖出來？爲什麼要贖出來？」

陸小鳳道：「這個人花起錢來比誰都兇，所以他大老爺總是做不了三天，就要變成龜孫子，等到沒錢付帳時，他就把自己押在那裡，等著別人去贖，這樣的日子他居然一過就是十年，我想不佩服他都不行。」

花滿樓笑道：「看來這個人不但有本事，而且還很有福氣。」

陸小鳳道：「一點也不錯，若要是沒福氣的人過他這種日子，不出半年準會發瘋。」

花滿樓道：「現在你準備到哪裡去贖他？」

陸小鳳道：「我當然要先去找歐陽。」

花滿樓道：「歐陽？」

陸小鳳笑了，悠然道：「連歐陽你都不知道？歐陽就是……」

歐陽情。怡情院裡的花牌上，第一個名字就是她。

據說她最大的本事，就是對什麼人都一樣，不管你是和尙也好，是禿子也好，只要你有錢，她就會把你當做世界上最可愛的人。——幹她這行的，只要有這一樣本事，就已足夠了。

何況她長得又的確不醜，白生生的臉，烏油油的頭髮，笑起來臉上一邊一個酒渦，一雙眼睛總是笑瞇瞇的看著你，讓你覺得無論花多少銀子在她身上，都一點也不冤枉。

現在她正笑瞇瞇的看著陸小鳳，看著陸小鳳的小鬍子，就好像從來也沒有見過這麼英俊的男人，這麼漂亮的鬍子。

陸小鳳卻被她看得有點飄飄然了，口袋裡的銀票，也好像已長出翅膀要往外飛。

歐陽情笑得更甜，道：「你以前好像從沒有到這裡來過？」

陸小鳳道：「從來也沒有。」

歐陽情道：「你一來就找我？」

陸小鳳道：「我第一個找的就是你！」

歐陽情垂下了頭，輕輕道：「這麼樣說來，難道我們真的有緣？」

陸小鳳道：「一點也不假！」

歐陽情眼波流動，道：「可是，你又怎麼會知道有我這麼樣一個人的？」

陸小鳳道：「有個神仙今天早上在夢裡告訴我，說我們八百年前有緣了。」

歐陽情驚笑道：「真有這回事？」

陸小鳳說道：「連半點都不假，那神仙是個和尙，看樣子就很老實，他還說連他自己都來找過你呢！」

歐陽情居然還是面不改色，嫣然道：「昨天晚上倒真有個和尚來過，我到床上睡覺時，他就在這裡坐著看了我一夜，我還以爲他有什麼毛病，卻想不到他竟是神仙。」

她忽然走過來，坐到陸小鳳腿上，輕撫著陸小鳳的小鬍子，咬著嘴唇笑道：「只不過這一點你可千萬不能學他。」

陸小鳳道：「我不是神仙。」

歐陽情附在他耳旁，輕咬著他的耳朵，吃吃的笑道：「其實做神仙也沒什麼好處，只要你這朋友出去，我就可以讓你覺得比神仙還快活。」

花滿樓一直微笑著，靜靜的坐在較遠一個角落裡，他好像已不願讓這齣戲再演下去，忽然道：「我們是來找孫老爺的，你一定知道孫老爺在哪裡？」

歐陽情道：「孫老爺，聽說他還在隔壁的瀟湘院，等著人去贖他，你一出去就可以找到瀟湘院的了。」她希望花滿樓快走。

但是陸小鳳卻先推開她站了起來。

歐陽情皺起眉，道：「你也要去？」

陸小鳳嘆了口氣，道：「我也不想去，只可惜非去不可。」

歐陽情道：「你要去贖他？」

陸小鳳道：「不是去贖他，是陪著他一起等人來贖。」

他苦笑拍了拍腰袋，又道：「老實說，現在我們身上剩下的錢，連買塊大餅都不夠。」

歐陽情雖然還在笑，但卻已經變成另一種笑了，一種讓你一看見就再也坐不住的假笑。陸小鳳卻好像看不出，忽又笑道：「但我們既然有緣，我又怎麼能走？我看不如還是讓他……」

歐陽情立刻打斷了他的話，道：「我們既然有緣，將來應該還是會在一起的，現在你還是去找他吧，我……我忽然覺得有點不舒服，我肚子疼。」

陸小鳳走過來，迎著從東面吹過來的春風，長長的吸了一口氣，微笑著道：「你若要擺脫一個女人，最好的法子就是讓她自己說肚子疼，一個出來玩玩的男人，至少應該懂得三種法子能讓女人肚子疼。」

花滿樓淡淡道：「我一向知道你的辦法很多，但直到今天才知道你完全不是個君子。」

陸小鳳道：「爲什麼？」

花滿樓道：「你明明知道她是個什麼樣的女人，爲什麼一定要當面揭穿她？」

陸小鳳道：「因爲我不喜歡虛情假意的人。」

花滿樓道：「可是她不能不虛情假意，她要活下去，假如她對每個人都有真情，在這種地方怎麼能活得下去？」他微笑著，接著道：「你夠義氣、夠朋友，甚至已可算是個俠客，但你卻有個最大的毛病。」

陸小鳳只有聽著。

花滿樓道：「這世上有很多人雖然很可惡，很可恥，但他們做的事，有的也是被逼不得已的，你最大的毛病，就是從來沒有替他們想過。」

陸小鳳看著他，過了很久，才輕輕的嘆息了一聲，道：「有時我的確不喜歡跟你在一起。」

花滿樓道：「哦？」

陸小鳳道：「因爲我總覺得我這人還不錯，可是跟你一比，我簡直就好像是個混蛋了。」

花滿樓微笑道：「一個人若知道自己是混蛋，那麼他總算還有救藥。」

「我是個混蛋，一等一的大混蛋，空前絕後的大混蛋，像我這樣的混蛋，一百萬個人裡，都找不出一個。」他們一走進瀟湘院，就聽見有人在樓上大叫大喊。

花滿樓道：「孫老爺？」

陸小鳳笑道：「一點也不錯，自己知道自己是混蛋的人並不多。」

花滿樓笑道：「所以他還有救藥。」

陸小鳳道：「現在我只希望他還不太醉，還能站得起來。」

孫老爺雖然已站不起來，幸好還能坐起來。

現在他就直挺挺的坐在陸小鳳剛僱來的馬車裡，兩眼發直，瞪著陸小鳳，道：「你就算急著要去找那兩個老怪物，至少也該先陪我喝杯酒的。」

陸小鳳嘆了口氣，道：「我只奇怪，那些人明明知道你已囊空如洗，爲什麼還要給你酒喝？」

孫老爺咧開嘴一笑，道：「因爲他們知道遲早總有你這種冤大頭會去贖我。」

其實他自己的頭絕不比任何人的小，沒有看見過他的人，幾乎很難想像他這麼樣一個又瘦又小的人，會長著這麼樣一個大腦袋。

陸小鳳道：「像你現在這樣子，是不是還能馬上找得到他們？」

孫老爺傲然道：「當然，無論那兩個怪物多古怪，我卻偏偏正好是他們的剋星——可是我們得先約法三章。」

陸小鳳道：「你說。」

孫老爺道：「一個問題五十兩，要十足十的銀元寶，我進去找時，你們只能等在外面，有話要問時，也只能在外面問。」

陸小鳳苦笑道：「我實在不懂，他們為什麼從來也不願見人？」

孫老爺又笑了，道：「因為他們覺得世上的人除了我之外，全都是面目可憎的大混蛋，卻不知天下最大的一個混蛋就是我。」

三

山窟裡陰森而黑暗，洞口很小，無論誰都只有爬著才能進去。孫老爺就是爬進去的。

陸小鳳和花滿樓在外面已等了很久，陸小鳳已等得很不耐煩。

花滿樓卻微笑著道：「我知道你一定已等得著急了，可是你為什麼不想想，這裡的風景多美，連風吹在身上都是舒服的，一個人能在這裡多停留一會兒，豈非是福氣？」

陸小鳳道：「你怎麼知道這裡的風景好？」

花滿樓道：「我雖然看不見，卻能領略得到，所以我覺得，只有那些雖然有眼睛卻不肯看的人，才是真正的瞎子。」

陸小鳳說不出話來了。

就在這時，山窟裡已傳出孫老爺的聲音，道：「可以開始了。」

第一塊五十兩重的銀子拋進去，第一個問題是：「五十年前，世上是不是有個金鵬王朝？」

過了片刻，山窟裡就傳出一個低沉而蒼老的聲音：「金鵬王朝本在極南一個很小的國度裡，他們的風俗奇特，同姓爲婚，朝中當權的人，大多複姓上官，這王朝雖然古老而富庶，但五十年前已覆沒，王族的後代，據說已流亡到中土來。」

陸小鳳吐出口氣，彷彿對這答覆很滿意，於是又拋了錠銀子進去，開始問第二個問題：「除了王族的後代外，當時朝中的大臣，還有沒有別人逃出來的？」

「據說還有四個人，受命保護他們的王子東來，其中一人也是王族，叫上官謹，還有三人是大將軍平獨鶴、司空上官木，和內庫總管嚴立本。」

這問題還有點補充：「這王朝所行的官制，和我們漢唐時相差無幾。」

第三個問題是：「他們後來的下落如何？」

「到了中土後，他們想必就隱姓埋名，因爲新的王朝成立後，曾經派遣過刺客到中土來追殺，卻無結果，當時的王子如今若是還活著，也已是個行將就木的老人了。」

陸小鳳沉吟了很久才問出第四個問題：「若有件極困難的事定要西門吹雪出手，要用什麼法子才能打動他？」

這次山窟裡沉默了很久，才說出了四個字的回答：「沒有法子。」

城裡「上林春」的竹葉青和臘牛肉、五梅鴿子、魚羊雙鮮，都是遠近馳名的，所以他們現在正在上林春。

陸小鳳是個很講究吃，也很懂得吃的人。

「沒有法子，這算是什麼回答？」陸小鳳喝了杯竹葉青，苦笑道：「這一桌子酒菜最多也只有五兩銀子，這見鬼的回答卻要五十兩。」

花滿樓淡淡的微笑著，道：「他說沒有法子，難道就真的沒有法子？」

陸小鳳道：「西門吹雪既有錢，又有名，而且還是個徹底的自了漢，從來也不管別人的閒事，再加上六親不認，眼高於頂，你對這個人能有什麼法子？」

花滿樓道：「但有時他卻會為了一個素不相識的人，奔波三千里去復仇。」

陸小鳳道：「那是他自己高興，他若不高興，天王老子也說不動他。」

花滿樓微笑道：「無論如何，我們這次總算沒有空跑一趟，我們總算已知道，大金鵬王說的那些事，並不是空中樓閣。」

陸小鳳道：「就因為他說的不假，所以這件事我們更非管不可，就因為我們要管這件事，所以更少不了西門吹雪。」

花滿樓道：「他的劍法真有傳說中那麼可怕？」

陸小鳳道：「也許比傳說中還可怕，從他十五歲時第一次出手，直到現在，還沒有一個人能在他劍下全身而退的。」

花滿樓道：「這件事爲什麼一定非他不可？」

陸小鳳道：「因爲我們要對付的既不是普通人，也不是一個人。」

他又倒了杯酒下去，接著道：「獨孤一鶴若真是青衣樓的大老闆，他手下就至少有五六個很難對付的人，何況，峨嵋派本身就已高手如雲！」

花滿樓道：「我也聽說過峨嵋七劍，三英四秀，都是當今武林中，後起一代劍客中的佼佼者。」

陸小鳳道：「閻鐵珊『珠光寶氣閣』的總管霍天青，卻比他們七個人加起來還難對付，這個人年紀不大，輩份卻極高，據說連關中大俠山西雁，都得叫他一聲師叔的。」

花滿樓道：「這種人怎麼肯在嚴立本手下做事？」

陸小鳳道：「因爲他昔年在祁連山被人暗算重傷，嚴立本曾經救過他的命。」

花滿樓道：「霍休常年蹤影不見，他那龐大的財產，當然也有極可靠的人照顧，那些人當然也不是好對付的。」

陸小鳳道：「一點也不錯。」

花滿樓道：「所以我們非把西門吹雪找出來不可。」

陸小鳳道：「完全說對了。」

花滿樓沉吟著，道：「我們能不能用激將法，激他出來和這些高手一較高低？」

陸小鳳道：「不能。」

花滿樓道：「爲什麼？」

陸小鳳道：「因爲這人非但軟硬不吃，而且聰明絕頂就跟我一樣。」

他笑了笑，接著道：「若有人對我用激將法，也是連半點用都沒有的。」

花滿樓又沉默了很久，緩緩道：「我有個法子，倒也可以去試一試。」

陸小鳳道：「什麼法子？」

這個法子花滿樓還沒有說出來，就忽然聽見門口發生一陣騷動，一陣驚呼。

一個人踉踉蹌蹌的從門外衝進來，一個血人。

四月的春陽過了，正午已偏西，斜陽從門外照進來，照在這個人身上，照得他滿身的鮮血都發出了紅光，紅得令人連骨髓都已冷透。

血是從十七八個地方同時流出來，頭頂上、鼻子裡、耳朵裡、眼睛裡、嘴裡、咽喉上、胸膛上、手腕上、膝蓋上、雙肩上，都在流著血。

就連陸小鳳都從未看見過一個人身上有這麼多傷口，這簡直令人連想都不敢想。

這人也看見了他，突然衝過來，衝到他前面，用一雙已被鮮血染紅了的手，一把抓住他的肩，喉嚨裡「格格」的響，像是想說什麼。

可是他連一個字都沒說出來，他的咽喉已被割斷了一半，但他卻還活著。

這是奇蹟？還是因爲他在臨死前還想看陸小鳳一面，還想告訴陸小鳳一句話？

恨。

陸小鳳看著他猙獰扭曲的臉，突然失聲而呼：「蕭秋雨！」

蕭秋雨喉嚨裡仍在不停的「格格」直響，流著血的眼睛裡，充滿了焦急、恐懼、忿怒、仇恨。

陸小鳳道：「你是不是想說什麼？」

蕭秋雨點點頭，突然發出了一聲絕望的慘呼，就像是一匹孤獨、飢餓、受了傷的狼，垂死前在冰天雪地中所發出的那種慘呼一樣。

然後他的人突然一陣抽搐，彷彿有一根看不見的鞭子，重重的抽在他身上。

他想告訴陸小鳳的，顯然是件極可怕的秘密，可是他永遠說不出來了。

他倒下去時，四肢已因痛苦絞成了一團，鮮紅的血，已漸漸變成紫黑色。

陸小鳳跺了跺腳，振起雙臂，高大的身子就像是飛鵬一樣，掠過了四五張桌子，從人們的頭頂上飛出，掠到門外。

青石板鋪成的長街上，也留著一串鮮血，從街心到門口。

「剛才有輛馬車急馳而過，那個人就是從馬車上被推下來的。」

「是輛什麼樣的馬車？」

「黑馬車，趕車的好像是條青衣漢子。」

「從哪邊去的？」

「西邊。」

陸小鳳什麼也不說，迎著斜陽追出去，奔過長街，突然又聽見左邊的那條街上傳來一陣驚呼，一陣騷動。

一輛漆黑的馬車，剛闖入一家藥舖，撞倒了四五個人，撞翻了兩張桌子。

現在馬已倒了下去，嘴角還在噴著濃濃的白沫子。

趕車的人也已倒了下去，嘴角流的卻是血，紫黑色的血，一滴滴落在他的衣襟上。

青布衣裳，他的臉也已扭曲變形，忽然間，淡黃的臉已變成死黑色。

陸小鳳一把拉開了車門，車廂裡的座位上，竟赫然擺著一對銀鈎。

銀鈎上繫著條黃麻布，就像是死人的招魂幡，上面的字也是用鮮血寫出來的：「以血還血！」

「這就是多管閒事的下場！」

銀鈎在閃閃的發著光。

花滿樓輕撫著鈎鋒，緩緩道：「你說這就是勾魂手用的鈎？」

陸小鳳點點頭。

花滿樓道：「勾魂手就是死在蕭秋雨手上的？」

陸小鳳長長嘆息，道：「以血還血！」

花滿樓道：「但另外一句話，卻顯然是警告我們不要多管閒事的。」

陸小鳳冷笑道：「青衣樓的消息倒真快，但卻看錯人了。」

花滿樓也嘆了口氣，道：「他們的確看錯了人，青衣樓本不該做出這種笨事的，難道他們真的認爲這樣子就能嚇倒你？」

陸小鳳道：「這樣做只對一個人有好處。」

花滿樓道：「對誰？」

陸小鳳道：「大金鵬王！」

這世上有種人天生就是寧折不彎的牛脾氣，你愈是嚇唬他，要他不要管一件事，他愈是非管不可的。

陸小鳳就是這種人。

現在你就算用一百八十把大刀架在他脖子上，這件事他也管定了。

他緊緊握著銀鈎，忽然道：「走，我們這就去找西門吹雪，現在我也想出了一種法子對付他。」

花滿樓道：「什麼法子？」

陸小鳳道：「這次他若一定不肯出手，我就放火燒了他的萬梅山莊。」

五 悲歌

一

萬梅山莊還沒有梅花。

現在是四月，桃花和杜鵑正開放，開在山坡上。

面對著滿山遍地的鮮花，花滿樓幾乎不願再離開這地方了，他安詳寧靜的臉上，忽然有了無法形容的光彩，就彷彿初戀的少女看見自己的情人時一樣。

陸小鳳忍不住道：「我並不想殺風景，可是天一黑，西門吹雪就不見客了。」

花滿樓道：「連你也不見？」

陸小鳳道：「連天王老子都不見。」

花滿樓道：「若他不在呢？」

陸小鳳道：「他一定在，每年他最多只出去四次，只有在殺人時才出去。」

花滿樓道：「所以他每年最多只殺四個人。」

陸小鳳道：「而且殺的都是該殺的人。」

花滿樓道：「誰是該殺的人，誰決定他們是不是該殺的？」他忽然嘆了口氣，道：「你去找他，我情願在這裡等你。」

陸小鳳沒有再說什麼，他很了解這個人。

從來也沒有人看見花滿樓發過脾氣，可是他若決定了一件事，也從來沒有任何人能夠改變他的主意。

他面對著滿山鮮花，慢慢的接著道：「你見到他時，最好先試試我的法子，再試你的。」

屋子裡看不見花，卻充滿了花的芬芳，輕輕的、淡淡的，就像是西門吹雪這個人一樣。

陸小鳳斜倚在一張用長青籐編成的軟椅上，看著他。杯中的酒是淺碧色的，他身上雪白的衣裳輕而柔軟。

一陣陣比春風還輕柔的笛聲，彷彿很近，又彷彿很遠，卻看不見吹笛的人。

陸小鳳嘆了口氣，道：「你這人這一生中，有沒有真的煩惱過？」

西門吹雪道：「沒有。」

陸小鳳道：「你真的已完全滿足？」

西門吹雪淡淡道：「因爲我的要求並不高。」

陸小鳳道：「所以你從來也沒有求過人？」

西門吹雪道：「從來沒有。」

陸小鳳道：「所以有人來求你，你也不肯答應？」

西門吹雪道：「不肯。」

陸小鳳道：「不管是什麼人來求你，不管求的是什麼事，你都不肯答應？」

西門吹雪道：「我想要去做的事，根本就用不著別人來求我，否則不管誰都一樣。」

陸小鳳道：「若有人要放火燒你的房子呢？」

西門吹雪道：「誰會來燒我的房子？」

陸小鳳道：「我。」

西門吹雪笑了。他很少笑，所以他的笑容看來總彷彿帶著種說不出的譏諷之意。

陸小鳳道：「我這次來，本來是要你幫我去做一件事的，我答應過別人，你若不肯出去，我就放火燒你的房子，燒得乾乾淨淨。」

西門吹雪凝視著他，過了很久，才緩緩道：「我的朋友並不多，最多的時候也只有兩三個，但你卻一直是我的朋友。」

陸小鳳道：「所以我才來求求你。」

西門吹雪淡淡地道：「所以你不管什麼時候要燒我的房子，都可以動手，也不管從哪裡開始都行。」

陸小鳳怔住了，他也很了解這個人。

這個人說出來的話，就像是射出去的箭一樣，從來也不會回頭的。

西門吹雪道：「我後面的庫房裡，有松香和柴油，我建議你最好從那裡開始燒，最好在晚上燒，那種火焰在晚上看起來一定很美。」

陸小鳳忽然道：「你有沒有聽說過大通、大智這兩個人？」

西門吹雪冷冷道：「聽說這世上還沒有他們答不出的問題，天下的事他們難道真的全知道？」

陸小鳳道：「你不信？」

西門吹雪道：「你相信？」

陸小鳳道：「我問過他們，要用什麼法子才能打動你，他們說沒有法子，我本來也不信，但現在看起來，他們倒真的了解你。」

西門吹雪看著他，忽又笑了笑，道：「這次他們就錯了。」

陸小鳳道：「哦？」

西門吹雪道：「你並不是完全沒有法子打動我！」

陸小鳳道：「我有什麼法子？」

西門吹雪微笑著，道：「只要你把鬍子刮乾淨，隨便你要去幹什麼，我都跟你去。」

二

朋友們以後再看見陸小鳳，也許再不會認得他了。

這個本來有四條眉毛的人，現在只剩下了兩條，他本來長鬍子的地方，現在已變得像是個剛出來的嬰兒一樣光滑。只可惜花滿樓看不見。

他當然也看不見跟著陸小鳳一起來的西門吹雪，卻微笑著道：「西門莊主？」

西門吹雪道：「花滿樓。」

花滿樓點點頭，道：「只恨在下身帶殘疾，看不見當代劍客的風采。」

西門吹雪凝視著他，忽然道：「閣下真的看不見？」

花滿樓道：「莊主想必也該聽說過，花滿樓雖有眼睛，卻瞎如蝙蝠。」

西門吹雪道：「閣下難道竟能聽得見我的腳步聲？」

他也正如獨孤方一樣，忍不住要問這句話。他對自己的輕功和劍法，都同樣自負，他的輕功也實在值得他自負。

花滿樓道：「據在下所知，當今天下，最多只有四五個人行動時能完全不發出任何聲音，莊主正是其中之一。」

西門吹雪道：「但你卻知道我來了！」

花滿樓笑了笑，道：「那只因莊主身上帶著的殺氣！」

西門吹雪道：「殺氣？」

花滿樓淡淡道：「利劍出鞘，必有劍氣，莊主平生殺人幾許！又怎麼會沒有殺氣？」

西門吹雪冷冷道：「這就難怪閣下要過門不入了，原來閣下受不了我這種殺氣！」

花滿樓微笑道：「此間鮮花之美，人間少見，莊主若能多領略領略，這殺氣就會漸漸消失於無形中的。」

西門吹雪冷冷道：「鮮花雖美，又怎能比得上殺人時的血花？」

花滿樓道：「哦？」

西門吹雪目中忽然露出一種奇怪的光亮，道：「這世上永遠都有殺不盡的背信無義之人，當你一劍刺入他們的咽喉，眼看著血花在你劍下綻開，你若能看得見那一瞬間的燦爛輝煌，就會知道那種美是絕沒有任何事能比得上的。」他忽然轉身，頭也不回的走了。

暮靄蒼茫，彷彿在花叢裡撒下了一片輕紗，他的人忽然間就已消失在暮色裡。

花滿樓忍不住輕輕嘆息了一聲，道：「現在我才明白，他是怎麼會練成那種劍法的了。」

陸小鳳道：「哦？」

花滿樓道：「因爲他竟真的將殺人當做了一件神聖而美麗的事，他已將自己的生命都奉獻給這件事，只有殺人時，他才是真正活著，別的時候，他只不過是等待而已。」

陸小鳳沉思著，忽然也輕輕嘆息，道：「幸好他殺的人，都是該殺的。」

花滿樓微笑著，沒有再說什麼。

這時無邊的夜色忽然已籠罩了大地。

疏星剛昇起，一彎蛾眉般的下弦月，正掛在遠遠的樹梢。風中還帶著花香，夜色神秘而美麗。

花滿樓慢慢的走在山坡上，彷彿也已落入一個神秘而美麗的夢境裡。

陸小鳳卻忍不住道：「你爲什麼不問我，此行是不是已有收穫？」

花滿樓笑了笑，道：「我知道你已說動了他。」

陸小鳳道：「你知道？怎麼會知道的？」

花滿樓道：「他既沒有留你，也沒有送你，你卻也沒有生氣，當然是因爲你們已經約好了相見之地。」

陸小鳳道：「你也知道我用的是什麼法子？」

花滿樓道：「當然是我的法子。」

陸小鳳道：「爲什麼？」

花滿樓道：「因爲他雖無情，你卻有情，他知道你絕不會燒他房子的，何況，你就算真的燒，他也不會放在心上。」

花滿樓道：「什麼事？」

陸小鳳笑了，微笑著嘆了口氣，道：「不管你多厲害，有一樣事你還是永遠也想不到的。」

陸小鳳摸了摸他本來留著鬍子的地方，道：「你慢慢的猜，猜中時我再告訴你。」

花滿樓笑了，道：「我若已猜出來，又何必還要你告訴我？」

陸小鳳也笑了，可是他還沒有開口，忽然發現花滿樓安詳平靜的微笑，竟在這一瞬間忽然變得說不出的奇特僵硬。

他忍不住問道：「你又發現了什麼？」

花滿樓沒有回答，也沒有聽見他的話，卻彷彿在傾聽著遙遠處一種神秘的聲音，一種只有他才能聽見的聲音。

他忽然改變方向，向山坡後走了過去。

陸小鳳只有跟著他走，夜色更黯，星月都已隱沒在山峰後。

忽然間，他也聽見了一陣縹緲的歌聲，帶著種淡淡的憂鬱，美得令人心碎。

歌詞也是凄涼、美麗、而動人的，是敘說一個多情的少女，在垂死前向她的情人，敘說她這一生的飄零和不幸。

陸小鳳並沒有仔細去傾聽這歌詞，因爲他覺得花滿樓的神情太奇怪，他又忍不住要問：「你以前聽見過這首歌？」

花滿樓終於點了點頭，道：「我聽人唱過！」

陸小鳳道：「聽誰唱過？」

花滿樓道：「上官飛燕。」

陸小鳳常常說，這世上可以讓他完全信賴的東西一共就只有十二樣，其中有一樣就是花滿樓的耳朵。

別人連親眼看見的事，有時都會看錯，可是花滿樓卻從來沒有聽錯過。

他雖然沒有說出來，但他臉上的表情，卻已無異告訴了陸小鳳，現在唱歌的也正是上官飛燕。

這個已神秘失蹤了的少女，怎麼會又忽然出現在這裡？爲什麼要一個人躲在這月夜荒山裡，唱這首淒涼幽怨的歌曲？

她是唱給誰聽的？

難道她也像歌詞中的那身世飄零的孤女一樣，在垂死前向她的情人敘說她命運的淒苦不幸？

陸小鳳並沒有再問下去，因爲這時黑暗中已忽然出現了一點燈光。

歌聲正是從燈火閃動處傳來的。

花滿樓已展動身形，向那邊飛掠了過去，他雖然看不見這盞孤燈的光，可是他飛掠的方向卻完全沒有錯誤。

燈火愈來愈近了，陸小鳳已可分辨出那是一間小小的廟宇，供奉的也不知道是山神？還是土地？

就在這時，歌聲竟突然停頓，天地間突然變得說不出的空虛寂靜。

陸小鳳看了花滿樓一眼，忍不住道：「她若真的在唱給你聽，就不會走的。」

可是她已走了。燈光還亮著，陰森森的山神廟裡，卻已看不見人影。

黑臉的山神提著鋼鞭，跨著猛虎，在黯淡的燈光下看來，彷彿正待揮鞭痛懲世上的奸賊，為善良的人們抱不平。

油漆剝落的神案上，有個破舊的銅盆，盆中盛滿了清水，水上漂浮著一縷烏絲。

花滿樓道：「你在看什麼？」

陸小鳳道：「桌上有一盆水，水裡還有幾根頭髮。」

花滿樓道：「頭髮？」

頭髮很柔軟，還殘留著一種少女的髮香。

陸小鳳道：「是女人的頭髮，剛才好像有個女孩子在這裡，一面唱著歌，一面用這盆水作鏡子梳頭，但現在她的人卻不見了。」

花滿樓慢慢的點了點頭，彷彿早已想到她絕不會在這裡等他。

陸小鳳道：「在這種地方、這種時候，她居然還有心情梳頭，顯然是個很愛漂亮的女孩子。」

花滿樓淡淡道：「十七八歲的女孩子，又有誰不愛漂亮？」

陸小鳳道：「上官飛燕豈非正是個十七八歲的女孩子？」

花滿樓道：「她本來就愛漂亮。」

陸小鳳看著他，試探著道：「你以前當然摸過她的頭髮。」

花滿樓笑了笑——笑有很多種，他這種笑的意思，就是承認。

陸小鳳道：「這是不是她的頭髮？」

他相信花滿樓的指尖，也和耳朵同樣靈敏，他親眼看見花滿樓用指尖輕輕一觸，就可以分辨出一件古董的真假。

花滿樓已接過那根頭髮，正在用指尖輕輕撫摸，臉上忽然又露出種很奇怪的表情，竟分不出是歡喜？還是悲傷？

陸小鳳道：「這的確是她的頭髮？」

花滿樓點了點頭。

陸小鳳道：「她剛才既然還在這裡，還能梳頭唱歌，可見她還好好的活著。」

花滿樓又笑了笑——笑有很多種，可是他這種笑，卻也分不出是歡喜？還是悲傷？

她剛才既然在這裡，爲什麼不等他？她若不知道他會來，又是在爲誰而歌唱？

陸小鳳暗中嘆息，也不知該安慰安慰他？還是假裝不懂。

有風吹過，從門外吹進來，那提著鋼鞭、跨著黑虎的黑面山神像，突然從中間裂開，一條四尺長的鋼鞭，突然斷成八九截。

接著，巨大的山神像也一塊塊的粉裂，一塊塊落在地上。

塵土迷漫中，陸小鳳忽然發現山神像後的牆壁上，竟有個人被掛在半空中。

一個死人，身上的血漬還沒有乾，一對判官筆從他胸膛上插進去，將他活生生的釘在那裡，判官筆飄揚著兩條招魂幡一樣的黃麻布。

「以血還血！」

「這就是多管閒事的榜樣！」

同樣的兩句話，同樣用鮮血寫出來的，血漬似已乾透。

陸小鳳不用再看這死人的臉，已知道他是什麼人了。

獨孤方！

不是柳餘恨，是獨孤方，一心求死的人還未死，不想死的人卻已死了。

陸小鳳恨恨道：「神像早已被人用內力震毀，這死人正是擺在這裡，等著我們來看的。」

花滿樓的臉色蒼白，終於忍不住問道：「死的是不是上官飛燕？」

陸小鳳道：「死的是獨孤方，我實在沒想到第二個死的是他。」

花滿樓沉思著，道：「他爲什麼會到這裡來？上官飛燕又爲什麼會到這裡來？難道她也是被人所害？難道她已落在青衣樓手裡？」

陸小鳳皺眉，道：「你平時一向很想得開的，一遇到她的事，爲什麼就偏偏要往壞處去想？」

花滿樓沉默了很久，才長長嘆息，道：「這是不是因爲我太關心她？」

是的！若是太關心了，就難免要想，若是想得太多，就難免要鑽牛角尖了。

所以愈是相愛的人，愈容易發生誤會，在分離時也就愈痛苦。

陸小鳳勉強笑了笑，道：「不管怎麼樣，她總算還活著，一個人的脖子若有柄刀在架著，又怎麼還能唱出那麼好聽的歌？」

歌唱得並不好聽，因爲是陸小鳳唱的。

「人生得意須盡歡，

莫使金樽空對月……」

他用筷子敲著酒杯，反反覆覆的唱著，唱來唱去就只有這兩句。

他唱一遍，花滿樓就喝一杯，終於忍不住道：「我並不是說你唱得不好，可是你能不能換兩句唱唱？」

陸小鳳道：「不能！」

花滿樓道：「爲什麼？」

陸小鳳道：「因爲我只會唱這兩句。」

花滿樓笑了，道：「別人都說陸小鳳驚才絕艷，聰明絕頂，無論什麼樣的武功，都一學就會，可是你唱起歌來，卻實在比驢子還笨。」

陸小鳳道：「你若嫌我唱得不好，你自己爲什麼不唱？」

他就是逼花滿樓，要花滿樓唱，因爲他從未看過花滿樓這麼樣想不開，也從未看過花滿樓這麼樣喝酒。

酒並不好，山村野店裡，怎麼會有好酒？

但無論什麼樣的酒，至少總比沒有酒好，花滿樓突然舉杯一飲而盡，高聲而歌：

「雲一緺，玉一梭，澹澹衫兒薄薄羅，輕顰雙黛螺。

秋風多，雨相和，簾外芭蕉三兩窠，夜長人奈何。」

這首「長相思」本是南唐後主李煜爲懷念他的亡妻大周后而作，悽惻纏綿的歌詞裡，帶著種敘不盡的相思之意。

陸小鳳忽然發現花滿樓是真的已愛上那個神秘而美麗的女孩子了，他從來不說，只因爲愛得深。他愛得深，只因爲他從未愛過。

可是上官飛燕呢？

她的行蹤實在太詭秘，做的事也實在太奇怪，就連陸小鳳都摸不透她的心意，又何況已陷入情網的花滿樓？

陸小鳳忽然笑道：「我唱得雖不好，你唱得卻更糟，我唱的至少還能讓你發笑，你唱的卻讓我連笑都笑不出了。」

花滿樓道：「所以我們不如還是喝酒，今朝有酒，且醉今朝。」

他們舉起杯，忽聽一人道：「哪位是陸小鳳大少爺？」

夜已深了，人已散了，這山村野店裡，本已不會再有人來，更不會有人來找陸小鳳。

但這個人卻偏偏來了，偏偏是來找陸小鳳的。

看他的打扮，彷彿是山裡的獵戶，手裡提著個竹籃，籃子裡裝著一隻已烤好的山雞。

陸小鳳忍不住問道：「你找陸小鳳幹什麼？」

獵戶將竹籃放在桌上，道：「這是陸大少爺的姑媽特地買下來，叫我送來給陸大少爺下酒的。」

陸小鳳怔了怔，道：「我的姑媽？」

獵戶竟也似怔了怔，道：「你就是陸小鳳陸大少爺？」

陸小鳳點點頭，道：「只不過我既不是大少爺，也沒有姑媽。」

獵戶道：「一定有的，絕不會錯。」

陸小鳳道：「為什麼？」

獵戶道：「那位姑娘若不是你的姑媽，為什麼要花五兩銀子買下這幾隻山雞，又花五兩銀子叫我送來，只不過……」

陸小鳳道：「只不過怎麼樣？」

獵戶用眼角瞅著他，忍著笑道：「她說陸大少爺是個有四條眉毛的人，我一看就會認得的，可是你卻像只有兩條眉毛。」

陸小鳳板著臉，自己卻也忍不住笑了，道：「你幾時看見過有四條眉毛的人？」

獵戶也笑了，道：「就因爲我沒有看見過，所以想來看看，倒並不是完全爲了那五兩銀子。」

陸小鳳道：「我姑媽是個什麼樣的人？」

獵戶道：「是個小姑娘。」

陸小鳳失聲道：「是個小姑娘？你這麼大的人，會不會有個姑媽是小姑娘？」

獵戶苦笑道：「我本來也不相信的，可是她說她年紀雖不大，輩份卻很高，她還說她有個侄孫子叫花滿樓，今年已五十多了。」

陸小鳳看了看花滿樓，想笑，又不好意思笑出來。

花滿樓卻笑了笑，道：「不錯，我的確是有這麼一位姑婆。」

獵戶又怔了怔，道：「你就是花滿樓？你今年已有五十多？」

花滿樓道：「我保養得好，所以看來年紀輕。」

獵戶忍不住問道：「要怎麼保養，我……我可不可以學學？」

花滿樓淡淡道：「那也容易，我只不過每天吃五十條蚯蚓、二十條壁虎，外加三斤人肉。」

獵戶看著他，連眼珠子好像都要掉了下來，突然回轉身，頭也不回的跑了出去，落荒而逃了。

陸小鳳終於忍不住大笑。

花滿樓也笑道：「你說的不錯，看來那小妖怪說起謊來，的確連死人都要被她騙活。」

他說話的時候，有意無意間用筷子指了指左邊的窗戶。

陸小鳳的人已飛身而起，淩空一翻，又推開了窗戶——一個梳著兩條辮子的小女孩，正躲在窗外掩著嘴偷偷的笑。

上官雪兒的眼睛還是那麼大，樣子還是那麼乖，可是已笑不出了。

陸小鳳揪著她的辮子，把她拉了進來，道：「就是這個小妖怪，不但要做我的姑媽，還要做你的姑婆。」

雪兒噘著嘴，道：「人家只不過是說著玩的，就算你開不起玩笑，也不必拿人家的辮子出氣。」

花滿樓微笑道：「何況人家總算花了十兩銀子請你，這山雞的味道也不錯，你就算不感激，最少也該對人家客氣些。」

雪兒嫣然道：「還是我這侄孫子有良心，總算說了句公道話。」

陸小鳳大笑，道：「原來有良心的人，還是要比沒良心的晚一輩。」

他大笑著鬆開手，雪兒就像是小狐狸似的，立刻就從他脅下溜了。

只可惜她溜得還不夠快，陸小鳳又揪住了她的辮子，把她抓小雞一樣抓回來，按在椅子上，板起臉道：「我有句話要問你，你最好老老實實的，不許說謊。」

雪兒眨著眼，好像很委屈的樣子，道：「我根本從來也沒有說一句謊話。」

陸小鳳道：「你現在說的這句話就是謊話。」

雪兒生氣了，大聲道：「我說的話你既然連一句都不信，你又何必跟我說話？」

陸小鳳也知道跟這小妖怪鬥嘴是件多愚蠢的事，只好板起臉，道：「我問你，你爲什麼要一直在後面跟著我們？」

雪兒道：「我根本沒有跟你們，就算要跟，也跟不上。」這句倒是眞話。

陸小鳳道：「你怎麼找到我們的？」

雪兒道：「我知道你們要來找西門吹雪，所以就先來了！」

陸小鳳道：「你一直在這裡等？」

雪兒道：「人家已經等了一整天，衣服也沒有換，澡也沒有洗，身上都發臭了，你若不信來嗅嗅看。」

花滿樓又笑了，陸小鳳只好乾咳了幾聲，道：「你等我們幹什麼？」

雪兒道：「因爲我有件秘密，一定要告訴你。」

陸小鳳道：「什麼秘密？」

雪兒撇著嘴，又好像要哭出來的樣子，忽然從身上拿出一隻打造得很精巧的金燕子，道：「你看，這就是我那天晚上在花園裡找到的！」

陸小鳳看了看，卻看不出這算是什麼秘密。

雪兒又道：「這是我爹還沒有死的時候，送給我姐姐的，我姐姐總是拿它當寶貝一樣，用條金鍊子掛在身上，我要她借給我掛兩天，她都死也不肯，但現在……現在卻被我在地上撿到了。」

陸小鳳道：「也許是她不小心掉在地上的。」

雪兒用力搖了搖頭，道：「絕不會，這一定是人家在搬她的屍體時，無意間落下來的。」

她眼睛裡已有了淚光，果然像是很悲傷的樣子，連聲音都已有些嘶啞。

陸小鳳道：「難道你真的認爲你姐姐已死了？」

雪兒咬著嘴唇，又用力點了點頭，哽咽著道：「我不但知道她已經死了，而且還知道是誰殺了她的。」

陸小鳳道：「是誰？」

雪兒恨恨道：「就是我那個倒楣表姐。」

陸小鳳道：「上官丹鳳？」

雪兒道：「就是她，她不但殺了我姐姐，而且還害死了蕭秋雨、獨孤方，和柳餘恨。」

陸小鳳道：「這三個人全都是被她害死的？」

雪兒點點頭，道：「我親眼看見的，她跟柳餘恨在一家客棧的屋裡面，說著說著話，忽然用她的飛鳳針，一抬手就把柳餘恨殺了，還把他的死屍藏在床底下。」

陸小鳳嘆了口氣，道：「想不到求死不得的柳餘恨，這次竟死得這麼快！」

雪兒道：「飛鳳針本就是她拿手的獨門暗器，見血封喉，毒得要命，我姐姐想必也就是被她這種暗器害死的，卻不知她把姐姐的死屍藏到哪裡去了。」這句話沒說完，她的淚已流了下來。

陸小鳳又嘆了口氣，道：「你這些話說得真是又合情，又合理，簡直完全跟真的一樣，只可惜我還是連一句都不信。」

雪兒這次居然沒有生氣，只是流著淚，道：「我就知道你不會相信我的，你……你……你根本已經被她迷住了。」

陸小鳳看著她，決心反而有些動搖，忍不住又問道：「她跟你姐姐也是表姐妹，爲什麼要害死你姐姐？」

雪兒咬著牙道：「誰知道她是爲了什麼？也許她一直在恨我姐姐，因爲我姐姐又比她聰明，又比她漂亮。」

陸小鳳道：「柳餘恨呢？他豈非一直都忠心耿耿的替她做事，她爲什麼要殺柳餘恨？」

雪兒恨恨道：「像她這種比毒蛇還毒的女人，連我姐姐都能下得了毒手，還有什麼人是她不能殺的？」

陸小鳳嘆道：「我知道你恨她，可是……」

雪兒突然打斷了他的話，冷笑道：「你以爲我恨她是爲了你，你以爲我是在吃醋？她表面對我雖然好，其實從小就在背地裡欺負我……」

陸小鳳忽然也打斷了她的話，道：「她今年才十九，你卻已二十，你既然比她大，她怎麼能欺負你？」

雪兒說不出話來了。

陸小鳳又不忍了，柔聲道：「你若真的在替你姐姐著急，現在就可以放心了，因爲我知道她還沒有死！」

雪兒咬著嘴唇，道：「可是她害死柳餘恨的時候，我的確是親眼在窗子外面看見的，因我……」她聲音突然停頓，整個人都已呆住。

那個已被上官丹鳳藏到床底下的柳餘恨，竟然又出現了。

三

夜霧凄迷，月色朦朧。柳餘恨正慢慢的從朦朧月光下走進來，走進了這小小的酒店。

他那猙獰醜惡的臉，在月光下看來，更是說不出的猙獰可怖。

可是他的神情卻很安詳，聲音也很柔和，看著雪兒道：「你在外面若已玩夠了，就跟我回去吧，王爺特地要我來接你回去的。」

雪兒睜大了眼，吃吃道：「你……你沒有死？」

柳餘恨目中又掠過一抹悲傷之色，黯然道：「死，有時也並不是件容易的事！」

雪兒道：「我表姐呢？」

柳餘恨道：「她也希望你快些回去，你現在年紀還小，等你長大了，再出來玩也不遲；你看你表姐，現在她隨便想到哪裡去，都沒有人會管她的。」

雪兒看著他，好像很害怕的樣子，忽然拉住陸小鳳的手，大叫道：「求求你，不要讓這個人帶我回去，我情願跟你在一起。」

柳餘恨道：「那也得等你長大些，現在你還是個孩子，大人們有正事要做，你怎麼能跟著去！」

外面傳來車轔馬嘶，一輛馬車，停在門外，正是陸小鳳也坐過的那輛。

柳餘恨道：「你還是快上車吧，在車上好好的睡一覺，就到家了！」

雪兒終於走了，連回頭都沒有回頭。

陸小鳳看她上了馬車，看到她可憐巴巴的樣子，也不禁嘆了口氣，喃喃道：「她本來明明是個很可愛的女孩子，爲什麼總是喜歡說謊呢？」

花滿樓一直靜靜的坐著，忽然道：「每個人說謊都有原因的，有的人說謊是想騙別人，有的人說謊卻是想騙自己。」

他嘆息著，接著道：「還有些更可憐的人，說謊只不過是爲了要博取別人的同情，想要別人注意她。」

陸小鳳道：「這是不是因爲她從小就缺少別人的愛護和同情？」

花滿樓道：「是的。」

陸小鳳嘆息著，苦笑道：「你說得不錯，有些人就算做錯事，也是値得原諒的，也許我早就應該爲他們多想一想……」

他的話還沒有說完，忽然發現柳餘恨又出現在門外，看著他，緩緩道：「雪兒有句話要我來轉告你。」

陸小鳳在聽著，他忽然發現這可怕的人的眼睛裡，似也露出種溫暖的笑意，道：「她說她剛才忘記告訴你，你沒有鬍子的時候，看起來還比你有鬍子時候年輕得多，也漂亮多了。」

四

陸小鳳用指尖摸著嘴唇上剛長出來的鬍渣子，這一路上他都在摸，從燕北一直摸到了山西，好像只恨不得他的鬍子快點長出來。

花滿樓微笑道：「你知道我從來也沒有爲自己看不見而難受過，但現在我倒真想看看你鬍子刮光了之後，究竟是什麼樣子？」

陸小鳳道：「是種又年輕、又漂亮的樣子。」

花滿樓道：「那末你以前爲什麼要留鬍子？」

陸小鳳道：「因爲我已經夠漂亮了，只怕世上的女人都一個個被我迷死。」

花滿樓笑道：「這兩天你火氣好像不小，是不是在對你自己生氣？」

陸小鳳冷冷道：「我爲什麼要生自己的氣？」

花滿樓道：「因爲你覺得自己有點對不起那個又可憐、又可愛、又會說謊的小女孩，還有點不放心，不知道她回去後是不是會被人欺負，受人的氣。」

陸小鳳霍然站起身來，剛剛想走出去，已有人送來了兩份帖子：「敬備菲酌，爲君洗塵，務請光臨。」

下面的具名是「霍天青」。

簡簡單單的幾句話，字寫得很端正，墨很濃，所以每個字都是微微凸起來的，眼睛看不見的人，用指尖也可以摸得出。

花滿樓微笑道：「看來這位霍總管倒真是個很周到的人。」

陸小鳳淡淡道：「豈止周到而已！」

送帖子來的，是個口齒伶俐的小伙子，在門外躬身道：「霍總管已吩咐過，兩位若是肯賞光，就要小人準備車在這裡等著，送兩位到珠光寶氣閣府去，霍總管已經在恭候兩位的大駕。」

陸小鳳道：「他怎麼知道我來了？」

小伙子笑了笑，道：「這裡周圍八百里以內，無論大大小小的事，霍總管還很少有不知道的。」

六 珠光寶氣

一

酒筵擺在水閣中，四面荷塘，一碧如洗，九曲橋欄卻是鮮紅的。

珍珠羅的紗窗高高支起，風中帶著初開荷葉的清香。

已經是四月了。

花滿樓靜靜的領略著這種豪富人家特有的空闊和芬芳，他當然看不見霍天青的模樣，但卻已從他的聲音中判斷出他是個怎麼樣的人。

霍天青的聲音低沉而有力，說話時緩慢而溫和，他說話的時候，希望每個人都能很注意的聽，而且都能聽得很清楚。

這正表示他是個很有自信、很有判斷力的人，無論做什麼事都有他自己的原則，他雖然很驕傲，卻不想別人認為他驕傲。

花滿樓並不討厭這個人，正如霍天青也並不討厭他。

另外的兩位陪客，一位是閻家的西席和清客蘇少卿，一位是關中聯營鏢局的總鏢頭「雲裡神龍」馬行空。

馬行空在武林中享名已很久，手上的功夫也不錯，並不是那種徒有盛名的人，令花滿樓覺得很奇怪的是，他對霍天青說話時，聲音裡總帶著種說不出的諂媚討好之意。一個像他這種憑本事打出天下來的武林豪傑，本不該有這種態度。

蘇少卿反而是個很灑脫的人，既沒有酸腐氣，也不會拿肉麻當有趣。霍天青特地介紹他是個飽學的舉人，可是聽他的聲音，年紀卻彷彿很輕。

主人和客人加起來只有五個，這正是花滿樓最喜歡的一種請客方式，顯見得主人不但慇懃周到，而且很懂得客人的心理。

可是直到現在，酒菜還沒有擺上來，花滿樓雖然不著急，卻也不免有點奇怪。

水閣裡的燈並不多，卻亮如白晝，因爲四壁都懸著明珠，燈光映著珠光，柔和的光線，令人覺得說不出的舒服。

蘇少卿談笑風生，正在說南唐後主的風流韻事：「據說他和小周后的寢宮裡，就是從不燃燈的，小說上記載，江南大將獲李後主寵姬，夜見燈，輒閉目說：煙氣。易以蠟燭，亦閉目，說：煙氣更重。有人問她：宮中難道不燃燈燭？她說道：宮中水閣，每至夜則懸大寶珠，光照一室，亮如日中。」

霍天青微笑道：「後主的奢靡，本就太過分了，所以南唐的覆亡也就是遲早間的事。」

蘇少卿淡淡道：「多情人也本就不適於做皇帝。」

馬行空笑道：「但他若有霍總管這種人做他的宰相，南唐也許就不會滅亡了。」

陸小鳳忽然嘆了口氣，道：「看來這只怪李煜早生了幾百年，今日若有他在這裡，一定比我還要急著喝酒。」

花滿樓笑了。

霍天青不禁失笑說道：「酒菜本已備齊，只可惜大老闆聽說今天有陸小鳳和花公子這樣的客人，也一定要來湊湊熱鬧。」

陸小鳳道：「我們在等他？」

霍天青道：「你若等得不耐煩，我們也不妨先擺上些菲食飲酒。」

馬行空立刻搶著說道：「再多等等也沒關係，大老闆難得有今天這麼好的興致，我們怎麼能掃他的興！」

突聽水閣外一人笑道：「俺也不想掃你們的興，來，快擺酒，快擺酒。」

一個人大笑著走進來，笑聲又尖又細……白白胖胖的一張臉，皮膚也細得像處女一樣，只有臉上一個特別大的鷹鈎鼻子，還顯得很有男子氣概。

花滿樓在心裡想：「這人本來是大金鵬王的內庫總管，莫非竟是個太監？」

馬行空已站起來，陪笑道：「大老闆你好！」

閻鐵珊卻連看都沒有看他一眼，一把就拉住了陸小鳳的手，上上下下的打量著，忽又大笑著，說道：「你還是老樣子，跟上次俺在泰山觀日峰上看見你時，完全沒有變，可是你的眉毛怎麼只剩下兩條了？」

他說話時時刻刻都不忘帶點山西腔，好像唯恐別人認爲他不是山西土生土長的人。

陸小鳳目光閃動，微笑著道：「俺喝了酒沒錢付帳，所以連鬍子都被酒店的老闆娘刮去當粉刷子了。」

閻鐵珊大笑道：「他奶奶的，那騷娘兒們一定喜歡你鬍子擦她的臉。」

他又轉過身，拍著花滿樓的肩，道：「你一定就是花家的七童了，你幾個哥哥都到俺這裡來過，三童、五童的酒量尤其好。」

花滿樓微笑道：「七童也能喝幾杯的。」

閻鐵珊拊掌道：「好，好極了！快把俺藏在床底下的那幾罈老汾酒拿來，今天誰若不醉，誰就是他奶奶的小舅子。」

山西的汾酒當然是老的，菜也精緻，光是一道活鯉三吃——乾炸奇門、紅燒馬鞍橋，外加軟斗代粉，就已足令人大快朵頤。

閻鐵珊用一雙又白又嫩的手，不停的挾菜給陸小鳳，道：「這是俺們山西的拿手名菜，雖然不是什麼好東西，在外地他奶奶的真吃不著。」

陸小鳳道：「大老闆的老家就是山西？」

閻鐵珊笑道：「俺本就是個土生土長的土人，這幾十年來，只到泰山去過那麼一次，去看他奶奶的日出，但是俺看來看去，就只看見了個大雞蛋黃，什麼意思都沒有。」

他一口一個「他奶奶的」，也好像在儘量向別人證明，他是個大男人、大老粗。

陸小鳳也笑了，他微笑著舉杯，忽然道：「卻不知閻總管又是哪裡人？」

馬行空立刻搶著道：「是霍總管，不是嚴總管。」

本。」

陸小鳳淡淡道：「我說的也不是珠光寶氣閣的霍總管，是昔年金鵬王朝的內庫總管嚴立

他瞬也不瞬的盯著閻鐵珊，一字字接著道：「這個人大老闆想必是認得的。」

閻鐵珊一張光滑柔嫩的白臉，突然像弓弦般繃緊，笑容也變得古怪而僵硬。

平時他本來也是喜怒不形於色的人，可是陸小鳳的話，卻像是一根鞭子，一鞭子就抽裂了他幾十年的老瘡疤，他致命的傷口又開始在流血。

陸小鳳的眼睛裡已發出了光，慢慢的接著道：「大老闆若是認得這個人，不妨轉告他，就說他有一筆幾十年的舊帳，現在已有人準備找他算了。」

閻鐵珊緊繃著臉，忽然道：「霍總管。」

霍天青居然還是聲色不動，道：「在。」

閻鐵珊冷冷道：「花公子和陸公子已不想在這裡耽下去，快去爲他們準備車馬，他們即刻就要動身。」

不等這句話說完，他已拂袖而起，頭也不回的大步走了出去。

可是他還沒有走出門，門外忽然有個人擋住了他的去路，冷冷道：「他們還不想走，你也最好還是留在這裡！」

一個長身直立，白衣如雪，腰旁的劍卻是黑的，漆黑、狹長、古老。

閻鐵珊瞪起眼，厲聲喝問：「什麼人敢如此無禮？」

「西門吹雪！」

二

西門吹雪，這名字本身就像是劍鋒一樣，冷而銳利。

閻鐵珊竟也不由自主後退了兩步，突然大喝：「來人呀！」

除了兩個在一旁等著斟酒的垂髫小童，和不時送菜上來的青衣家奴外，這水閣內外都靜悄悄的，連個影子都看不見。

但是閻大老闆這一聲呼喝後，窗外立刻有五個人飛身而入，發光的武器——一柄吳鈎劍、一柄雁翎刀、一條練子槍、一對雞爪鐮、三節鑌鐵棍。

五件都是打造得非常精巧的外門兵刃，能用這種兵刃的，無疑都是武林高手。

西門吹雪卻連看都沒有看他們一眼，冷冷道：「我的劍一離鞘，必傷人命，你們一定要逼我拔劍嗎？」

五個人中，已有三個人的臉色發青，可是不怕死的人，本就到處都有的。

突聽風聲急響，雁翎刀已捲起一片刀花，向西門吹雪連劈七刀。

三節棍也化爲一片捲地狂風，橫掃西門吹雪的雙膝。

這兩件兵刃一剛烈，一輕靈，不但招式犀利，配合得也很好，他們平時就常常在一起練武的。

西門吹雪的瞳孔突然收縮，就在這一瞬間，他的劍已出鞘！

霍天青沒有動，只是靜靜的看著陸小鳳，陸小鳳不動，他也絕不動！

馬行空卻已霍然長身而起，厲聲道：「霍總管好意請你們來喝酒，想不到你們竟是來搗亂的。」

喝聲中，他伸手往腰上一探，已亮出了一條魚鱗紫金滾龍棒，迎風一抖，伸得筆直，筆直的刺向花滿樓的咽喉。

他看準了花滿樓是個瞎子，以爲瞎子總是比較好欺負的。

只不過他這條滾龍棒上，也實在有與眾不同的招式，一棒刺出後，只聽「格」的一聲，龍嘴裡又有柄薄而鋒利的短劍彈了出來。

花滿樓靜靜的坐著，等著，突然伸出兩根手指一挾，又是「格」的一響，這柄百煉精鋼的龍舌短劍，已斷成了三截。

馬行空臉色變了變，一抖手，滾龍棒迴旋反打，一雙龍角急點花滿樓左耳後腦。

花滿樓嘆了口氣，袍袖已飛雲般揮出，捲住了滾龍棒，輕輕一帶。

馬行空的人就已倒在桌上，壓碎了一大片碗碟、花滿樓再輕輕往前一送，他的人就突然飛起，飛出了窗外，「噗通」一聲，跌在荷池裡。

蘇少卿不禁失聲道：「好功夫！」

花滿樓淡淡道：「不是我的功夫好，而是他差了些，雲裡神龍昔年的武功，如今最多已只不過剩下五成，莫非是受過很重的內傷？」

蘇少卿道：「好眼力，三年前他的確吃了霍總管一記劈空掌。」

花滿樓道：「這就難怪了。」

他這才終於明白，馬行空爲何會是這樣一個諂媚討好的人，在刀頭舐血的朋友，若是武功已失去大半，就不得不找個靠山，能找到「珠光寶氣閣」這種靠山，豈非再穩當也沒有。

蘇少卿忽然道：「我也想請教花公子聞聲辨位，流雲飛袖的功夫，請！」

「請」字出口，他忽然將手裡的筷子，斜斜的刺了出來。

這個溫文儒雅的少年學士，此刻竟以牙筷作劍，施展出正宗的內家劍法，一霎眼間，就已向花滿樓刺了七劍。

陸小鳳沒有動，只是靜靜的看著霍天青，霍天青不動，他也絕不動。

地上已經有三個人永遠不能動了，雁翎刀斜插在窗櫺上，三節棍已飛出窗外，練子槍已斷成了四截。

劍拔出來的時候，劍尖還帶著血。

西門吹雪輕輕的吹了吹，鮮血就一連串從劍尖上滴落下來。

他臉上雖然還是全無表情，但一雙冷漠的眼睛，卻已在發著光，冷冷的看著閻鐵珊，冷冷道：「你本該自己出手的，爲什麼定要叫別人送死！」

閻鐵珊冷笑道：「因爲他們的命我早已買下了。」

他一揮手，水閣內外又出現了六七個人，他自己目光閃動，似已在找退路。

現在他說話已完全沒有山西腔，也不再罵人了，但聲音卻更尖、更細，說出來的每個字都像是根尖針，在刺著別人的耳膜。

陸小鳳忽然笑了笑，道：「原來大老闆也是位內功深湛的高手。」

霍天青也笑了笑，淡淡道：「他的武功這裡只怕還沒有一個人比得上。」

陸小鳳道：「只可惜無論他武功多高都沒有用。」

霍天青道：「爲什麼？」

陸小鳳道：「因爲他有個致命的弱點。」

霍天青道：「什麼弱點？」

陸小鳳道：「他怕死！」

蘇少卿已攻出了第二式連環七劍，劍光輕靈，變化奇巧，劍劍不離花滿樓耳目方寸間。

花滿樓還是坐在那裡，手裡也拿起根牙筷，只要他牙筷輕輕一動，就立刻將蘇少卿凌厲的攻勢輕描淡寫的化解了。

蘇少卿第二次七劍攻出，突然住手，他忽然發現這始終帶著微笑的瞎子，對他所用的劍法，竟像是比他自己還要懂得多。

他一劍刺出，對方竟似早已知道他的下一著，他忍不住問道：「閣下也是峨嵋傳人？也會峨嵋劍法？」

花滿樓搖搖頭，微笑道：「對你們來說，劍法有各種各派，招式變化都不同，但是對瞎子說來，世上所有的劍法，卻都是一樣。」

這本是武學中最奧妙的道理，蘇少卿似懂非懂，想問，卻連問都不知道應該怎麼問。

花滿樓卻已在問他：「閣下莫非是峨嵋七劍中的人？」

蘇少卿遲疑著，終於道：「在下正是蘇少英。」

花滿樓笑道：「果然是三英四秀中的蘇二俠。」

突聽西門吹雪冷冷道：「這個人既然也是學劍的，爲什麼不來找我？」

蘇少英的臉色忽然蒼白，「格」的一響，連手裡的牙筷都被他自己拗斷了。

西門吹雪冷笑道：「傳言中峨嵋劍法，獨秀蜀中，莫非只不過是徒有虛聲而已？」

蘇少英咬了咬牙，霍然轉身，正看見最後一滴鮮血，從西門吹雪的劍尖滴落。

在一瞬間，被西門吹雪的劍洞穿了咽喉。

陸小鳳和霍天青還是互相凝視著，靜靜的坐在那裡，好像都在等著對方先動。

地上卻已有七個人永遠不能動了，七個人中，沒有一人不是一等一的武林高手，但卻已都

閻鐵珊眼角的肌肉已開始顫抖，直到現在，別人才能看出他的確是個老人。

可是他對這些爲他拚命而死的人，並沒有絲毫傷感和同情。

他還沒有走，只因爲他還沒等到十拿九穩的機會，現在也還沒有到非走不可的時候。

還能出手的四個人，本已沒有出手的勇氣，看見蘇少英走過來，立刻讓開了路。

蘇少英的腳步還是很穩定，只不過蒼白的臉上，已全無血色。

西門吹雪冷冷的看著他，冷冷道：「你用的是什麼劍？」

蘇少英也冷笑著，道：「只要是能殺人的劍，我都能用。」

西門吹雪道：「很好，地上有劍，你選一柄。」

地上有兩柄劍，劍在血泊中。

一柄劍窄長鋒利，一柄劍寬厚沉重。

蘇少英微微遲疑，足尖輕挑，一柄劍就已憑空彈起，落在他手裡。

峨嵋劍法本以輕靈變化見長，他選的卻是較重的一柄。

這少年竟想憑他年輕人的臂力，用沉猛剛烈的劍法，來克制西門吹雪鋒銳犀利的劍路。

這選擇本來是正確的，獨孤一鶴門下的弟子，每個人都已被訓練出良好的判斷力。

可是這一次他卻錯了，他根本就不該舉起任何一柄劍來。

西門吹雪凝視著他，忽然道：「再過二十年，你劍法或可有成！」

蘇少英道：「哦？」

西門吹雪道：「所以現在我已不想殺你，再過二十年，你再來找我吧。」

蘇少英突然大聲道：「二十年太長久了，我等不及！」

他畢竟是個血氣方剛的少年，只覺得胸中一陣熱血上湧，手裡的劍連環擊出，劍法中竟似帶著刀法大開大闔的剛烈之勢。

這就是獨孤一鶴獨創的「刀劍雙殺七七四十九式」，他投入峨嵋門下時，在刀法上已有了極深厚的功力，經過三十年的苦心，竟將刀法的剛烈沉猛，溶入峨嵋靈秀清奇的劍法中。

他這七七四十九式獨創的絕招，可以用刀使，也可以用劍，正是普天之下，獨一無二的功夫。

這種功夫竟連陸小鳳都沒有見過。

西門吹雪的眼睛更亮了，看見一種新奇的武功，他就像是孩子們看見了新奇的玩具一樣，有種無法形容的興奮和喜悅。

他直等蘇少英使出了三七二十一招，他的劍才出手。

因爲他已看出了這種劍法的漏洞，也許只有一點漏洞，但一點漏洞就已足夠。

他的劍光一閃，就已洞穿了蘇少英的咽喉。

劍尖還帶著血，西門吹雪輕輕的吹了吹，血就從劍尖滴落下來。

他凝視著劍鋒，目中竟似已露出種寂寞蕭索之意，忽然長長嘆息了一聲，道：「你這樣的少年爲什麼總是要急著求死呢？二十年後，你叫我到何處去尋對手？」

這種話若是從別人嘴裡說出來，一定會有人覺得肉麻可笑，可是從他嘴裡說出來，卻彷彿帶著種說不出的悲涼肅殺之意。

花滿樓忽然道：「既然如此，你又何必殺他？」

西門吹雪沉下了臉，冷冷道：「因爲我只會殺人的劍法。」

花滿樓只有嘆息，因爲他知道這個人說的並不是假話，這個人使出的每一劍都是絕劍，絕不留情，也絕不留退路。

「不是你死，就是我死！」他一劍刺出，就不容任何人再有選擇的餘地，連他自己都沒有選擇的餘地！

一陣風從水閣外吹進來，還是帶著荷葉的清香，卻已吹不散水閣裡的血腥氣了。

西門吹雪忽然轉身，面對著閻鐵珊冷冷道：「你不走，我不出手，你一動，就得死！」

閻鐵珊居然笑了，道：「我為什麼要走？我根本不知道你們這樣做是為了什麼？」

陸小鳳嘆了口氣，道：「你應該知道的！」

閻鐵珊道：「但我卻不知道。」

陸小鳳道：「嚴立本呢？他也不知道？」

閻鐵珊的眼角突又開始跳動，白白胖胖的臉，突然露出種奇特而恐懼的表情來，看來又蒼老很多，過了很久，他才嘆息著，喃喃道：「嚴立本早已死了，你們又何苦再來找他？」

陸小鳳道：「要找他的人並不是我們。」

閻鐵珊道：「是誰？」

陸小鳳道：「大金鵬王。」

聽見了這名字，閻鐵珊看來已奇特的臉，竟突然變得更詭異可怖，肥胖的身子突然陀螺般滴溜溜一轉，水閣裡突然又閃耀出一片輝煌的珠光。

珠光輝映，幾十縷銳風突然暴雨般射了出來，分別擊向西門吹雪、花滿樓、陸小鳳。

就在這時，珠光中又閃出了一陣劍氣。

劍氣森寒，劍風如吹竹，「唰，唰，唰，唰，唰」一陣急響，劍氣與珠光突然全都消失不見，卻有幾十粒珍珠從半空落下來，每一粒都被削成了兩半。

好快的劍。但這時閻鐵珊的人竟已不見了。

陸小鳳也已不見了。

水閣外的荷塘上，卻似有人影閃動，在荷葉上輕輕一點，就飛起。

有兩條人影，但兩條人影卻似黏在一起的，後面的一個人，就像是前面一人的影子。

人影閃動，突又不見，但水閣裡卻已響起一陣衣袂帶風聲。

然後閻鐵珊就忽然又出現了。

陸小鳳也出現了——忽然間，他已坐在剛才的位子上，就像是從來也沒有離開過。

閻鐵珊也站在剛才的地方，身體卻已靠在高台上，不停的喘息，就在這片刻間，他彷彿又已衰老了許多。走入這水閣時，他本是個容光煥發的中年人，臉上光滑柔細，連鬍子都沒有，但現在看來，無論誰都已能看得出他是個七八十歲的老人。他臉上的肉鬆弛，眼皮鬆鬆的垂下來，眼睛也變得黯淡無光，喘息著，嘆著氣，黯然道：「我已經老了……老了……」

陸小鳳看著他，也不禁嘆息了一聲，道：「你的確已老了。」

閻鐵珊道：「你們為什麼要這樣子對付一個老人？」

陸小鳳道：「因為這老人以前欠了別人的債，無論他多老，都要自己去還的。」

閻鐵珊突又抬起頭，大聲道：「我欠的債，當然我自己還，但我幾時欠過別人什麼？」

陸小鳳道：「也許你沒有欠，但嚴立本呢？」

閻鐵珊的臉又一陣扭曲，厲聲道：「不錯，我就是嚴立本，就是那個吃人不吐骨的嚴總管，但自從我到這裡之後，我……」

他的聲音突然停頓，扭曲變形的臉，卻又突然奇蹟般恢復平靜。

然後每個人就會看到一股鮮血從他胸膛上綻開，就像是一朵燦爛的鮮花突然開放。

等到鮮血飛濺出來後，才能看見他胸膛上露出的一截劍尖。

他低著頭，看著這截發亮的劍尖，彷彿顯得很驚訝、很奇怪。

可是他還沒有死，他的胸膛還在起伏著，又彷彿有人在拉動著風箱。

霍天青的臉色也已鐵青，霍然長身，厲聲喝問：「是誰下的毒手？」

「是我！」銀鈴般清悅的聲音，燕子般輕巧的身法，一個人忽然從窗外一躍而入，一身黑鯊魚皮的水靠，緊緊裹著她苗條動人的身材，身上還在滴著水，顯然是剛從荷塘裡翻到水閣來的。

閻鐵珊勉強張開眼，吃驚的看著她，用盡全身力氣，說出了三個字：「你是誰？」

她已扯下了水靠的頭巾，一頭烏雲般的柔髮披散在雙肩，襯得她的臉更蒼白美麗。

可是她眼睛裡卻充滿了仇恨與怨毒，狠狠的瞪著閻鐵珊，厲聲道：「我就是大金鵬王陛下的丹鳳公主，就是要來找你算一算那些舊債的人。」

閻鐵珊吃驚的看著她，眼珠忽然凸出，身子一陣抽搐，就永遠不能動了，但那雙已凸出眼皮外的眼睛裡，卻還帶著種奇特而詭異的表情，也不知是驚訝？是憤怒？還是恐懼？

他還是沒有倒下去，因爲劍還在他胸膛裡。

劍是冷的，血也冷了。

丹鳳公主終於慢慢的轉過身，臉上的仇恨和怨毒，都已變成一種淡淡的悲哀。

她想招呼陸小鳳，卻突然聽見西門吹雪冷冷道：「你也用劍？」

丹鳳公主怔了怔，終於點點頭。

西門吹雪道：「從今以後，你若再用劍，我就要你死！」

丹鳳公主顯然很吃驚，忍不住問道：「爲什麼？」

西門吹雪道：「劍不是用來在背後殺人的，若在背後傷人，就不配用劍！」

他突然揮手，「叭」的一響，他的劍尖擊中了閻鐵珊胸膛上的劍尖。

閻鐵珊倒了下去，他胸膛上的劍已被擊落，落在水閣外。

西門吹雪的人也已到了水閣外，他提起那柄還帶著血的劍，隨手一抖，劍就突然斷成了五六截，一截截落在地上。又有風吹過，夜霧剛從荷塘上昇起，他的人已忽然消失在霧裡。

三

霍天青又坐下來，動也不動的坐著，鐵青的臉上，彷彿戴著個鐵青的面具。

但陸小鳳卻知道沒有表情往往也就是最悲傷的表情，他輕輕嘆息了一聲，道：「閻鐵珊本是金鵬王朝的叛臣，所以這件事並不僅是私怨而已，本不是別人所能插手的。」

霍天青慢慢的點了點頭，道：「我明白。」

陸小鳳道：「所以你也不必責備自己。」

霍天青沉默著，過了很久，忽然抬起頭，道：「但你卻是我請來的。」

陸小鳳道：「我是的。」

霍天青道：「你若沒有來，閻鐵珊至少現在還不會死。」

陸小鳳道：「你的意思是……」

霍天青冷冷道：「我也並沒有別的意思，只不過想領教領教你『雙飛彩翼陸小鳳』的輕功，和你那『心有靈犀一點通』的獨門絕技而已。」

陸小鳳苦笑道：「你一定要逼我跟你交手？」

霍天青道：「一定。」

陸小鳳嘆了口氣，丹鳳公主已突然轉身衝過來，大聲道：「你爲什麼要找他？你本該找我的。」

霍天青道：「你？」

丹鳳公主冷笑道：「閻鐵珊是我殺了他的，從背後殺了他的，你不妨試試看，我是不是只有在背後殺人的本事？」她剛受了西門吹雪一肚子氣，無處發洩，竟找上霍天青了。

霍天青看著她，緩緩道：「閻鐵珊欠你的，我會替他還清，所以你已可走了。」

丹鳳公主道：「你不敢跟我交手？」

霍天青道：「不是不敢，是不想。」

丹鳳公主道：「爲什麼？」

霍天青淡淡道：「因爲你根本不是我的對手！」

丹鳳公主臉都氣紅了，突然伸出一雙纖纖玉指，竟以毒龍奪珠式，去抓霍天青的眼睛。

她的手指雖柔若春蔥，但她用的招式卻是極狠毒、極辛辣的，出手也極快。

霍天青肩不動，腿不舉，身子卻已突然移開七尺，抱起了閻鐵珊的屍體，大聲道：「陸小鳳，日出時我在青風觀等你。」一句話還未說完，他的人已在水閣外。

丹鳳公主咬著嘴唇，跺了跺腳，氣得連眼淚都彷彿已要掉下來。

陸小鳳卻忽然對她笑了笑，道：「你若使出你的飛鳳針來，他也許就走不掉了。」

丹鳳公主道：「飛鳳針？什麼飛鳳針？」

陸小鳳道：「你的獨門暗器飛鳳針。」

丹鳳公主瞪著他，忽然冷笑道：「原來我不但會在背後殺人，還會用暗器殺人！」

陸小鳳道：「暗器也是種武器，武林中有很多君子也用這種武器。」

丹鳳公主道：「可是我從來也沒有用過，我連『飛鳳針』這三個字都沒聽過。」

這回答陸小鳳倒不覺得意外，他問這件事，也只不過要證實那小妖怪說的又是否謊話而已。

丹鳳公主卻連眼圈都紅了，咬著嘴唇道：「我知道你是在生我的氣，所以才故意說這些話來編排我。」

陸小鳳道：「我爲什麼要生你的氣？」

丹鳳公主道：「因爲你認爲我根本不該來的，更不該殺了閻鐵珊。」她像是受了很大的委屈，眼睛裡又湧出了淚光，恨恨道：「因爲你永遠也不知道他把我們的家害得有多慘，若不是他忘義背信，我們本來還可以有復國仇的機會，但現在……現在……」

這句話還沒有說完，她眼淚已終於忍不住珠串般掛滿了臉。

陸小鳳什麼也不能再說了。

誰說眼淚不是女人最有效的武器?尤其是美麗的女人，她的淚珠遠比珍珠更珍貴。

七 市井七俠

一

月夜，上弦月。還未到子時，距離日出最少還有三個時辰。

陸小鳳已回到客棧，在房裡叫了一桌子好酒好菜，笑道：「不管怎麼樣，我至少還可以痛痛快快的大吃大喝一頓。」

花滿樓道：「你應該睡一覺的。」

陸小鳳道：「若有霍天青那麼樣一個人約你日出決鬥，你睡不睡得著？」

花滿樓道：「我睡不著。」

陸小鳳笑了，道：「你這人最大的好處，就是你從來也不說謊話，只可惜你說的老實話，有時卻偏偏像是在說謊。」

花滿樓道：「我睡不著，只因為我根本完全不了解他！」

陸小鳳道：「他的確是個很難了解的人！」

花滿樓道：「你識得他已有多久？」

陸小鳳道：「快四年了，四年前閻鐵珊到泰山去觀日出，他也跟著去的，那天我恰巧約好了個小偷，在泰山絕頂上比賽翻跟斗。」

花滿樓道：「你了解他多少？」

陸小鳳道：「一點點。」

花滿樓道：「你說他年紀雖輕，輩份卻很高？」

陸小鳳道：「你有沒有聽說過『天松雲鶴、商山二老』？」

花滿樓道：「商山二老久已被尊爲武林中的泰山北斗，我就算是聾子，也該聽過的。」

陸小鳳道：「據說他就是商山二老的小師弟。」

花滿樓動容道：「商山二老如今就算還活著，也該有七八十歲，霍天青最多是不到三十，他們師兄弟之間的年齡相差爲什麼如此懸殊？」

陸小鳳笑了笑，道：「夫妻間相差四五十歲的都有，何況師兄弟？」

花滿樓道：「所以『關中大俠』山西雁成名雖已垂四十年，算輩份卻還是他的師侄！」

陸小鳳道：「一點也不錯。」

花滿樓道：「昔日天禽老人威震八方，但平生卻只收了商山二老這兩個徒弟，怎麼會忽然又多出個霍天青來的？」

陸小鳳笑道：「花家本來明明只有六童，怎麼忽然又多出個你來？」父母生兒子，師父要收徒弟，這種事的確本就是誰都管不著的。

花滿樓面上卻已現出憂慮之色，道：「山西雁我雖未見過，卻也知道他的輕功、掌法，號稱關中雙絕，卻不知霍天青比他如何？」

陸小鳳道：「我也沒見過霍天青出手，可是看他挾起閻鐵珊那麼重的一個人，還能施展燕子三抄水的輕功，就憑這一手，天下就已沒有幾個人比得上！」

花滿樓道：「你呢？」

陸小鳳沒有回答這句話，他從來也不願回答這種話。事實上，除了他自己外，世上幾乎沒有第二個人知道他的武功究竟如何？

但這次花滿樓卻似已決定要問個究竟，又道：「你有沒有把握勝過他？」

陸小鳳還是沒有回答，只倒了杯酒，慢慢的喝了下去。

花滿樓忽然嘆了口氣，道：「你沒有把握，所以你連酒都不敢喝得太多。」

陸小鳳平時的確不是這樣子喝酒的。

自從到了這裡後，丹鳳公主居然也變得很乖的樣子，一直坐在旁邊，靜靜的聽著，片刻忽然問道：「你剛才說你在泰山絕頂，跟一個小偷約好了翻跟斗，那小偷是誰？」

陸小鳳笑了，道：「是個偷王之王，偷盡了天下無敵手，但被他偷過的人，非但不生氣，而且還覺得很光榮。」

丹鳳公主道：「為什麼？」

陸小鳳道：「因為夠資格被他偷的人還不多，而且他從來也不偷真正值錢的東西，他偷，只不過因為是在跟別人打賭。」

他又笑了笑，接著道：「有一次別人跟他賭，說他一定沒法子把那個天字第一號守財奴陳福州的老婆用的馬桶偷出來。」

丹鳳公主也忍不住嫣然而笑，道：「結果呢？」

陸小鳳道：「結果他贏了。」

丹鳳公主道：「你爲什麼要跟他比賽翻跟斗？」

陸小鳳道：「因爲我明知一定偷不過他，卻又想把他剛從別人手上贏來的五十罈老酒贏過來！」

丹鳳公主嫣然道：「這就對了，這就叫以己之長，攻彼之短，你爲什麼不能用這種法子對付霍天青？你本來就不一定非跟他拚命不可的。」

陸小鳳卻嘆了口氣，道：「這世上有種人是你無論用什麼花招對付他，都沒有用的，西門吹雪就是這種人，霍天青也是。」

丹鳳公主道：「你認爲他真的要跟你一決生死？」

陸小鳳的情緒很沉重，道：「閻鐵珊以國士待他，這種恩情他非報答不可，他本已不惜一死。」

丹鳳公主道：「但你卻不必跟他一樣呀！」

陸小鳳笑了笑，似已不願再討論這件事，站起來慢慢的走到窗口。

窗子本就是支起來的，他忽然發現不知何時已有個穿著長袍，戴著小帽的老人，搬了張凳子坐在外面的天井裡抽旱煙。

夜已很深，這老人卻連一點睡覺的意思都沒有，悠悠閒閒的坐在那裡，好像一直要坐到天亮的樣子。

陸小鳳忽然笑道：「風寒露冷，老先生若有雅興，不妨過來跟我們喝兩杯以遣長夜。」

這老人卻連睬都不睬，就像是個聾子，根本沒聽見他的話。陸小鳳只有苦笑。

丹鳳公主卻生氣了，冷笑道：「人家好意請你喝酒，你不喝也不行。」

她忽然又衝到窗口，一揮手，手裡的一杯酒就向老人飛了過去，又快又穩，杯裡的酒居然連一點都沒有濺出來。

老人突然冷笑，一招手，就接住了酒杯，竟將這杯酒一下子全都潑在地上，卻把空酒杯一片片咬碎，吞下肚子裡，就好像吃蠶豆一樣，還嚼得「格登格登」的響。

丹鳳公主看呆了，忍不住道：「這個老頭子莫非有毛病？不吃酒，反倒吃酒杯。」

陸小鳳目光閃動，微笑著道：「這也許因爲酒是我買的，酒杯卻不是。」

就在這時，院子外面又有個人走了進來，竟是個賣肉包子的小販。

如此深夜，他難道還想到這裡來做生意？

丹鳳公主眨了眨眼，道：「喂，你的肉包子賣不賣？」

小販道：「只要有錢，當然賣！」

丹鳳公主道：「多少錢一個？」

小販道：「便宜得很，一萬兩銀子一個，少一文都不行。」

丹鳳公主臉色變了變，冷笑道：「好，我就買兩個你這一萬兩銀子一個的肉包子，你送過來！」

小販道：「行。」

他剛拿起兩個包子，牆角忽然有條黃狗竄出來，衝著他「汪汪」的叫。

小販瞪眼道：「難道你也跟那位姑娘一樣，也想買我的肉包子？你知不知道肉包子本來就是用來打狗的。」

他真的用肉包子去打這條狗，黃狗立刻不叫了，銜起肉包子，咬了兩口，突然一聲慘吠，在地上滾了滾，活狗就變成了條死狗。

丹鳳公主變色道：「你這包子裡有毒？」

小販笑了笑，悠然道：「不但有毒，而且還是人肉餡的。」

丹鳳公主怒道：「你竟敢拿這種包子出來賣？」

小販翻了翻白眼，冷冷道：「我賣我的，買不買卻隨便你，我又沒有逼著你買。」

丹鳳公主氣得臉都紅了，幾乎忍不住想衝出去，給這人幾個耳刮子。

陸小鳳卻悄悄握住了她的手，就在這時，突聽一人曼聲長吟：「如此星辰如此夜，爲誰風露立中宵？」

一個滿身酸氣的窮秀才，背負著雙手，施施然走進了院子，忽然向那賣包子的小販笑了笑，道：「今天你又毒死幾個人？」

小販翻著白眼，道：「我這包子只有狗吃了才會被毒死，毒不死人的，不信你試試？」

他拋了個包子過去，窮秀才竟真的接住吃了下去，摸著肚子笑道：「看來你這包子非但毒不死人，而且還能治病！」

只聽牆外一人道：「什麼病？」

窮秀才道：「餓病。」

牆外那人道：「這病我也有，而且病得厲害，快弄個包子來治治。」

小販道：「行。」

他又拿起個包子往牆頭一拋，牆頭就忽然多了個蓬頭乞丐，一張嘴，恰巧咬住了這包子，再一閉嘴，包子竟被他囫圇吞下了肚。

小販雙手不停地拋出七八個包子，他拋得快，這乞丐也吞得快，忽然間七八個包子全都不見了，完全都被又瘦又小的乞丐吞下了肚。

窮秀才笑道：「這下子看來總該已將你的餓病治好了吧？」

乞丐苦著臉，道：「我上了你們當了，這包子雖然毒不死人，卻可以把人活活脹死。」

院子外居然又有人笑道：「脹死也沒關係，脹死的、餓死的、被老婆氣死的，我都有藥醫。」

一個賣野藥的郎中，揹著個藥箱，提著串藥鈴，一瘸一拐的走進來，竟是個跛子。

這冷冷清清的院子，就像是有人來趕集一樣，忽然間熱鬧了起來，到後來居然連賣花粉的貨郎、挑著擔子的菜販都來了。

丹鳳公主看得連眼睛都有點發直，她雖然沒有什麼江湖歷練，但現在也已看出這些人都是衝著他們而來的。

奇怪的是，這些人全都擠在院子裡，並沒有進來找他們麻煩的意思。

她忍不住悄悄的問：「你看這些人是不是來替閻鐵珊報仇的？」

陸小鳳搖了搖頭，微笑道：「閻大老闆怎麼會有這種朋友！」

丹鳳公主道：「可是我看他們並不是真的郎中小販，他們身上好像都有功夫。」

陸小鳳淡淡道：「市井中本就是藏龍臥虎之地，只要他們不來找我們，我們也不必去管人家的閒事。」

花滿樓忽然笑了笑，道：「你幾時變成個不愛管閒事的人了？」

陸小鳳也笑了笑，道：「剛剛才變的。」

二

更鼓傳來，已過三更。

那抽旱煙的老頭子忽然站起來，伸了個懶腰，道：「約我們來的人，他自己怎麼還不來？」

原來他既不是聾子，也不是啞吧。

但丹鳳公主卻更奇怪，是誰約這些人來的？爲什麼要約他們來？

窮秀才道：「長夜已將盡，他想必已經快來了。」

賣包子的小販道：「我來看看。」

他忽又雙手不停，將提籠裡的包子全都抛出來，幾十個包子，竟一個疊一個，筆直的疊起七八尺高。

這小販一縱身，竟以金雞獨立式，站在這疊肉包子上，居然站得四平八穩，紋風不動。

他不但一雙手又快又穩，輕功也已可算是江湖中一等一的高手。

丹鳳公主嘆了口氣，喃喃道：「看來闖江湖的確不是件容易事，我總算明白了。」

花滿樓微笑道：「能明白總是好的。」

突聽那小販大叫一聲，道：「來了！」

這一聲「來了」叫出來，每個人都好像精神一振，連丹鳳公主的心跳都已加快，她實在也早就想看看來的這是什麼人。

可是她看見了這個人後，卻又有點失望。

少女們的幻想總是美麗的，在她想像中，來的縱然不是風采翩翩的少年俠客，至少也應該是威風八面，身懷絕技的江湖豪俠。

誰知來的卻是個禿頂的老頭子，一張黃慘慘的臉，穿著件灰撲撲的粗布衣裳，說長不長，說短不短，剛好蓋著膝蓋，腳上白布襪、灰布鞋，看著恰巧也像是個從鄉下來趕集的土老頭。

但他一雙眼睛卻是發亮的，目光炯炯，威稜四射。

奇怪的是，院子裡這些人本來明明是在等他的，可是他來了之後，又偏偏沒有一個人過去跟他招呼，只是默默的讓出了一條路。

這禿頂老人目光四下一打量，竟突然大步向陸小鳳這間房走過來。

他走得好像並不快，但三腳兩步，忽然間就已跨過院子，跨進了門。

房門本就是開著的，他既沒有敲門，也沒有跟別人招呼，就大馬金刀的在陸小鳳對面坐下，提起了地上的酒罈子嗅了嗅，道：「好酒。」

陸小鳳點點頭，道：「確是好酒。」

禿頂老人道：「一人一半？」

陸小鳳道：「行。」

禿頂老人什麼話也不再說，就捧起酒罈子，對著嘴，咕嚕咕嚕的往嘴倒。

頃刻間半罈子酒就已下了肚，他黃慘慘的一張臉上，忽然變得紅光滿面，整個人都像是有了精神，伸出袖子來一抹嘴，道：「真他娘的夠勁。」

陸小鳳也沒說什麼，接過酒罈子就喝，喝得絕不比他慢，絕不比任何人慢。

等這罈酒喝完了，禿頂老人突然大笑，道：「好，酒夠勁，人也夠勁。」

陸小鳳也伸出袖子來一抹嘴，道：「人夠勁，酒才夠勁。」

禿頂老人看著他，道：「三年不見，你居然還沒喝死。」

陸小鳳道：「好人不長命，禍害遺千年，我只擔心你，你是個好人。」

禿頂老人瞪眼道：「誰說我是個好人？」

陸小鳳笑了笑，道：「江湖中誰不說山西雁又有種、又夠朋友，是他娘的第一個大好人。」

禿頂老人大笑，道：「你是個大禍害，我是個大好人，這他娘的真有意思。」

丹鳳公主看著他，幾乎不相信自己的眼睛。

她再也想不到這又禿又土，滿嘴粗話的老頭子，竟是享名三十年，以一雙鐵掌威震關中的大俠山西雁。

不管怎麼樣，一個人能被稱為「大俠」，都不是件簡單的事。

可是這老人卻實在連一點大俠的樣子都沒有——難道這就正是他的成功之處？丹鳳公主想不通。

她忽然發覺自己想不通的事，竟好像愈來愈多。

山西雁的笑聲已停頓，目光炯炯，盯著陸小鳳，道：「你只怕想不到我會來找你？」

陸小鳳承認：「我想不到。」

山西雁道：「其實你一到太原，我就已知道了。」

陸小鳳笑了笑，道：「這並不奇怪，我來了若連你都不知道，才是怪事。」

山西雁道：「可是我直到現在才來找你！」

陸小鳳道：「你是個忙人。」

山西雁道：「我一點也不忙，我沒有來，因為你是我師叔的客人，我既然沒法子跟他搶著作東，就只好裝不知道了。」

陸小鳳笑道：「我還以為我剃了鬍子後，連老朋友都不認得我了。」

山西雁又大笑道：「我本就覺得你那兩撇騷鬍子看著討厭。」

陸小鳳道：「你討厭沒關係，有人不討厭。」

山西雁的笑聲停頓：「霍天青是我的師叔，江湖中有很多人都不信，但你卻總該知道的。」

陸小鳳道：「我知道。」

山西雁道：「外面抽旱煙的那老怪物，姓樊，叫樊鶚，你認不認得？」

陸小鳳道：「莫非是昔日獨闖飛魚塘，掃平八大寨，一根旱煙袋專打人身三十六大穴、七十二小穴的樊大先生？」

山西雁道：「就是他。」

陸小鳳道：「西北雙秀，樊簡齊名，那位窮酸秀才，想必也就是『彈指神通』的唯一傳人，簡二先生了。」

山西雁點點頭，道：「那窮要飯的、野藥郎中、賣包子跟賣菜的小販、賣花粉的貨郎，再加上這地方的掌櫃，和還在門口賣麵的王胖子，七個人本是結拜兄弟，人稱『市井七俠』，也有人叫他們山西七義。」

陸小鳳淡淡笑道：「這些大名鼎鼎的俠客義士們，今天倒真是雅興不淺，居然全都擠到這小院子來乘涼來了。」

山西雁道：「你真不知道他們是來幹什麼的？」

陸小鳳道：「不知道。」

山西雁道：「他們也都是我的同門，論起輩份來，有的甚至是霍天青的徒孫。」

陸小鳳又笑了，道：「這人倒真是好福氣！」

山西雁道：「六十年前，祖師爺創立『天禽門』，第一條大戒，就是要我們尊師重道，這輩份和規矩，都是萬萬錯不得的。」

陸小鳳道：「當然錯不得。」

山西雁道：「祖師爺一生致力武學，到晚年才有家室之想。」

陸小鳳道：「天禽老人竟也娶過妻，生過子？」

山西雁道：「這件事江湖中的確很少有人知道，祖師爺是在七十七歲那年，才有後的。」

陸小鳳道：「他的後代就是霍天青？」

山西雁道：「正是。」

陸小鳳嘆了口氣，道：「我總算明白了，爲什麼他年紀輕輕，輩份卻高得嚇人。」

山西雁道：「所以他肩上的擔子也重得可怕。」

陸小鳳道：「哦？」

山西雁的神情忽然變得很嚴肅，道：「他不但延續祖師爺的香燈血脈，唯一能繼承『天禽門』傳統的人也是他，我們身受師門的大恩，縱然粉身碎骨，也絕不能讓他有一點意外，這道理你想必也應該明白的。」

陸小鳳道：「我明白。」

山西雁長長嘆了口氣，道：「所以他明晨日出時，若是不幸死了，我們『天禽門』上上下下數百弟子也絕沒有一個還能活得下去。」

陸小鳳皺了皺眉，道：「他怎麼會死？」

山西雁道：「他若敗在你手裡，你縱然不殺他，他也絕不會再活下去。」

陸小鳳道：「我也知道他是個性情很剛烈的人，但他卻並不是一定會敗的！」

山西雁道：「當然不一定。」

陸小鳳淡淡道：「他若勝了我，你們『天禽門』上上下下數百子弟，豈非都很有面子？」

山西雁道：「你是我的朋友，我也不願你敗在他手裡，傷了彼此的和氣。」

陸小鳳笑了笑，道：「你真是好人。」

山西雁的臉好像又有點發紅，苦笑道：「只要你們一交手，無論誰勝誰敗，後果都不堪設想，霍師叔跟你本也是道義之交，這麼樣做又是何苦？」

陸小鳳微笑道：「現在我總算明白你的意思了，你是要我在日出之前，趕快離開這裡，讓他找不著我。」

山西雁居然不說話了，不說話的意思就是默認。

丹鳳公主突然冷笑，道：「現在我也明白你的意思了，你約了這麼多人來，就是為了要逼他走，讓霍天青不戰而勝，否則你們就要對付他。現在距離日出的時候已沒多久，他就算能擊退你們，等到日出時，他一樣沒力氣去跟霍天青交手了。」她鐵青著臉，冷笑又道：「這法子倒的確不錯，恐怕也只有你這樣的大俠才想得出來！」

山西雁臉上一陣青，一陣白，突然仰面狂笑，道：「好，罵得好，只不過我山西雁雖然沒出息，這種事倒還做不出來！」

丹鳳公主道：「那種事你既做得出來，他若不願走，你怎麼辦？」

山西雁霍然長身而起，大步走了出去，滿院子的人全都鴉雀無聲，他發亮的眼睛從這些人臉上一個個掃過去，忽然道：「他若不走，你們怎麼辦？」

賣包子的小販翻著白眼，冷冷道：「那還不簡單，他若不走，我就走。」

山西雁又笑了，笑容中彷彿帶種說不出的悲慘之意，慢慢的點了點頭，道：「好，你走，我也走，大家都走。」

賣包子的小販道：「既然如此，我又何妨先走一步？」

他的手一翻，已抽出了柄解腕尖刀，突然反手一刀，刺向自己的咽喉。

他的出手不但穩，而且快，非常快。但卻還有人比他更快的。

突聽「噹」的一聲，火星四濺，他手裡的刀已斷成了兩截，一樣東西隨著折斷的刀尖掉在地上，竟是陸小鳳的半截筷子。

剩下的半截筷子還在他手裡，刀是鋼刀，筷子卻是牙筷。

能用牙筷擊斷鋼刀的人，天下只怕還沒有幾個。

丹鳳公主忽然明白山西雁爲什麼要這樣做，霍天青根本就不是陸小鳳的敵手，別人雖然不知道，山西雁卻很清楚。

那賣包子的小販吃驚的看著手裡的半截斷刀，怔了很久，突然恨恨跺了跺腳，抬頭瞪著陸小鳳，厲聲道：「你這是什麼意思？」

陸小鳳笑了笑，淡淡道：「我也沒什麼別的意思，只不過還有句話要問你！」

賣包子的小販道：「什麼話？」

陸小鳳道：「我幾時說過我不走的？」

賣包子的小販怔住。

陸小鳳懶洋洋的嘆了口氣，道：「打架本是件又傷神、又費力的事，我找個地方去睡覺多好，爲什麼要等著別人打架？」

賣包子的小販瞪著他，臉上的表情好像要哭，又好像要笑，忽然大聲道：「好，陸小鳳果然是陸小鳳，從今天起，無論你要找我幹什麼，我若皺一皺眉頭，我就是你孫子。」

陸小鳳笑道：「你這樣的孫子我也不想要，只要我下次買包子時，你能算便宜一點，就已經很夠朋友了。」

他隨手抓起了掛在床頭的大紅披風，又順便喝了杯酒，道：「誰跟我到城外的又一村去吃碗大麻子燉的狗肉去？」

花滿樓微笑道：「我。」

樊大先生忽然敲了敲他的旱煙袋，道：「還有我。」

簡二先生道：「有他就有我，我們一向是秤不離錘的。」

賣包子的小販立刻大聲道：「我也去。」

簡二先生道：「你專賣打狗的肉包子，還敢去吃狗肉，你不怕那些大狗、小狗的冤魂在你肚子裡作怪？」

賣包子的小販瞪起了眼，道：「我連死都不怕，還怕什麼？」

山西雁大笑，道：「好，你小子有種，大伙兒都一起去吃他娘的狗肉去，誰不去就是他娘的龜孫子！」

花滿樓微笑著，緩緩道：「看來好人還是可以做得的。」

陸小鳳道：「偶爾做一次倒沒關係，常常做就不行了。」

花滿樓忍不住問道：「爲什麼？」

陸小鳳板著臉，道：「好人不長命，這句話你難道沒聽說過？」

他雖然板著臉，但眼睛裡卻似已有熱淚盈眶。

丹鳳公主看著他們，忽然輕輕的嘆了口氣，輕輕的喃喃自語：「誰說好人做不得，誰就是他娘的龜孫子。」

三

狗肉已賣完了，沒有狗肉。可是他們並不在乎！

他們要吃的本來就不是狗肉，而是那種比狗肉更令人全身發熱的熱情，用這種熱情來下酒，世上絕沒有任何東西能比得上。

何況日出的時候，還有人用快馬追上了他們，送來了一封信。

霍天青的信：

朝朝有日出，今日之約，又何妨改為明日之明日。

人不負我，我又怎能負人？

金鵬舊債，隨時可清，公主再來時，即弟遠遊日也，盛極一時之珠光寶氣，已成為明日之黃花，是以照耀千古者，唯義氣兩字而已。天青再拜。

就憑這封信，已足下酒百斗，沉醉三日，何況還有那連暴雨都澆不冷的熱情。

暴雨。雨正午才開始下的，正午時人已醉了——不醉無歸，醉了才走的。

陸小鳳將醉未醉，似醉非醉，彷彿連自己都分不清自己是醉是醒？正面對著窗外的傾盆大雨，呆呆的出神。

丹鳳公主看著他，忽然道：「你若不走，那些人難道真的全都會死在那裡？」

陸小鳳沉默了很久，才緩緩的道：「你懂不懂得『有所不為，有所必為』這兩句話的意思？」

丹鳳公主道：「我當然懂，這意思就是說，有些事你若是認為不該去做，無論別人怎麼樣威逼利誘，甚至還用刀架在你脖子上，你也絕不要去做，若是你認為應該去做的事，就真要你拋頭顱，灑熱血，你也非去做不可。」

陸小鳳點了點頭，道：「正因為如此，所以才會有人黥身吞炭，捨命全義，也有人拿八十三斤重的大鐵椎，搏殺暴君。」

丹鳳公主搶著道：「也正因為如此，所以霍天青才會以死報閻鐵珊，山西雁和那些賣包子和饅頭的，才會不惜為霍天青賣命。」

陸小鳳道：「不管他們是幹什麼的，只要能做到這兩句話，就已不負『俠義』二字。」

丹鳳公主輕輕嘆息，道：「可是放眼天下，又有幾個人真能不負這『俠義』二字？」

花滿樓手持杯酒，曼聲低吟：「盛極一時之珠光寶氣，已成明日黃花，是以照耀千古者，唯『義氣』兩字而已……好一個霍天青，我竟幾乎小看了他，當浮一大白。」他真的舉杯一飲而盡，彷彿也有些醉了，喃喃道：「只可惜那蘇少英，他本也是個好男兒，他本不該死的，本不該死的……」

他聲音愈說愈低，伏在桌上，竟似睡著了。

丹鳳公主悄悄的走到窗口，悄悄的拉起了陸小鳳，柔聲道：「你還在生我的氣？」

陸小鳳道：「我幾時生過你的氣？」

丹鳳公主嫣然一笑，垂下了頭，悄悄的問道：「今天你還怕弄錯人麼？」

她的呼吸輕柔，指尖彷彿在輕輕顫抖，她的頭髮帶著比鮮花更芬芳的香氣。

陸小鳳也許是個君子，也許不是，但他的確是個男人，是個已有了七八分醉意的男人。

窗外暴雨如注，就彷彿是一道道密密的珠簾，隔斷了行路的人，也隔斷了行人的路。

屋子裡幽靜昏黯，宛如黃昏，從後面一扇開著的門看進去，可以看見一張新換過被單的床。

陸小鳳忽然發現心跳得很厲害，忽然發現上官丹鳳的心也跳得很厲害，他問：「你的心在跳？」

「比比看，誰的心跳得快？」

「怎麼比？」

「我摸摸你的心，你摸摸我的……」

突然間，密如萬馬奔騰的雨聲中，傳來了一陣密如雨點般的馬蹄聲，十餘騎快馬，冒著暴雨急馳而來，衝過了這荒村小店。

馬上人一色青簑衣、白笠帽，經過他們的窗口時，突然一起揮手，只聽「颼，颼，颼」，一連串風聲，比雨點更密，比馬蹄更急，數十道烏光，有的穿窗而入，有的打在外面的牆上。

陸小鳳側身，已拉著丹鳳公主躲到窗後。

伏在桌上的花滿樓卻已霍然長身而起，失聲道：「硝磺霹靂彈。」

五個字還沒有說完，只聽「蓬」的一聲，窗裡窗外，被烏光擊中的地方，已同時冒起了數尺高的火焰，赤紅中帶著慘碧色的火焰。

陸小鳳變色道：「你們先衝出去，我去救趙大麻子。」

趙大麻子已睡了，他們剛才還聽見他的鼾聲。

但火焰竟霎眼間就已將門戶堵死，連外面的牆都已燃燒起來，連暴雨都打不滅。

花滿樓拉著上官丹鳳衝出去，那十餘騎已飛馳而過，去得很遠了，馬上人一起縱聲狂笑，還有人在放聲大呼：「陸小鳳，這只不過是給你個小小的教訓，若再不識相，就叫你死無葬身之地！」

幾句話說完，人馬都已被珠簾般的雨簾隔斷，漸漸不能分辨。

再回頭，趙大麻子的小店也已完全被火焰吞沒，哪裡還看得見陸小鳳？

上官丹鳳咬了咬牙道：「你在這裡等，我進去找他。」

花滿樓道：「你若再進去，就出不來了。」

上官丹鳳道：「可是他……」

花滿樓笑了笑，道：「他可以出來，比這再大的火，都沒有燒死他。」

他全身都已濕透，但臉色卻還是很平靜。

就在這時，遠處突然響起一陣慘呼，呼聲慘厲，就好像是一群被困死了的野獸發出來的，但卻很短促。呼聲一發即止，卻又有馬群的驚嘶。

上官丹鳳動容道：「難道剛才那些人現在也已遭了別人的毒手？」

突然間，又是「轟」的一響，燃燒著的房子突然被撞破個大洞，一個人從裡面飛出，就像是一團燃燒著的火焰，在雨中凌空一個跟斗，撲到地上，就地滾了滾，滾滅了身上的火，衣服上、頭髮上，都已被燒焦了七八處，可是他一點也不在乎，又一滾，就站了起來，正是陸小鳳。

上官丹鳳吐出口氣，喃喃道：「看來這個人確是燒不死的！」

陸小鳳笑道：「要燒死我倒的確不容易。」他雖然還在笑，一臉都似已被燻黑了。

上官丹鳳看著他的臉，忽然一笑，道：「可是你本來有四條眉毛的，現在卻幾乎連一條眉毛都沒有了。」

陸小鳳淡淡道：「眉毛就算被燒光了，也還可以再長，可惜的是那幾罈子酒……」

花滿樓忽然打斷了他的話，問道：「趙大麻子呢？」

陸小鳳道：「不知道。」

花滿樓道：「他不在裡面？」

陸小鳳道：「不在。」

上官丹鳳變色道：「他難道也是青衣樓的？難道早就跟那些人串通好了？否則他們又怎會知道你在這裡？」她恨恨的接著道：「你冒險去救他，連眉毛都幾乎被燒光，他卻是這麼樣一個人。」

陸小鳳道：「我只知道他狗肉燒得最好。」

上官丹鳳道：「別的你全不知道？」

陸小鳳道：「別的我全不知道。」

上官丹鳳看著他，忍不住嘆了一口氣，喃喃地說道：「爲什麼別人都說他有兩個腦袋，我看他簡直……」她的聲音突然停頓，因爲她又看見一個人從暴雨中大踏步而來。

一個身材很魁梧的人，頭上戴著個斗笠，肩上扛著根竹竿，竹竿上還挑著一串亂七八糟的東西，她也看不清是什麼，但她卻已看清了這個人正是趙大麻子。

陸小鳳笑了，悠然道：「你不能對任何人都沒有信心的，這世上的壞人也許並沒有你想像中那麼多，畢竟總還有……」

他的聲音也突然停頓，因爲他已看清楚趙大麻子竹竿挑著的，竟是一串手，人的手！血漬雖已被暴雨沖乾淨，卻顯然是剛從別人腕子上割下來的，十三四隻手用一條褲帶綁住，吊在竹竿上。

趙大麻子的褲帶上，赫然正插著一把刀，殺狗的刀。

陸小鳳吃驚的看著他，道：「原來你不但會殺狗，還會殺人。」

趙大麻子咧著嘴一笑，道：「我不會殺狗，我只殺過人。」

陸小鳳又看了他半天，才嘆口氣道：「你不是趙大麻子！」

這人笑道：「誰說我是趙大麻子的？」

他笑的時候，除了一張大嘴咧開了之外，臉上並沒有別的表情。

陸小鳳道：「你是誰？」

這人的眼睛閃著光，道：「連你都認不出我是誰，看來我易容的本事縱然還是不能算天下第一，也差不多了。」

陸小鳳盯著他，忽然也笑了笑，道：「可是你翻跟斗的本事卻不行……」

他的話還沒有說完，上官丹鳳已大聲道：「這人就是你剛才說的那個小偷？」

這人嘆了口氣，道：「不錯，我就是跟他比過翻跟斗的司空摘星，但卻不是小偷，是大偷。」

上官丹鳳嫣然道：「我知道，你不但是大偷，而且還是偷王之王，偷盡天下無敵手。」

司空摘星挺了挺胸，道：「這一點我倒不敢妄自菲薄，若論偷的本事，連陸小鳳都不敢跟我一較高低，還有誰能比得上我？」

上官丹鳳道：「你什麼人不好扮，爲什麼要扮成個殺狗的麻子？」

司空摘星笑道：「這點你就不懂了，扮成麻子，才不容易被人看破。」

上官丹鳳道：「爲什麼？」

司空摘星道：「你幾時見過有人瞪著大麻子的臉左看右看的？」

上官丹鳳也笑了，道：「看來易容這門功夫的學問也不小。」

司空摘星道：「的確不小。」

陸小鳳皺眉道：「你幾時到關中來的？」

司空摘星道：「前兩天。」

陸小鳳道：「來幹什麼？」

司空摘星道：「來等你！」

陸小鳳道：「等我？」

司空摘星道：「因爲你要去找閻老闆，這裡正好是你必經之路，何況，你既然已到太原附近來了，總免不了要吃一頓趙大麻子燉的狗肉。」

他嘆了口氣，又道：「連我都不能不承認，他燉的狗肉，的確沒有人能比得上。」

陸小鳳道：「就因爲你生怕我吃出味道不對，露出馬腳來，所以才說狗肉賣完了？」

司空摘星大笑，道：「不管怎麼樣，這次我總算騙過了你這個機靈鬼。」

陸小鳳道：「你在這裡等我幹什麼？」

司空摘星道：「我這個人還會幹什麼？」

陸小鳳道：「你難道想偷到我身上的東西？」

司空摘星傲然道：「只要你能說得出來，我什麼都偷。」

陸小鳳道：「你想偷我的什麼？」

司空摘星道：「你一定要我說？」

陸小鳳淡淡道：「你若不敢說，我也不勉強。」

司空摘星瞪眼道：「我爲什麼不敢說？」

上官丹鳳忍不住問道：「你究竟想偷什麼？」

司空摘星道：「偷你。」

上官丹鳳瞪大了眼睛，呆住。

司空摘星道：「有人出二十萬兩銀子，要我把你偷走。」

上官丹鳳道：「想不到我居然還值二十萬兩銀子……」這句話沒說完，她自己的臉色已通紅。

司空摘星道：「只不過那個人要我偷你走，倒並不是你想的那種用意。」

上官丹鳳紅著臉，忍不住大聲道：「你怎麼知道我想的是哪種用意？」

司空摘星眨了眨眼，不說話了。

上官丹鳳道：「那個人又是什麼用意？他究竟是誰？」

司空摘星還是不開口。

陸小鳳嘆道：「他不會說的，幹他這行的若是洩露了主顧的秘密，下次還有誰敢上他的門？」

上官丹鳳道：「小偷還有主顧上門去找他？」

陸小鳳道：「我早就說過，他這小偷與眾不同，他從不偷值錢的東西。」

司空摘星道：「但是我也要吃飯。」

陸小鳳道：「不但要吃飯，還要喝酒，喝好酒。」

司空摘星道：「所以只有在別人肯出大價錢來請我偷的時候，我才偷。」

陸小鳳道：「只不過能出得起錢請你偷的人並不多。」

司空摘星道：「的確不多。」

陸小鳳道：「所以你縱然不說，我也知道這次是誰找你來了。」

司空摘星道：「你知道是你的事，我不說是我的事。」

陸小鳳道：「不管我知不知道，你反正都不說。」

司空摘星道：「對了。」

陸小鳳道：「可是你現在為什麼又改變了主意，將這秘密告訴了我？」

司空摘星嘆道：「你冒險到火裡去救我，差點把眉毛都燒光了，我怎麼還好意思偷你的朋友？」

陸小鳳道：「看來你這人倒還是『盜亦有道』。」

司空摘星道：「你又說對了。」

上官丹鳳忍不住大聲道：「你若好意思，難道就真的能把我偷走？」

司空摘星傲然道：「莫忘記我是偷王之王，天下還沒有什麼是我偷不到的。」

上官丹鳳冷笑道：「我倒要聽聽你準備怎麼偷法？」

司空摘星道：「你有沒有聽說過賣膏藥的肯將他們獨門秘方告訴別人？」

上官丹鳳道：「沒有。」

司空摘星悠然道：「這也是我的獨門秘方，所以我也不能告訴你。」

上官丹鳳瞪著他，忽然道：「十個麻子九個怪，我看你本來也是麻子！」

司空摘星瞪眼道：「誰說的？」

上官丹鳳道：「我說的，要不然你就把你這張麻面捲起來，讓我看看你本來是什麼樣子！」

司空摘星道：「那可不行。」

上官丹鳳道：「爲什麼不行？」

司空摘星道：「你若萬一看上了我，陸小鳳豈非又要跟我比翻跟斗了？那次已經把我翻得頭暈腦脹，第二次我可再也不敢領教。」

上官丹鳳紅起了臉，卻又忍不住「噗哧」笑了。

陸小鳳道：「這些手是什麼人的？」

司空摘星道：「那些放火燒房的人。」

陸小鳳道：「你追上他們了？」

司空摘星道：「我既然已扮成了趙大麻子，有人來放火燒他的房子，我當然要替他出氣。」

上官丹鳳道：「所以你就砍下他們的手，叫他們以後再也不能燒別人的房子。」

司空摘星道：「我準備把他們那十幾匹馬賣了，賠償趙大麻子。」

陸小鳳道：「他們的人呢？」

司空摘星道：「還在那邊的樹林裡，我特地留給你的。」

陸小鳳道：「留給我幹什麼？」

司空摘星道：「他們要燒死你，你難道不想問問他們的來歷？」

八 峨嵋四秀

一

暴雨就像是個深夜闖入豪婦香閨中的浪子，來得突然，去得也快。

可是它來過之後，所有的一切已被它滋潤，被它改變了。

春林中的木葉，已被洗得青翠如碧玉，屍體上鮮血也已被沖洗乾淨，幾乎找不到致命的傷口。

但這十幾個人，卻已沒有一個還是活著的。

他們看到這屍體時，司空摘星已不見了。

上官丹鳳恨恨道：「他將這些死人留給我們，難道要我們來收屍？」

陸小鳳道：「這些人絕不是他殺的，他一向很少殺人。」

上官丹鳳道：「不是他是誰？」

陸小鳳道：「是那個叫他們來放火的人。」

上官丹鳳道：「你的意思是說，那人怕我們查出他的來歷，所以就將這些人全都殺了滅口？」

陸小鳳點點頭，臉色很嚴肅，他最痛恨的三件事，第一件就是殺人。

上官丹鳳道：「可是他本來可以將這些人放走的，爲什麼一定要殺他們滅口？」
陸小鳳道：「因爲十幾個右手被砍斷的人，是很容易被找到的。」
上官丹鳳嘆了口氣，道：「其實他殺了這些人也沒有用，我們還是一樣知道他們的來歷。」
陸小鳳道：「你知道？」
上官丹鳳道：「你難道看不出他們是青衣樓的？」
陸小鳳沉默著，過了很久，才緩緩道：「我只看出了一件事。」
上官丹鳳道：「什麼事？」
陸小鳳道：「我看出你一定會趕到珠光寶氣閣去，叫人帶棺材來收屍。」
上官丹鳳瞪了他一眼，又垂下頭，咬著嘴唇道：「你還看出了什麼？」
陸小鳳道：「然後你當然就會叫那裡的人替你準備好水，先洗個澡，再選個最舒服的屋子，好好的睡一覺。」
他笑了笑，接著道：「莫忘記那地方現在已完全是你的了。」

二

陸小鳳躺在一大盆熱水裡，閉上了眼睛，全身都被雨淋得濕透了之後，能找到地方洗個熱水澡，的確是件很愉快的事。
他覺得自己運氣總算不錯，旁邊爐子上的大銅壺裡，水也快沸了，屋子裡充滿了水的熱氣，令人覺得安全而舒服。

花滿樓已洗過澡，現在想必已睡著了，上官丹鳳想必已到了珠光寶氣閣。

她心裡雖然一萬個不情願，卻還是乖乖的走了，居然好像很聽陸小鳳的話。

這也令他覺得很滿意，他喜歡聽話的女孩子。

只不過他總覺得這件事做得並不滿意，其中好像總有點不對勁的地方，卻又偏偏說不出不對勁的地方在哪裡。

閻鐵珊臨死前已承認了昔年的過錯，霍天青已答應結清這筆舊帳。

大金鵬王託他做的事，他總算已完成了三分之一，而且進行得很順利。

他還有什麼不滿意？雨早已停了，屋簷下偶爾響起滴水的聲音，晚風新鮮而乾淨。

陸小鳳嘆了口氣，絕不再胡思亂想，盡力做一個知足的人。

就在這時，他忽然聽見開門的聲音。

他沒有聽錯，門的確被人推開了。

但他卻不知自己是不是看錯了——他看見從外面走進來的人，竟是四個女人。

四個年輕而美麗的女人，不但人美，風姿也美，一身窄窄的衣服，襯得她們苗條的身子更婀娜動人。

陸小鳳最喜歡細腰長腿的女人，她們的腰恰巧都很細，腿都很長。

她們微笑著，大大方方的推門走了進來，就好像根本沒有看到這屋子裡有個赤裸裸的男人坐在澡盆裡似的。

可是她們四雙明亮而美麗的眼睛，卻又偏偏都盯在陸小鳳臉上。

陸小鳳並不是個害羞的人，但現在他卻覺得臉上正在發燒，用不著照鏡子，就知道自己臉已紅了。

忽然有人笑道：「聽說陸小鳳有四條眉毛的，我怎麼只看見兩條？」

另外一個人笑道：「你還看見兩條，我卻連一條都看不見。」

第一個先說話的人，身材最高，細細長長的一雙鳳眼，雖然在笑的時候，彷彿也帶著種逼人的殺氣！

無論誰都看得出，她絕不是那種替男人倒洗澡水的女人。

但她卻走過去，提起了爐子上的水壺，微笑著道：「水好像已涼了，我再替你加一點熱的。」

陸小鳳看著小壺裡的熱氣，雖然有點吃驚，但若叫他赤裸裸的在四個女人面前站起來，他還真沒有這種勇氣。

不過這一大壺燒得滾開的熱水，若是倒在身上，那滋味當然更不好受。

陸小鳳正不知是該站起來的好，還是坐著不動的好，忽然發現自己就算想動，也沒法子動了。

一個始終不說話，看來最文靜的女孩子，已忽然從袖中抽出了柄一尺多長，精光四射的短劍，架在他的脖子上。

森寒的劍氣，使得他從耳後到肩頭都起了一粒粒疹子。

那身長鳳眼的少女已慢慢的將壺中開水倒在他洗澡的木盆裡，淡淡說道：「我看你最好還是安份些，我四妹看來雖溫柔文靜，可是殺人從來也不眨眼的，這壺水剛燒沸，若是燙在身上，你不死也得掉層皮。」

她一面說著話，一面往盆裡倒水。

盆裡的水本來就很熱，現在簡直已燙得叫人受不了。

陸小鳳頭上已冒出了汗，銅壺裡的開水卻只不過倒出了四分之一。

這一壺水若是全倒完，坐在盆裡的人恐怕至少也得掉層皮。

陸小鳳忽然笑了──他居然笑了。

倒水的少女用一雙媚而有威的鳳眼瞪著他，冷冷道：「你好像還很開心？」

陸小鳳看來的確很開心，微笑著道：「我只不過覺得很好笑。」

「好笑？有什麼好笑的？」這少女倒得更快了。

陸小鳳卻還是微笑著，道：「以後我若告訴別人，我洗澡的時候，峨嵋四秀在旁邊替我添水，若有一個人相信，那才是怪事。」

原來他已猜出了她們的來歷。

長身鳳目的少女冷笑道：「想不到你居然還有點眼力，不錯，我就是馬秀真。」

陸小鳳道：「殺人不眨眼的這位，莫非就是石秀雪？」

石秀雪笑得更溫柔，柔聲道：「可是我殺你的時候，一定會眨眨眼的。」

馬秀真道：「所以我們並不想殺你，只不過有幾句話要問你，你若是答得快，我這壺水就不會再往盆裡倒，否則若是等到這壺水全都倒光……」

石秀雪嘆了口氣，接著道：「那時你這個人只怕就要變成熟的了。」

馬秀真嘆道：「豬煮熟了還可以賣燒豬肉，人煮熟了恐怕就只有送去餵狗了。」

陸小鳳也嘆了口氣，道：「我現在好像已經快熟了，你們爲什麼還不快問？」

馬秀真道：「好，我問你，我師兄蘇少英是不是死在西門吹雪手上的？」

陸小鳳苦笑道：「你既然已知道，又何必再來問我？」

馬秀真道：「西門吹雪的人呢？」

陸小鳳道：「我也正想找他，你們若是看見他，不妨告訴我一聲。」

馬秀真道：「你真的不知道？」

陸小鳳道：「我只有在喝醉酒的時候，才會騙女人，現在我還很清醒。」

馬秀真咬了咬牙，忽然又將壺裡的開水倒下去不少，冷冷的說道：「你在我面前說話，最好老實些。」

陸小鳳苦笑道：「現在我怎麼能不老實？」

馬秀真道：「跟你在一起的那個女人，真是金鵬王朝的公主？」

陸小鳳道：「的確不假。」

馬秀真道：「大金鵬王還活著？」

陸小鳳道：「還活著。」

馬秀真道：「是他要你來找閻鐵珊的？」

陸小鳳道：「是。」

馬秀真道：「他還要你找什麼人？」

陸小鳳道：「還要我找上官木和平獨鶴。」

馬秀真皺眉道：「這兩人是誰？我怎麼連他們的名字都沒有聽見過？」

陸小鳳嘆了口氣，道：「你沒有聽見過的名字，只怕最少也有幾千萬個。」

馬秀真瞪著他。

陸小鳳又嘆道：「我沒穿衣服，你這麼瞪著我，我會臉紅的。」

他的臉沒有紅，馬秀真的臉倒已紅了。她忽然轉過身，將手裡的銅壺放到爐子上，整了整衣衫，向陸小鳳檢衽爲禮。

石秀雪的劍也放了下去。

四個衣裳整齊的年輕美女，忽然同時向一個坐在澡盆的赤裸男人躬身行禮，你若見過這種事，一定連做夢都想不到那是什麼樣子。

陸小鳳似已怔住，他也想不到這四個強橫霸道的女孩子，怎麼忽然變得前倨後恭了。

馬秀真躬身道：「峨嵋弟子馬秀真、葉秀珠、孫秀青、石秀雪，奉家師之命，特來請陸公子明日午間便餐相聚，不知陸公子是否肯賞光？」

陸小鳳怔了半天，才苦笑道：「我倒是想賞光的，只可惜我就算長著翅膀，明天中午也飛不到峨嵋山的玄真觀去。」

馬秀真咧嘴一笑，道：「家師也不在峨嵋，現在他老人家已經在珠光寶氣閣恭候公子的大駕。」

陸小鳳又怔了怔，道：「他也來了？什麼時候來的？」

馬秀真道：「今天剛到。」

石秀雪嫣然道：「我們若是沒有到過珠光寶氣閣，又怎麼會知道昨天晚上的事？」

陸小鳳又笑了，當然還是苦笑。

馬秀真道：「若是陸公子肯賞光，我們也不敢再打擾，就此告辭了。」

陸小鳳道：「你們已沒有別的話問我？」

馬秀真微笑著搖了搖頭，態度溫柔而有禮，好像已完全忘記了剛才還要把人煮熟的事。

葉秀珠倒是個老實人，忍不住笑道：「我們久聞陸公子的大名，所以只好乘你洗澡的時候，才敢來找你。」

陸小鳳苦笑道：「其實你們隨便什麼時候來，隨便要問我什麼，我都不會拒絕的。」

石秀雪眨著眼道：「陸公子真的不生氣？」

陸小鳳道：「我怎麼會生氣？我簡直開心得要命。」

石秀雪也怔了怔，道：「我們這樣子對你，你還開心？」

陸小鳳笑了笑——這次是真的笑了，微笑著說道：「非但開心，而且還要感激你們給了我個好機會。」

石秀雪忍不住詫道：「什麼機會？」

陸小鳳悠然道：「我洗澡的時候，你們能闖進來，你們洗澡的時候，我若闖進去了，你們當然也不會生氣，這種機會並不是人人都有的，我怎麼能不高興？」

峨嵋四秀的臉全都紅了，忽然一轉身，搶著衝了出去。

陸小鳳這才嘆了口氣，喃喃道：「看來我下次洗澡的時候，最少也得穿條褲子。」

三

陸小鳳洗澡的地方，本是個廚房，外面有個小小的院子，院子裡有棵白菓樹。

夜色清幽，上弦月正掛在樹梢，木葉的濃蔭擋住了月色，樹下的陰影中，竟有個人動也不動的站在那裡，長身直立，白衣如雪，背後卻斜揹著一柄形式奇古的烏鞘長劍。

峨嵋四秀一衝出來，就看見了這個人，一看見這個人，就不由自主覺得有陣寒氣從心裡一直冷到指尖。

馬秀真失聲道：「西門吹雪？」

西門吹雪冷冷的看著她們，慢慢的點了點頭。

馬秀真怒道：「你殺了蘇少英？」

西門吹雪道：「你們想復仇？」

馬秀真冷笑道：「我們正在找你，想不到你竟敢到這裡來！」

西門吹雪的眼睛突然亮了，亮得可怕，冷冷道：「我本不殺女人，但女人卻不該練劍的，練劍的就不是女人。」

石秀雪大怒道：「放屁！」

西門吹雪沉下了臉，道：「拔你們的劍，一起過來。」

石秀雪厲聲道：「用不著一起過去，我一個人就足夠殺了你。」

她看來最溫柔文靜，其實火氣比誰都大，脾氣比誰都壞。

她用的是一雙短劍，也還是唐時的名劍客公孫大娘傳下來的「劍器」。

厲喝聲中，她的劍已在手，劍光閃動，如神龍在天，閃電下擊，連人帶劍，一起向西門吹雪撲了過去。

突聽一人輕喝：「等一等。」三個字剛說完，人已突然出現。

石秀雪雙劍剛剛刺出，就發現兩柄劍都已不能動了——兩柄劍的劍鋒，竟已都被這個忽然出現的人用兩根手指捏住。

她竟未看出這人是怎麼出手的，她用力拔劍，劍鋒卻似已在這人的手上生了根。

但這個人神情還是很從容，臉上甚至還帶著微笑。

石秀雪臉卻已氣紅了，冷笑道：「想不到西門吹雪居然還有幫手。」

西門吹雪冷冷道：「你以爲他是我的幫手？」

石秀雪道：「難道他不是？」

西門吹雪冷冷的一笑，突然出手，只見劍光一閃，如驚虹掣電，突然又消失不見。

西門吹雪已轉過身，劍已在鞘，冷冷道：「他若不出手，你此刻已如此樹。」

石秀雪正想問他，這株樹又怎麼了，她還沒開口，忽然發現樹已憑空倒了下來。

剛才那劍光一閃，竟已將這株一人合抱的大樹，一劍削成了兩段。

樹倒下來時，西門吹雪的人已不見。

石秀雪的臉色也變了，世上竟有這樣的劍法？這樣的輕功？她幾乎不敢相信自己的眼睛。

眼看著這株樹已將倒在對面的人身上，這人忽然回身，伸出雙手輕輕一托、一推，這株樹就慢慢的倒在地上，這人的神情卻還是很平靜，臉上還是帶著那種溫柔平和的微笑，緩緩道：「我不是他的幫手，我從不幫任何人殺人的。」

石秀雪蒼白的臉又紅了，她現在當然也已懂得這個人的意思，也已知道西門吹雪說的話並不假。她的脾氣雖然壞，卻也絕不是個不知好歹的人，她終於垂下了頭，鼓足了勇氣，說道：「謝謝你，你貴姓？」

這人道：「我姓花。」他當然就是花滿樓。

石秀雪道：「我……我叫石秀雪，最高的那個人是我大師姐馬秀真。」

花滿樓道：「是不是剛才說過話的那位？」

石秀雪道：「是的。」

花滿樓笑道：「她說話的聲音很容易分辨，我下次一定還能認得出她。」

石秀雪有點奇怪了，忍不住問道：「你一定要聽見她說話的聲音，才能認得出她？」

花滿樓點點頭。

石秀雪道：「爲什麼呢？」

花滿樓道：「因爲我是個瞎子。」

石秀雪怔住。

這個伸出兩根手指一挾，就能將她劍鋒挾住的人，竟是個瞎子。她實在不能相信。

月光照在花滿樓臉上，他笑容看來還是那麼溫和、那麼平靜，無論誰都看得出，他是個對生命充滿了熱愛的人，絕沒有因爲自己是個瞎子而怨天尤人，更不嫉妒別人比他幸運。

因爲他對他自己所有的已經滿足，因爲他一直都在享受著這美好的人生。

石秀雪癡癡的看著他，心裡忽然湧起了一種無法描敘的感情，她自己也不知道是同情？是憐憫？還是愛慕？崇敬？

她只知道自己從未有過這種感情。

花滿樓微笑著，道：「你的師姐們都在等你，你是不是已該走了？」

石秀雪垂著頭，忽然道：「我們以後再見面時，你還認不認得我？」

花滿樓道：「我當然能聽出你的聲音。」

石秀雪道：「可是……假如我那時已變成了啞巴呢？」

花滿樓也怔住了。

從來沒有人問過他這句話，他從來也沒有想到有人會問他這句話。

他正不知道該怎麼回答，忽然發覺她已走到他面前，拉起了他的手，柔聲道：「你摸摸我的臉，以後我就算不能說話了，你只要摸摸我的臉，也會認出我來的，是不是？」

花滿樓無言的點了點頭，只覺得自己的指尖，已觸及了她光滑如絲緞的面頰。

他心裡忽然也湧起了一種無法描敘的感情。

馬秀真遠遠地看著他們，彷彿想走過來拉她的師妹，可是忽然又忍住。

她回過頭，孫秀青、葉秀珠也在看著他們，眼睛裡帶著種奇特的笑意，似已看得癡了。

石秀雪這麼樣做，她們並不奇怪，因爲她們一向知道她們這小師妹是個敢愛，也敢恨的女孩子。她們心裡是不是也希望自己能和她一樣有勇氣？

要愛，也得要有勇氣。

四

陸小鳳倚在門口，看著花滿樓，嘴角也帶著微笑。

石秀雪已走了，她們全都走了——四個年輕美麗的女孩子在一起，來的時候就像是一陣風，走的時候也像是一陣風。誰也沒法子捉摸到她們什麼時候會來，更沒法子捉摸到她們什麼時候會走。

花滿樓卻還是動也不動的站在那裡，彷彿也有些癡了。

風在輕輕的吹，月光淡淡的照下來，他在微笑著，看來平靜而幸福。

陸小鳳忽然道：「我敢打賭。」

花滿樓道：「賭什麼？」

陸小鳳道：「我賭你最少三天不想洗手！」

花滿樓嘆了口氣，道：「我不懂你這人爲什麼總是要把別人想得跟你自己一樣。」

陸小鳳道：「我怎麼樣？」

花滿樓板著臉道：「你不是個君子，完全不是！」

陸小鳳笑了道：「我這人可愛的地方，就因爲我從來也不想板起臉來，裝成君子的模樣。」

花滿樓也忍不住笑了。

陸小鳳忽然又道：「我看你最近還是小心點的好！」

花滿樓道：「小心？小心什麼？」

陸小鳳道：「最近你好像交了桃花運，男人若是交上桃花運，麻煩就跟著來了。」

花滿樓又嘆了口氣，道：「還有件事我也不懂。」

陸小鳳道：「哦？」

花滿樓道：「你爲什麼總是能看見別人的麻煩，卻看不見自己的呢？」

陸小鳳也忍不住嘆了口氣，苦笑道：「因爲我是個混蛋。」

花滿樓笑道：「一個人若能知道他自己是個混蛋，總算還有點希望。」

陸小鳳沉默了半晌，忽然道：「依你看，是誰要司空摘星來偷上官丹鳳的？」

花滿樓想也不想，立刻回答：「霍休。」

陸小鳳道：「不錯，一定是他。」

花滿樓道：「能花得起二十萬兩銀子來請司空摘星的人並不多。」

陸小鳳道：「由此可見，大金鵬王並沒有說謊，霍休一定就是上官木。」

花滿樓同意。

陸小鳳道：「獨孤一鶴當然也就是平獨鶴，所以他才會到珠光寶氣閣去，才會要他的弟子來找我的。」

花滿樓補充道：「他來的時候，想必還不知道閻鐵珊這裡已出了事。」

陸小鳳道：「他是不是早已跟閻鐵珊約好了，要見面商量一件事？」

花滿樓道：「很可能。」

陸小鳳道：「他們要商量的，莫非就是爲了要對付大金鵬王？」

花滿樓道：「也很可能。」

陸小鳳道：「他叫峨嵋四秀來找我，問了我那些話，已無異承認他跟金鵬王朝有關。」

花滿樓道：「所以你認爲他本不該這麼樣做的。」

陸小鳳道：「我們根本沒有任何證據能證明他是平獨鶴，他本不必承認的，除非……」

花滿樓道：「除非他已有法子能讓你不要管這件閒事？」

陸小鳳慢慢的點了點頭，道：「除非他已想出了很好的法子。」

花滿樓道：「最好的法子只有一種。」

陸小鳳道：「不錯，只有一種，一個人若死了，就再也沒法子管別人的閒事了。」

花滿樓道：「你認爲他已在那裡佈好了陷阱，等著你跳下去？」

陸小鳳苦笑道：「他用不著再佈置什麼陷阱，他那『刀劍雙殺，七七四十九式』，很可能就已足夠讓我沒法子再管閒事了。」

花滿樓道：「據說當今七大劍派的掌門人中，就數他的武功最可怕，因爲他除了將峨嵋劍法練得爐火純青之外，他自己本身還有幾種很邪門、很霸道的功夫，至今還沒有看見他施展過。」

陸小鳳忽然跳起來，道：「走，我們現在就走。」

花滿樓道：「到哪裡去？」

陸小鳳道：「當然是珠光寶氣閣。」

花滿樓道：「約會在明天中午，我們何必現在就去？」

陸小鳳道：「早點去總比去遲了好。」

花滿樓道：「你是在擔心上官丹鳳？」

陸小鳳道：「以獨孤一鶴的身分，想必還不會對一個女孩子怎麼樣。」

花滿樓道：「那麼你是在擔心誰？」

陸小鳳道：「西門吹雪。」

花滿樓動容道：「不錯，他既然知道獨孤一鶴在珠光寶氣閣，現在想必已到了那裡。」

陸小鳳道：「我只擔心他對付不了獨孤一鶴的刀劍雙殺！」他接著又道：「以他的劍法，本不必要別人擔心，可是他太自負，自負就難免大意，大意就可能犯出致命的錯誤。」

花滿樓嘆道：「我並不喜歡這個人，卻又不能不承認他的確有值得自負的地方。」

陸小鳳道：「他只看蘇少英使出了三七二十一招，就以爲已能擊破獨孤一鶴的『刀劍雙殺』，卻未想到蘇少英並不是獨孤一鶴。」

花滿樓道：「獨孤一鶴究竟是個什麼樣的人？」

陸小鳳沉吟著，緩緩道：「有種人我雖然不願跟他交朋友，卻更不願跟他結下冤仇。」

花滿樓道：「獨孤一鶴就是這種人？」

陸小鳳點了點頭，嘆息著道：「無論誰若知道有他這麼樣一個敵人，晚上都睡不著覺的，所以我們不如現在就走。」

花滿樓忽然笑了笑，道：「我想他現在也一定沒有睡著。」

陸小鳳道：「爲什麼？」

花滿樓道：「無論誰知道有你這麼樣一個敵人，晚上也一樣睡不著的。」

五

獨孤一鶴沒有睡著。夜已很深，四月的春風中竟彷彿帶著晚秋的寒意，吹起了靈堂裡的白幔。

棺木是紫楠木的，很堅固、很貴重。可是人既已死，無論躺在什麼棺材裡，豈非都已全無分別？

燭光在風中搖晃，靈堂裡充滿了一種說不出的陰森淒涼之意。

獨孤一鶴靜靜的站在閻鐵珊的靈位前，已經有很久很久沒有動過。他是個很嚴肅的人，腰幹依舊挺直，鋼針般的鬚髮也還是漆黑的，只不過臉上的皺紋已很多、很深了，你只有在看見他的臉時，才會覺得他已是個老人。現在他嚴肅沉毅的臉上，也帶著種淒涼而悲傷的表情，這是不是也正因他已是個老人，已能了解死亡是件多麼悲哀可怕的事？

這時他身後忽然傳來一陣很輕的腳步聲，他並沒有回頭，可是他的手卻已握住了劍柄。

他的劍比平常的劍要粗大些，劍身也特別長、特別寬，黃銅的劍鍔，擦得很亮，但鞘卻已很陳舊，上面嵌著個小小的八卦，正是峨嵋掌門人佩劍的標誌。

一個人慢慢的從後面走過來，站在他身旁，他雖然沒有轉頭去看，已知道這人是霍天青。

霍天青的神情也很悲傷、很沉重，黑色的緊身衣外，還穿著件黃麻孝服，顯示出他和死者的關係不比尋常。

獨孤一鶴以前並沒有見過這強傲的年輕人，以前他根本沒有到這裡來過。

霍天青站在他身旁，已沉默了很久，忽然道：「道長還沒有睡？」

獨孤一鶴沒有回答，因爲這本是句不必要回答的話，他既然站在這裡，當然還沒有睡。

霍天青卻又問道：「道長以前是不是從未到這裡來過？」

獨孤一鶴道：「是。」

獨孤一鶴沉著臉，冷冷道：「你不知道的事還有很多！」

霍天青道：「所以連我都不知道閻大老闆和道長竟是這麼好的朋友！」

霍天青淡淡道：「道長是武林前輩，知道的事當然比我多。」

獨孤一鶴道：「哼！」

霍天青扭過頭，目光刀鋒般盯著他的臉，緩緩道：「那麼道長想必已知道他是爲什麼死的了！」

獨孤一鶴臉色似已有些變了，忽然轉身，大步走了出去。

霍天青卻已經叱道：「站住！」

獨孤一鶴一腳剛踩下，地上的方磚立刻碎裂，手掌上青筋一根根凸起，只見他身上的道袍無風自動，過了很久，才慢慢的轉回身，眼睛裡精光暴射，瞪著霍天青，一字字道：「你叫我站住？」

霍天青也已沉下了臉，冷冷道：「不錯，我叫你站住！」

獨孤一鶴厲聲道：「你還不配！」

霍天青冷笑道：「我不配？若論年紀，我雖不如你，若論身分，霍天青並不在獨孤一鶴之下。」

獨孤一鶴怒道：「你有什麼身分？」

霍天青道：「我也知道你不認得我，但是這一招，你總該認得。」他本來和獨孤一鶴面對面站著，此刻突然向右一擰腰，雙臂微張，「鳳凰展翅」，左手兩指虛捏成鳳啄，急點獨孤一鶴頸後的天突。

獨孤一鶴右掌斜起，劃向他腕脈。

誰知他腳步輕輕一滑，忽然滑出了四尺，人已到了獨孤一鶴右肩後，招式雖然還是同樣一招「鳳凰展翅」，但出手的方向部位卻已忽然完全改變，竟以右手的鳳啄，點向獨孤一鶴頸後的血管。

這一著變化看來雖簡單，其中的巧妙，卻已非言語所能形容。

獨孤一鶴失聲道：「鳳雙飛！」喝聲中，突然向左擰身，回首望月，以左掌迎向霍天青的鳳啄。

霍天青吐氣開聲，掌心以「小天星」的力量，向外一翻。

只聽「噗」的一聲，兩隻手掌已接在一起，兩個人突然全都不動了。

霍天青本已吐氣開聲，此刻緩緩道：「不錯，這一著正是鳳雙飛，昔年天禽老人獨上峨嵋，和令師胡道人金頂鬥掌，施出了這一著鳳雙飛，你當然想必也在旁看著。」

獨孤一鶴道：「不錯。」他只說了兩個字，臉色似已有些發青。

高手過招，到了以內力相拚時，本就不能開口說話的。但天禽老人絕世驚才，卻偏偏練成了一種可以開口說話的內功，說話時非但於內力無損，反而將丹田中一口濁氣乘機排出。

霍天青的內功正是天禽老人的真傳，此刻正想用這一點來壓倒獨孤一鶴。

他接著又道：「一般武功高手，接這一招時，大多向右擰身，以右掌接招，但胡道人究竟不愧為一代大師，竟反其道而行，以左掌接招，你可知道其中的分別何在？」

獨孤一鶴說道：「以右掌接招，雖然較快，但自身的變化已窮，以左掌接招，掌勢方出，餘力未盡，仍可隨意變化……」

他本不願開口的，卻又不能示弱，說到這裡，突然覺得呼吸急促，竟已說不下去。

霍天青道：「不錯，正因如此，所以天禽老人也就只能用這種硬拚內力的招式，將他的後著變化逼住……」

獨孤一鶴彷彿不願他再說下去，突然喝道：「這件事你怎會知道的？」

霍天青道：「只因天禽老人正是先父。」

獨孤一鶴的臉色變了。

霍天青淡淡道：「胡道人與先父平輩論交，你想必也該知道的。」

獨孤一鶴臉上陣青陣白，非但不能再說話，實在也無話可說。

天禽老人輩份之尊，一時無人可及，他和胡道人平輩論交，實在已給了胡道人很大的面子。

獨孤一鶴雖然高傲剛烈，卻也不能亂了武林中的輩份。

霍天青淡淡道：「我的身分現在你想必已知道，但我卻還有幾句話要問你！」

獨孤一鶴咬著牙點點頭，額上已有汗珠現出。

霍天青道：「你為什麼要蘇少英改換姓名，冒充學究？你和閻老闆本無來往，為什麼要在他死後突然闖來？」

獨孤一鶴道：「這些事與你無關。」

霍天青道：「我難道問不得？」

獨孤一鶴道：「問不得。」

霍天青冷冷道：「莫忘記我還是這裡的總管，這裡的事我若問不得，還有誰能問得？」

獨孤一鶴滿頭大汗涔涔而落，腳下的方磚，一塊塊碎裂，右腳突然踢起，右手已握住了劍柄。但就在這一瞬間，霍天青掌上的力量突然消失，竟藉著他的掌力，輕飄飄的飛了出去。獨孤一鶴驟然失去了重心，似將跌倒，突見劍光一閃，接著「叮」的一響，火星四濺，他手裡一柄長劍已釘入地下。

再看霍天青的人竟已不見了。

風吹白幔，靈桌上的燭光閃動，突然熄滅。獨孤一鶴扶著劍柄，面對著一片黑暗，忽然覺得很疲倦，他畢竟已是個老人。拔起劍，劍入鞘，他慢慢的走出去，黑暗中竟似有雙發亮的眼睛在冷冷的看著他。他抬起頭，就看見一個人動也不動的站在院子裡的白楊樹下，一身白衣如雪。

獨孤一鶴的手又握上劍柄，厲聲道：「什麼人？」

這人不回答，卻反問道：「平獨鶴？」

獨孤一鶴的臉突然抽緊。白衣人已慢慢的從黑暗中走出來，站在月光下，雪白的衣衫上，一塵不染，臉上是完全沒有表情，背後斜揹著形式奇古的烏鞘長劍。

獨孤一鶴動容道：「西門吹雪？」

西門吹雪道：「是的。」

獨孤一鶴厲聲道：「你殺了蘇少英？」

西門吹雪道：「我殺了他，但他卻不該死的，該死的是平獨鶴！」

獨孤一鶴的瞳孔已收縮。西門吹雪冷冷道：「所以你若是平獨鶴，我就要殺你！」

獨孤一鶴突然狂笑，道：「平獨鶴不可殺，可殺的是獨孤一鶴。」

西門吹雪道：「哦？」

獨孤一鶴道：「你若殺了獨孤一鶴，必將天下揚名！」

西門吹雪冷笑道：「很好。」

獨孤一鶴道：「很好？」

西門吹雪道：「無論你是獨鶴也好，是一鶴也好，我都要殺你。」

獨孤一鶴也冷笑，道：「很好！」

西門吹雪道：「很好？」

獨孤一鶴道：「無論你要殺的是獨鶴也好，是一鶴也好，都已不妨拔劍。」

西門吹雪道：「很好，好極了。」

獨孤一鶴手握著劍柄，只覺得自己的手比劍柄還冷，不但手冷，他的心也是冷的。顯赫的聲名、崇高的地位，現在他就算肯犧牲一切，也挽不回他剛才所失去的力量了。他看著西門吹雪時，心裡卻在想著霍天青，他忽然覺得很後悔。這是他生平第一次真正後悔，可能也正是最後一次。

他忽然想見陸小鳳，可是他也知道陸小鳳現在是絕不會來的。

他只有拔劍！現在他已完全沒有選擇的餘地！

突然間，黑暗中又有劍氣沖霄。風更冷，西門吹雪自己的血流出來時，也同樣會被吹乾的……

九　飛燕去來

一

車廂並不大，恰好只能容四個人坐，拉車的馬都是久經訓練的，車子在黃泥路上，走得很平穩。

馬秀真和石秀雪坐在一排，孫秀青和葉秀珠坐在對面。

車子走了很久，石秀雪忽然發覺每個人都在盯著她，她想裝作不知道，卻又忍不住噘起嘴，問道：「你們老是盯著我幹什麼?我臉上難道長了花?」

孫秀青笑了，道：「你臉上就算長了花，剛才也已被人家摘走了。」她的眼睛很大，嘴唇薄薄的，無論誰都看得出這女孩子說話一定是絕不肯饒人的。

她不讓石秀雪開口，接著又道：「奇怪的是，這丫頭平時總說隨便什麼花也沒有青菜好看，現在為什麼一開口就是花呀花的。」

石秀雪居然沒有臉紅，反而悠然道：「其實這也沒什麼奇怪，就因為他姓花，所以我一開口就是花呀花的。」

孫秀青吃吃笑道：「他?他是誰呀?」

石秀雪道：「他姓花，叫花滿樓。」

孫秀青道：「你怎麼連人家的名字都知道了？」

石秀雪道：「因爲他剛才告訴了我。」

孫秀青道：「我怎麼沒聽見？」

石秀雪道：「我們說我們的話，爲什麼一定要讓你聽見？何況，你那時的心裡一定還在想著陸小鳳。」

孫秀青叫了起來，道：「我在想陸小鳳！誰說我在想陸小鳳？」

石秀雪道：「我說的，人家坐在澡盆裡的時候，你眼睛就一直盯在他身上，我早就注意到了，你賴也賴不掉。」

孫秀青又氣又笑，笑罵道：「你們看這丫頭是不是瘋子，滿嘴胡說八道。」

馬秀真悠然道：「這丫頭是有點瘋，只不過你的眼睛也的確一直都盯在陸小鳳身上。」

石秀雪拍手笑道：「還是大師姐說了句公道話。」

孫秀青眼珠子轉了轉，忽然嘆了口氣，道：「她說的實在是公道話，只不過有點酸味。」

馬秀真也瞪起了眼，道：「酸味？什麼酸味？」

孫秀青道：「一種跟醋差不多的酸味。」

馬秀真也叫了起來，道：「你難道說我在吃醋？」

孫秀青道：「我可沒有說，是你自己說的。」

她忍著笑，搶著又道：「人家都說陸小鳳多風流，多瀟灑，可是我今天看他坐在澡盆裡那樣子簡直就像是個瓜，笨瓜，比西門吹雪差多了。」

石秀雪吃驚道：「你說什麼？」

孫秀青道：「我是說，假如我要挑一個男人，我一定挑西門吹雪，那才是個真正有男人氣概的男人，十個陸小鳳也比不上。」

石秀雪嘆了口氣，道：「我看你才是真瘋了，就算天下的男人全都死光，我也不會看上那個自以爲了不起的活殭屍。」

孫秀青道：「你看不上，我看得上，這就叫蘿蔔青菜，各有所愛。」

馬秀真也忍不住笑道：「看你們的樣子，就好像已經把蘿蔔青菜都分配好了。」

孫秀青吃吃笑道：「我們配給你的是那個大蘿蔔陸小鳳。」

石秀雪眨著眼，道：「那麼葉三姑娘豈不是落了空？」

葉秀珠臉已紅了，紅著臉道：「你看你們，才見了人家一次面，就好像害了相思病，難道你們一輩子沒見過男人？」

孫秀青嘆了口氣，道：「我們本來就沒見過這樣的男人。」

她用眼角瞟著葉秀珠，又道：「憑良心講，今天我們見到的這三個男人，隨便哪一個都不錯，你嘴裡雖不說，其實說不定三個你都喜歡。」

葉秀珠急得臉更紅，道：「你……你……你真瘋了！」

馬秀真道：「孫老二就這點不好，專門喜歡欺負老實人。」

孫秀青撇了撇嘴，道：「她老實？她表面上雖然老實，其實我們四個裡面，最早嫁人的一定是她。」

葉秀珠道：「你……你憑什麼這麼樣說？」

石秀雪搶著道：「因爲她自己知道她自己一定嫁不出去的，莫說有四條眉毛的男人，就算有四個膽子的，也絕不敢娶他！」

馬秀真道：「那倒一點也不錯，誰若娶了她這種尖嘴滑舌的女人，不被她吵死才怪！」

石秀雪忍住笑道：「也許只有聾子還能……」

孫秀青已跳了起來，大聲道：「好，你們三個聯合起來欺負我，最多我把那三個男人全都讓給你們好了，你們總該滿意了吧？」

石秀雪道：「你讓給我們？那三個男人難道是你的？」

馬秀真嘆道：「看來這丫頭什麼都知道，就是不知道害臊。」

孫秀青瞪著她們，突然大叫：「我餓死了。」

馬秀真吃驚的看著她，就好像真的在看著個忽然瘋了的人。

孫秀青自己也忍不住笑了，道：「我一生氣，肚子就會餓，現在我已經生氣了，我要找個地方吃宵夜去。」

四個女孩子在一起，你若叫她們不要談男人，實在是件很困難的事，就好像四個男人在一起時，你不許他們談女人一樣困難。

可是花滿樓和陸小鳳現在談的卻不是女人，現在他們沒心情談女人，他們談的是西門吹雪。

陸小鳳道：「我只希望他現在還沒有找到獨孤一鶴。」

花滿樓道：「你認爲他絕不是獨孤一鶴的對手？」

陸小鳳道：「他的劍法鋒銳犀利，出手無情，就跟他的人一樣，從不替別人留餘地。」

花滿樓慢慢的點了點頭，說道：「一個人若是從不肯爲別人留餘地，也就等於也沒有爲自己留餘地。」

陸小鳳道：「所以只要他的劍一出鞘，若不能傷他人，自己就必死無疑！」

花滿樓道：「他現在還沒有死。」

陸小鳳道：「那只因爲他還沒有遇見過獨孤一鶴這樣的對手！」

他慢慢的接著道：「獨孤一鶴的劍法沉著雄渾，內力深厚，攻勢雖凌厲，防守更嚴密，交手經驗之豐富，更不是西門吹雪能比得上的，所以他三十招內若不能得手，就必定要死在獨孤的劍下。」

花滿樓道：「你認爲他三十招內絕不能得手？」

陸小鳳道：「沒有人能在三十招之內制獨孤的死命，西門吹雪也一樣不能！」

花滿樓沉默了很久，也嘆了口氣，道：「他是你約出來的。」

陸小鳳苦笑道：「所以我只希望他還沒有找到獨孤一鶴。」

他們已穿過靜寂的大路，來到珠光寶氣閣外的小河前。

流水在上弦月清淡的月光下，閃動著細碎的銀鱗，一個人靜靜的站在小河旁，一身白衣如雪。

陸小鳳看見他時，他也看見了陸小鳳，忽然道：「我還沒有死。」

陸小鳳笑了，道：「你看來的確不像是個死人。」

西門吹雪道：「死的是獨孤一鶴。」

陸小鳳不笑了。

西門吹雪道：「你想不到？」

陸小鳳承認，他本不願承認的。

西門吹雪卻笑了笑，笑得很奇怪，道：「我自己也想不到。」

陸小鳳道：「哦？」

西門吹雪道：「蘇少英使出那二十一招時，我已看出了三處破綻。」

陸小鳳道：「所以你認爲你已至少有三次機會可以殺獨孤一鶴？」

西門吹雪點點頭，道：「通常我只要有一次機會已足夠，但我剛剛跟他交手時，卻連一次機會都沒有把握住。」

陸小鳳道：「爲什麼？」

西門吹雪道：「他劍法雖有破綻，但是我一劍刺出後，他忽然已將破綻補上，我從未見過有人能知道自己劍法的破綻何在，但是他卻知道。」

陸小鳳說道：「世上所有的劍法，本來都有破綻的，但是能知道自己劍法中破綻的人，卻的確是不多。」

西門吹雪道：「我三次出手，三次被封死，就已知道我殺不了他，殺人的劍法若不能殺人，自己就必死無疑！」

陸小鳳嘆道：「你雖然很自負，可是你也有自知之明，所以你還活著！」

西門吹雪道：「我還沒有死，只因爲三十招後，他的劍法突然亂了。」

陸小鳳道：「像他這樣的高手，劍法若是突然亂了，只有兩種原因。」

西門吹雪在聽著。

陸小鳳道：「心若已亂，劍法必亂。」

西門吹雪道：「他的心沒有亂。」

陸小鳳道：「難道他內力已不濟？」

力若不濟，劍法也會亂的。

陸小鳳又道：「以他功力之深厚，怎麼會在交手三十招後，就無以爲繼？」

西門吹雪道：「我說過，我也想不到。」

陸小鳳沉吟著，道：「莫非他在跟你交手之前，內力已被人消耗了很多？莫非已有人先跟他交過了手？」

西門吹雪冷冷道：「你逼人出手時，又幾時給過別人說話的機會？」

西門吹雪臉上雖然還是完全沒有表情，但目中卻似已有了陰影，過了很久，才緩緩道：「他臨死前卻說了句很奇怪的話。」

陸小鳳道：「他說什麼？」

西門吹雪道：「他說他……」

劍拔出來時，劍鋒上還帶著血。

獨孤一鶴看著別人的劍鋒上帶著他的血，看著他的血被一滴滴吹落，臉上竟沒有痛苦恐懼之色，反而突然大呼：「我明白了，我明白了……」

西門吹雪道：「他說他明白了！」

陸小鳳皺眉道：「他明白了什麼？」

西門吹雪目中的陰影更重，竟長長嘆息了一聲，道：「也許他已明白了人生短促，譬如朝露，也許他已明白了，他不顧一切換得的聲名地位，到頭來也只不過是一場虛空……」

陸小鳳沉思著，緩緩說道：「正因爲人生短促，所以不能虛度──他究竟真的明白了？還是不明白？真正想說的究竟是什麼？」

西門吹雪目光凝視著遠方，又過了很久，忽然也說了句很出人意外的話。

他忽然說：「我餓了。」

陸小鳳吃驚的看著他，道：「你餓了？」

西門吹雪冷冷道：「我殺人後總是會餓的。」

二

這是家本來已該關門了的小酒店，在一片林葉濃密的桑樹林外。

桑林裡有幾戶人家，桑林外也有幾戶人家，大多是養蠶的小戶。

這家人的屋子距離大路較近些，所以就在前面搭了間四面有窗戶的小木屋，賣些簡單的酒菜給過路的客人，峨嵋四秀找到這裡來的時候，主人本已快睡了，可是又有誰能拒絕這麼樣四個美麗的女孩子呢？

酒店裡只有三張木桌，卻收拾得很乾淨，下酒的小菜簡單而清爽，淡淡的酒也正合女孩子們的口味，她們吃得很開心。

女孩子們開心的時候，話總是特別多的。她們吱吱喳喳的說著、笑著，就像一群快樂的小母雞。

孫秀青忽然道：「你那個姓花的說話，好像有點江南口音，不知道是不是那個花家的人。」

石秀雪道：「哪個花家？」

孫秀青道：「就是江南那個花家，聽說你就算騎著快馬奔馳一天，也還在他們家的產業之內。」

馬秀真道：「我也知道這家人，但我想花滿樓卻不會是他們家的。」

孫秀青道：「爲什麼？」

馬秀真道：「聽說這家人生活最奢華，飲食衣著都考究得很，連他們家的馬伕，走出來都像是闊少，那花滿樓看起來很樸素，而且，我也沒聽說他們的子弟中有個瞎子。」

石秀雪立刻冷笑道：「瞎子又怎麼樣？他雖然是個瞎子，可是他能看見的，卻比我們這些有眼睛的加起來還多。」

馬秀真也知道自己這話不該說的，改口笑道：「他武功倒的確不錯，連我都想不到他隨隨便便伸手一挾，就能挾著你的劍。」

孫秀青笑道：「那也許只因爲這丫頭已經被他迷住了。」

石秀雪瞪了她一眼，道：「你若不服氣，下次你自己不妨去試試，我不是替他吹牛，就憑他那一著，天下已沒有人能比得上。」

孫秀青道：「西門吹雪呢？他那一劍難道就差了？」

石秀雪不說話了，她也不能不承認，西門吹雪那一劍的確可怕。

馬秀真道：「聽說西門吹雪不但劍法無雙，家世也很好，萬梅山莊的富貴榮華，也絕不在江南花家之下。」

孫秀青眼睛裡閃著光，道：「我喜歡他，倒不是因爲他的身世，就算他只不過是個一文不名的窮小子，我還是一樣喜歡他的。」

石秀雪淡淡道：「我卻看不出他的人從頭到腳，有哪點可愛的地方。」

孫秀青道：「他有哪點可愛的地方，爲什麼一定要你看出來，只要我……」

她聲音突然停頓，一張臉忽然變得通紅，直紅到耳根子。因爲這時正有一個人從外走進來，一身白衣如雪，正是西門吹雪。石秀雪也說不出話了，四個吱吱喳喳的女孩子，突然全都閉上了嘴，她們不但看見了西門吹雪，也看見了花滿樓和陸小鳳。

西門吹雪一雙刀鋒般銳利的眼睛，竟一直在瞪著她們，突然走過來，冷冷道：「我不但殺了蘇少英，現在又殺了獨孤一鶴。」

四個女孩子臉色全都變了，尤其是孫秀青的臉上，更已蒼白得全無一點血色。

在少女的心裡，仇恨總是很容易就被愛趕走的，何況，蘇少英風流自賞，總以為這四個師妹都應該搶著喜歡他，所以她們全都不喜歡他。但殺師的仇恨，就完全不同了。

孫秀青失聲道：「你……你說什麼？」

西門吹雪道：「我殺了獨孤一鶴。」

石秀雪突然跳起來，大聲道：「我二師姐這麼喜歡你，你……你……你怎麼能做這種事？」

誰也想不到她居然會說出這麼樣一句話，連西門吹雪都似已怔住。

孫秀青臉上陣紅陣青，突然咬了咬牙，雙劍已出鞘，劍光閃動，恨恨的刺向西門吹雪胸膛。

西門吹雪居然未出手，輕輕一拂袖，身子已向後滑出，退後了七八尺。

孫秀青眼圈已紅了，嘶聲道：「你殺了我師父，我跟你拚了。」

她展動雙劍，咬著牙向西門吹雪撲過去，劍器的招式本就以輕靈變化為主，只見劍光閃動，如花雨繽紛，刹那間已攻出七招。

眼見師姐雙劍已出鞘，石秀雪大聲道：「這是我們跟西門吹雪的事，別人最好不要管。」她這話當然是說給花滿樓聽的，事實上，花滿樓也不能插手。

可是他又怎麼能讓這四個無辜的女孩子死在西門吹雪劍下？

就在這時，只聽「叮」的一響，西門吹雪突然伸手在孫秀青肘上一托，她左手的劍，就打在自己右手的劍上。

雙劍相擊，她只覺手肘發麻，兩柄劍竟已忽然到了西門吹雪手裡。

西門吹雪冷冷道：「退下去，莫要逼我拔劍！」

他的聲音雖冷，但目光卻不冷，所以孫秀青還活著。

他畢竟是個人，是個男人，又怎麼能忍心對一個喜歡自己的美麗少女下得了毒手？

孫秀青臉色更蒼白，目中已有了淚光，咬著牙道：「我說過，我們今天全都跟你拚了，若是殺不了你，就……就死在你面前！」

西門吹雪冷笑道：「死也沒有用，你們若要復仇，不如快回去叫青衣一百零八樓的人全都出來。」

孫秀青卻好像很吃驚，失聲道：「你在說什麼？」

西門吹雪道：「獨孤一鶴既然是青衣樓的總瓢把子，青衣樓……」

孫秀青卻忽然打斷了他的話，怒目嗔道：「你說我師父是青衣樓的人？你是不是瘋了？他老人家這次到關中來，就因爲他得到這個消息，知道青衣第一樓就在……」

忽然間，後面的窗子外「錚」的一響，一道細如牛毛般的烏光破窗而入，打在孫秀青背上。

孫秀青的臉突然扭曲，人已向西門吹雪倒了過去。石秀雪距離後窗最近，怒喝著翻身，撲過去，但這時窗外又有道烏光一閃而入，來勢之急，竟使她根本無法閃避。

她大叫著，手裡的劍脫手飛出，她的人卻已倒了下去。

這時孫秀青的人已倒在西門吹雪身上，西門吹雪突然用一隻手抱起了她的腰，另一隻手已反腕拔劍，劍光一閃，他的人和劍竟似已合爲一體，突然間已穿窗而出。

陸小鳳卻早已從另一扇窗子裡掠出，只聽馬秀真、葉秀珠怒喝著，也跟著追了出來。

夜色深沉，晚風吹著窗後的菜園，哪裡還看得見人影？

再過去那濃密的桑林中，卻有犬吠聲傳來。西門吹雪的劍光已入林。

馬秀真和葉秀珠竟也不顧一切的，跟著撲了進去。桑林裡的幾戶人家都已睡了，連燈光都看不見，西門吹雪的劍光也已看不見。一條黃狗銜著向林後的小路狂吠。

馬秀真道：「追，我們不管怎麼樣，也得把老二追回來。」一句話沒說完，兩個人都已追出。

陸小鳳卻沒有再追了，他忽然在樹下停住，彎腰撿起了一件東西……

酒店的主人躲在屋角，面上已無人色。

花滿樓俯下身，輕輕的抱起了石秀雪，石秀雪的心還在跳，卻已跳得很微弱。

她美麗的臉上也已現出了一種可怕的死灰色，她慢慢的張開眼睛，凝視著花滿樓，輕輕說道：「你……你還沒有走？」

花滿樓柔聲道：「我不走，我陪著你。」

石秀雪眼睛裡露出種很奇怪的表情，彷彿欣慰，又彷彿悲哀，勉強微笑著，道：「想不到你還認得我。」

花滿樓道：「我永遠都認得你。」

石秀雪又笑了笑，笑得更淒涼，道：「我雖然沒有變成啞巴，卻已快死，死人也不會說話的，是不是？」

花滿樓道：「你……你不會死，絕不會。」

石秀雪道：「你用不著安慰我，我自己知道，我中的是毒針。」

花滿樓動容道：「毒針？」

石秀雪道：「因爲我全身都好像已經痲木了，想必是因爲毒已快發作，你……你可以摸摸我的傷口，一定是燙的。」

她忽然拉著花滿樓的手，放到她的傷口上。她的傷口就在心口上，她的胸膛柔軟、光滑，而溫暖。她拉著花滿樓冰冷的手放在她柔軟的胸膛上，她的心忽然又跳得快了起來。

花滿樓的心也已在跳，就在這時，他聽見陸小鳳的聲音在後窗外問：「她中的是什麼暗器？」

花滿樓道：「是毒針。」

陸小鳳沉默了半晌，忽然道：「你留在這裡陪她，我去找一個人。」

說到最後一字，他的聲音已在很遠。

石秀雪喘息著道：「你真的沒有走，真的還在這裡陪我！」

花滿樓道：「你閉上眼睛，我……我替你把毒針吮出來。」

石秀雪蒼白的臉彷彿又紅了，眼睛裡卻發出了光，道：「你真的肯這麼做？」

花滿樓黯然道：「只要你肯……」

石秀雪道：「我什麼都肯，可是我不想閉上眼睛，因爲我要看著你。」

她的聲音已漸漸微弱，然後她臉上的笑容就突然僵硬，眼睛裡的光芒也忽然消失了。

死亡，忽然間就已無聲無息的將她從花滿樓懷抱中奪走。

可是她的眼睛卻彷彿還在凝視著花滿樓，永遠都在凝視著……

黑暗，花滿樓眼前卻只有一片黑暗。

他忽然恨自己是個瞎子，竟不能看她最後一眼。

她還這麼年輕，可是她充滿了青春活力的身子，已突然冰冷僵硬。

花滿樓輕輕的抽出了手，淚珠也從空洞的眼睛裡流了下來。

他沒有動，也沒有走，他第一次感覺到人生中的無情和殘酷。

風從窗外吹進來，從門外吹進來，四月的風吹在他身上，竟宛如寒冬。

他忽然感覺到風中傳來一陣芬芳的香氣，忽然聽到後窗「格」的一響。他立刻回頭，準備躍起。

但這時候後窗外已響起一個人溫柔甜蜜的聲音，在輕輕對他說：「你不要吃驚，是我！」聲音正是他所熟悉的人，也正是他一直在思念著的人。

他忍不住失聲而呼：「飛燕？」

「不錯，是我，想不到你居然還聽得出我的聲音。」

一個人輕飄飄的從後窗掠進來，聲音裡竟似帶著種因妒忌而生的譏刺，幽幽的說道：「我還以爲你已忘記了我！」

花滿樓站在那裡，似已呆住，過了很久，才說道：「你……你怎麼會忽然到這裡來了？」

上官飛燕道：「你是不是說我不該來的？」

花滿樓搖搖頭，嘆息著道：「我只是想不到，我還以爲你已經……」

上官飛燕道：「你是不是以爲我已死了？」

花滿樓已不知該說什麼！

上官飛燕又幽幽的嘆息了一聲，道：「我要死，也得像她一樣，死在你的懷裡。」

她慢慢的走過來，走到花滿樓面前，又道：「我剛才看見你們，我……我心裡好難受，若不是她已經死了，我說不定也會殺了她的。」

花滿樓沉默了很久，忽然道：「有一天我聽見了你的歌聲。」

上官飛燕沉吟著，道：「是不是在萬梅山莊外，那個破舊的山神廟裡？」

花滿樓道：「嗯。」

上官飛燕也沉默了很久，才輕輕道：「可是你找去的時候，我已經走了。」

花滿樓道：「你爲什麼要走？」

上官飛燕的聲音更輕，道：「你也該知道，我並不想走。」

花滿樓道：「有人逼你走？」

上官飛燕道：「那支歌也是別人逼我唱的，本來我還不知道他們是爲了什麼，後來才知道，他們是想誘你到那廟裡去。」

花滿樓道：「他們？他們是什麼人？」

上官飛燕並沒有回答這句話，她的聲音忽然開始顫抖，彷彿很恐懼。

花滿樓道：「你難道已落在那些人手裡？」

上官飛燕顫聲道：「你最好不要知道得太多，否則……否則……」

花滿樓忍不住問道：「否則怎麼樣？」

上官飛燕又沉默了很久，道：「那天他們誘你去，爲的就是要警告你，不要再管這件事，他們就是要你知道我已落在他們手裡。」她不讓花滿樓開口，接著又說道：「他們今天要我來，爲的也是要我勸你不要再管這件事，否則……否則他們就要我殺了你！」

花滿樓動容道：「他們要你來殺我？」

上官飛燕道：「是的，因爲他們知道，你絕不會想到我會害你，絕不會防備我，可是，他們卻沒有想到，我又怎麼忍心對你下得了手呢？」

她忽然撲過來，緊緊的抱住了花滿樓，顫聲道：「現在你一定也已想到他們是誰了，但你卻永遠想不到他們的力量有多麼可怕……」

現在閻鐵珊和獨孤一鶴都已死了，要阻止這件事的人，只有霍休。

花滿樓沉聲道：「不管他們的力量有多麼可怕，你都用不著害怕……」

上官飛燕道：「可是我實在怕，不是爲了我自己，是爲了你，若不是我，你們根本不會被牽連到這件事裡，你若出了什麼事，叫我怎麼能活得下去！」

她緊緊的抱著他，全身都在顫抖著，她的呼吸芬芳而甜美。

花滿樓忍不住張開雙臂，要去擁抱她，可是石秀雪的屍體還在他身旁，這多情的少女，剛才就是死在他這雙手臂裡的，現在他又怎麼能用同樣的一雙手去擁抱別人？

他心裡充滿了痛苦和矛盾，他想控制自己的情感，卻又偏偏沒法子控制。

他再想去擁抱她時，她卻忽然推開了他，道：「我的意思，現在你想必已明白。」

花滿樓道：「我不明白。」

上官飛燕道：「不管你明不明白，我……我都已要走了。」

花滿樓失聲道：「你要走？爲什麼要走？」

上官飛燕道：「我也不想走，但卻非走不可！」

她聲音裡充滿了痛苦和恐懼，接著道：「你若是還有一點對我好，就不要問我爲什麼，也不要拉住我，否則你不但害你自己，也害了我！」

花滿樓道：「可是我……」

上官飛燕說道：「讓我走吧，只要知道你還好好的活著，我就已心滿意足了，否則你就是對不起我……」

她的聲音已愈來愈遠，突然消失。

黑暗，花滿樓忽然發覺自己已陷入無邊無際的黑暗與寂寞中。他知道她一定有不得已的困難和苦衷，所以她才會走。

但他卻只有呆子般站在這裡，既不能幫助她解決困難，也不能安慰她的痛苦，就正如他剛才只有眼看著石秀雪死在他懷裡。

「我究竟算怎麼樣一個人？究竟算什麼？」他的耳旁彷彿有個聲音在冷笑道：「你只不過是個瞎子，沒有用的瞎子！」

瞎子的生命中，本就只有黑暗，絕望的黑暗。

他握緊雙拳，站在四月的晚風中，忽然覺得人生並不是永遠都像他想像中那麼美好的，生命中本就有許多無可奈何的悲哀和痛苦。

他實在不知道要怎麼樣才能解脫。

四月本是燕子飛回來的時候，可是他的燕子卻已飛去，就像人們的青春一樣，一去永不回頭。

他慢慢的走過門外的草地，草地已被露水濕透。

十 迷樓

一

柔軟的草地已被露水濕透，夜已更深了。

霍天青慢慢的穿過庭園，遠處小樓上的燈光，照著他蒼白憔悴的臉。他顯得很疲倦，孤獨而疲倦。

荷塘中的碧水如鏡，倒映著滿天的星光月光，他背負著雙手，佇立在九曲橋頭，有風吹過時，一片樹葉落下。

他俯下身，拾起了這片落葉，忽然道：「你來了。」

「我來了。」

霍天青抬起頭時，就看見了陸小鳳。

陸小鳳就像是片落葉一樣，從牆外飄了進來，落在荷塘的另一邊，也正在看著霍天青。

他們之間，隔著十丈荷塘，可是他們卻覺得彼此間的距離彷彿很近。

陸小鳳微笑著，道：「你好像在等我？」

霍天青道：「我是在等你。」

陸小鳳道：「你知道我會來？」

霍天青點點頭，道：「我知道你非來不可。」

陸小鳳道：「爲什麼？」

霍天青道：「你走了之後，這裡又發生了很多事。」

陸小鳳道：「很多事？」

霍天青道：「你不知道？」

陸小鳳道：「我只知道一件。」

霍天青道：「你知道獨孤已死在這裡？」

陸小鳳嘆了口氣，道：「但我卻不知道他是不是真的該死。」

霍天青沉默著，忽然也嘆息了一聲，道：「你當然也不會知道他的死跟我也有關係。」

陸小鳳道：「哦？」

霍天青道：「若不是我，他也許還不會死在西門吹雪劍下！」

陸小鳳道：「哦？」

霍天青道：「我一向不喜歡妄尊自大的人，獨孤卻偏偏是個妄尊自大的人，所以，西門吹雪還沒有來時，他已跟我交過了手。」

陸小鳳道：「我知道。」

霍天青很意外：「你知道？你怎麼會知道？」

陸小鳳笑了笑，道：「獨孤與西門交手時，真力最多已只剩下五成，能讓他真力耗去五成的人，這附近還不多。」

霍天青慢慢的點了點頭，道：「不錯，這件事你應該能想得到的。」

陸小鳳道：「還有件事是我想不到？」

霍天青點點頭。

陸小鳳又笑了笑，道：「想不到也無妨，現在我只想知道上官丹鳳在哪裡？」

霍天青道：「這件事正是你想不到的。」

陸小鳳道：「什麼事？」

霍天青道：「她並沒有到這裡來，而且只怕也不會來了！」

陸小鳳怔住，他的確沒有想到上官丹鳳居然不在這裡。

霍天青道：「你也許會奇怪，我怎麼會知道她不來了。」

陸小鳳道：「我的確奇怪。」

霍天青道：「你看過這封信後，也許就不會奇怪了。」

他果然從袖中拿出了一封信，隨手一拋，這封信就像是浮雲般向陸小鳳飄了過去。

「丹鳳難求，小鳳回頭，
若不回頭，性命難留。」

信上只有這麼樣十六個字，字寫得很好，信紙也很考究。

信封上竟寫的是「留交陸小鳳」。

霍天青道：「這封信本是要給你的，現在我已給了你。」

陸小鳳道：「但我卻不明白這是什麼意思。」

霍天青淡淡道：「這意思就是說，你已很難再找到上官丹鳳了，所以最好還是及早回頭，不要再管這件事，否則就有人要你的命。」

其實他當然知道這意思陸小鳳也懂得。

陸小鳳道：「這封信是誰要你轉交給我的？」

霍天青道：「不知道！」

陸小鳳道：「你也不知道？」

霍天青道：「你若也寫了這麼樣一封信叫我轉給別人，你會不會當面交給我？」

陸小鳳道：「不會。」

霍天青道：「所以寫這封信的人，也沒有當面交給我，我只不過在閻大老闆的靈位下發現了這封信，別的我全不知道。」

陸小鳳嘆了口氣，道：「你當然不會知道。」

霍天青道：「但你卻應該知道。」

陸小鳳道：「應該知道什麼？」

霍天青道：「知道這封信是誰寫的。」

陸小鳳苦笑道：「我只希望這不是閻大老闆在棺材裡寫的。」

霍天青目光閃動，道：「你也應該知道，除了閻大老闆外，還有誰不願你管這件事。」

陸小鳳嘆了口氣，道：「只可惜我偏偏不知道。」

霍天青道：「你至少知道一個人的。」

陸小鳳道：「誰？」

霍天青道：「我。」

陸小鳳笑了。

霍天青卻沒有笑，沉著臉道：「上官丹鳳既已不會來，你若也不再管這件事，這珠光寶氣閣的萬貫家財，豈非就已是我的！」

陸小鳳微笑道：「但我卻知道天禽門的掌門人，絕不會做這種事。」

霍天青凝視著他，嘴角終於也露出了微笑，忽然道：「想不想喝杯酒去？」

陸小鳳道：「想。」

酒是用青花磁罈裝著的，倒出來時，無色無味，幾乎和白水差不多，可是用新酒一兌，芬芳香醇的酒味，就立刻充滿了這間小而精緻的屋子。

陸小鳳慢慢的啜了一口，長長的嘆了口氣，道：「這才是真正的女兒紅。」

霍天青道：「你很識貨。」

陸小鳳笑道：「所以下次你若還有這麼好的酒，還是該請我來喝，我至少不會糟蹋你的好酒。」

霍天青笑了笑，道：「我也並不是時常都有這種好酒的。」

陸小鳳道：「哦？」

霍天青道：「這酒還是我上次去拜訪一位鄰居時，他送給我的。」

陸小鳳道：「我羨慕你，這麼好的鄰居，現在已經比好酒更難找到了。」

霍天青道：「但他卻也是個很古怪的人，你想必也該聽說過他的。」

陸小鳳道：「我認得的怪人的確不少，不知道你說的是哪一個？」

霍天青道：「他叫霍休。」

陸小鳳失聲道：「霍休？他怎麼會是你的鄰居？」

霍天青道：「他雖然並不常住在這裡，卻蓋了棟小樓在這後面的山上，每年都要到這裡來住一兩個月。」

陸小鳳眼睛忽然亮了，道：「你知道不知道他到這裡來幹什麼？」

霍天青道：「除了喝酒外，他好像什麼事都沒有做。」

陸小鳳沒有再問下去，卻彷彿在沉思著，他喝酒的時候，本來一向不太肯動腦筋的，這次卻是例外。

霍天青並沒有注意到他的表情，又道：「所以只要是你能說得出的好酒，他那裡幾乎全都有的，我雖然並不太喜歡喝酒，但連我到了那小樓後，都有點不想再出來了。」

陸小鳳忽然道：「你知不知道什麼酒喝起來味道特別好？」

霍天青道：「不知道。」

陸小鳳道：「偷來的酒。」

霍天青又笑了，道：「你想要我陪你到那裡偷酒去？」

陸小鳳笑道：「一點也不錯！」

霍天青道：「這世上只有一種人是連一滴酒都不能喝的，你知不知道是哪種人？」

陸小鳳道：「不知道。」

霍天青道：「是沒有腦袋的人，所以你若還想留著腦袋喝酒，最好乘早打消這主意。」

陸小鳳笑道：「偷酒就跟偷書一樣，是雅賊，就算被人抓住，也絕不會有砍腦袋的罪名。」

霍天青道：「那也得看是被什麼人抓住！」

陸小鳳笑道：「你跟霍休算起來五百年前還是一家人，你怕什麼？」

霍天青道：「可是他自己卻親口告訴過我，他那小樓上，有一百零八種機關埋伏，若不是他請去的客人，無論誰闖了進去，要活著出來都很難。」

他嘆了口氣，又道：「那些機關是不認得人的，不管你姓霍也好，都完全沒有一點分別。」

陸小鳳終於也嘆了口氣，道：「我眉毛有四條，少了兩條也沒關係，腦袋卻只有一個，連半個也少不得的。」

他苦笑著，又道：「連幾罈酒都要用一百零八種機關來防備人去偷，這就難怪他會發財了。」

霍天青道：「也許他並不是爲了要防備別人去偷他的酒。」

陸小鳳目光閃動，道：「難道你認爲他那小樓上還另有秘密？」

霍天青笑了笑，淡淡道：「每個人都多多少少有點秘密的……」

陸小鳳道：「只不過真正能保守秘密的，卻也只有一種人。」

霍天青道：「哪種人？」

陸小鳳道：「死人。」

霍天青的目光也在閃動著，道：「霍休並不是死人。」

陸小鳳道：「他不是。」

二

最可怕的也是死人。無論這個人活著時多麼溫柔美麗，只要一死，就變得可怕了。

所以石秀雪的屍體上，已被蓋起了一塊白布。

桌上有盞孤燈，花滿樓默然的坐在燈旁，動也不動。他本來已走了，卻又回來。

無論石秀雪是死是活，他都絕不能拋下她一個留在這裡。

小店的主人早已溜走，只留下一盞燈在這裡，似已忘記了瞎子根本就用不著燈的。

四下一片靜寂，聽不見一點聲音，陸小鳳進來時，也沒有發出聲音。

但花滿樓卻已轉過頭，面對著他，忽然道：「你喝了酒？」

陸小鳳只有承認：「喝了一點。」

花滿樓冷冷道：「出了這麼多事之後，你居然還有心情去喝酒，倒真難得的很。」他板著臉，他一向很少板著臉。

陸小鳳眨了眨眼，道：「你是不是很佩服我？」

他對付生氣的人有個秘訣——你既然生氣了，就索性再氣氣你，看你究竟能氣成什麼樣子，看你究竟氣不氣得死。

花滿樓不說話了，他很了解陸小鳳，他還不想被陸小鳳氣死。

陸小鳳反而沒法子了，訕訕的道：「其實你也該喝杯酒的，酒最大的好處，就是它能讓你忘記很多想也沒有用的事。」

花滿樓不理他，過了很久，忽然道：「我剛才看見了一個人。」

陸小鳳道：「你剛才看見了很多個人。」

花滿樓道：「但這個人卻是我本來以爲絕不會在這裡看見的！」

陸小鳳道：「誰？」

花滿樓道：「上官飛燕。」

陸小鳳怔了怔，道：「她沒有死？」

花滿樓黯然道：「她雖然還沒有死，但活得卻已跟死差不多了。」

陸小鳳道：「爲什麼？」

花滿樓道：「她似已落在別人的手裡，行動已完全被這個人控制。」

陸小鳳動容道：「你知不知道這個人是誰？」

花滿樓道：「她沒有說，我也不知道，只不過，以我的猜想，這個人一定是……」

陸小鳳道：「一定是誰？」

花滿樓道：「霍休！」

陸小鳳剛坐下去，又忽然站了起來，失聲道：「霍休？」

花滿樓道：「上官飛燕這次來找我，也是被人所逼，來叫我不要再管這件事的，現在不願我們再管這件事的，已只有霍休。」

陸小鳳又坐了下去，過了很久，忽然道：「我剛才沒有看見一個人。」

這句話很妙，簡直叫人聽不懂。

花滿樓道：「你沒有看見的人也很多！」

陸小鳳道：「但這個人卻是我以爲一定會看見的，我到珠光寶氣閣去，本就是爲了找她。」

花滿樓道：「上官丹鳳？」

陸小鳳道：「不錯。」

花滿樓道：「她不在那裡？」

陸小鳳道：「她根本沒有去，卻有人留了封信給霍天青，叫他轉交給我！」

花滿樓道：「信上說什麼？」

陸小鳳道：「信上只有四句似通非通，跟放屁差不多的話。」

花滿樓道：「什麼話？」

陸小鳳道：「丹鳳難求，小鳳回頭，若不回頭，性命難留！」

花滿樓沉吟著道：「這四句話的意思，好像也是叫你不要再管這件事的。」

陸小鳳道：「現在不願我們再管這件事的，已只有一個人。」

花滿樓道：「所以你認爲寫這封信的人，一定也是霍休？」

陸小鳳道：「我只知道這個人若是已開始要做一件事，就絕不會半途罷手。」成功的人，做事本就全都不會半途罷手的。

花滿樓道：「司空摘星沒有把上官丹鳳偷走，他也許並不意外，所以他早就另外派人在路上等著，終於還是劫走了上官丹鳳。」

陸小鳳道：「我剛剛喝了他半罈子酒。」

花滿樓又不禁很意外：「你已見過了他？」

陸小鳳道：「我沒有，酒是他送給霍天青的，他有個小樓就在珠光寶氣閣後面的山上。」

花滿樓動容道：「小樓？」

陸小鳳一字字道：「不錯，小樓！」

花滿樓也站立了起來，卻又坐下，過了很久，他才緩緩的說道：「你還記不記得孫秀青剛才說過的話？」

陸小鳳當然記得。——「獨孤一鶴這次到關中來，就因爲他得到了一個消息，他知道青衣第一樓就在……」

花滿樓的臉上也發出了光，道：「你是不是認爲霍休的那小樓，就是青衣第一樓？」

陸小鳳沒有回答這句話，這句話已用不著回答。

花滿樓道：「但是，據大金鵬王說，青衣樓的首領本是獨孤一鶴！」

陸小鳳道：「他得到的消息並不一定都是完全正確的。」

花滿樓承認：「無論誰都難免被人冤枉的，同樣也難免有冤枉別人的時候。」

陸小鳳忽然嘆了口氣，道：「只可惜現在朱停不在這裡。」

花滿樓道：「爲什麼？」

陸小鳳道：「據說那小樓上有一百零八處機關埋伏。」

花滿樓道：「你想到那小樓去看看？」

陸小鳳道：「很想。」

花滿樓道：「那些機關埋伏難道已嚇住了你？」

陸小鳳道：「沒有。」

陸小鳳若已開始去做一件事的時候，也絕不會半途罷手的。無論什麼事都絕不能令他半途罷手！

三

山並不高，山勢卻很拔秀。上山數里，就可以看見一點燈光，燈光在黑暗中看來分外明亮。

花滿樓眼前卻只有一片黑暗。

陸小鳳道：「我已看見了那小樓。」

花滿樓道：「在哪裡？」

陸小鳳道：「穿過前面一片樹林子就到了，樓上還有燈光。」

花滿樓道：「你想，霍休會不會也到了這裡？」

陸小鳳道：「不知道。」

花滿樓道：「我剛才說過，每個人都難免有冤枉別人的時候。」

陸小鳳道：「我聽見了，我也不聾。」

花滿樓道：「我只不過提醒你，霍休是你的朋友，而且對你一向不錯。」

陸小鳳冷冷道：「你以爲我會冤枉他？我雖然常常被人冤枉，卻還沒有冤枉過別人。」

他忽然顯得很煩躁，因爲他心裡也有種矛盾。

能趕快結束這件事，趕快揭穿這秘密當然最好，但他卻實在不希望發現那陰險惡毒的青衣樓主，真是他的朋友。

樹林中帶著初春木葉的清香，風中的寒意雖更重，但天地間卻是和平而寧靜的。

沒有人，沒有聲音，紅塵中的喧嘩和煩惱，似已完全被隔絕在青山外。

只不過世上一些最危險、最可怕的事，往往就是隱藏在這種平靜中的。

陸小鳳忽然道：「我不喜歡這種情況。」

花滿樓道：「什麼情況？」

陸小鳳道：「這裡太靜了，太吵和太靜的時候，我都會覺得很緊張。」

花滿樓道：「爲什麼？」

陸小鳳道：「因爲我每次遇見的怪事，都是在這種情況下發生的！」

花滿樓道：「你若是真的很緊張，最好多說話，說話往往可以使人忘記緊張。」

陸小鳳道：「你要我說什麼？」

花滿樓道：「說說霍休。」

陸小鳳道：「這個人的事你豈非已知道很多？」

花滿樓道：「我只知道他是個又孤僻、又古怪的大富翁，平生最討厭應酬，所以連他最親信的部下，都往往找不到他的人。」

陸小鳳道：「他不但討厭應酬，還討厭女人，所以直到現在還是個老光棍。」

花滿樓道：「可是一個人多多少少總該有些嗜好的。」

陸小鳳說道：「他唯一的癖好就是喝酒，不但喜歡喝，而且還喜歡收藏天下各地，各式各樣的名酒。」

花滿樓道：「聽說他的武功也不錯。」

陸小鳳道：「我也沒有真正看見過他施展武功，但我卻可以保證，他的輕功、內功，和點穴術，絕不在當世任何人之下。」

花滿樓道：「哦？」

陸小鳳道：「而且他練的是童子功，據我所知，世上真正有恆心練童子功的人，絕不出十個。」

花滿樓笑道：「要練這種功夫，犧牲的確很大，若不是天生討厭女人的人，實在很難保持這種恆心。」

陸小鳳也笑了，道：「別人我不知道，我只知道我自己是絕不會練這種倒楣功夫的，就算要割下我的腦袋來，我也不練。」

花滿樓微笑道：「若是割下你另外一樣東西，你就只好練了。」

陸小鳳大笑，道：「原來你也不是真君子。」

花滿樓道：「跟你這種人時常在一起，就算是個真君子，也會變壞的。」

他們大笑著，似乎並不怕被人發現——既然遲早總要被發現，鬼鬼祟祟的豈非反而有失風度？

陸小鳳道：「古老相傳，只要有恆心練童子功的人，武功一定能登峰造極。」

花滿樓道：「這不是傳說，是事實，你只要肯練童子功，練別的武功一定事半功倍。」

陸小鳳道：「但是古往今來，武功真正能到達巔峰的高手，卻偏偏沒有一個是練童子功的，你知不知道是什麼緣故？」

花滿樓道：「不知道。」

陸小鳳道：「因爲練童子功的人，一定是老光棍，老光棍心裡多多少少總有點毛病，心裡有毛病的人，武功就一定不能到達巔峰。」

花滿樓微笑道：「所以你不練童子功。」

陸小鳳道：「絕不練，無論割掉我什麼東西，我都不練。」

花滿樓道：「只可惜你無論練不練童子功，武功都很難達到巔峰的。」

陸小鳳道：「爲什麼？」

花滿樓道：「因爲只要對練武有妨礙的事，你全都喜歡得要命，譬如說……」

陸小鳳道：「譬如說，賭錢、喝酒、管閒事。」

花滿樓道：「還有最重要的一點，就是你太不討厭女人了。」

陸小鳳大笑，然後就發現他們已穿入了樹林，來到小樓下。

這條路在別人走來，一定是戰戰兢兢，提心吊膽，但他們卻輕輕鬆鬆的就已走過了。

路本是同樣的路，只看你怎麼樣去走而已。人生的路也是這樣子的。

四

朱紅色的門是閉著的，門上卻有個大字：「推」！陸小鳳就推，一推，門就開了。

無論什麼樣的門，都能推得開的，也只看你肯不肯去推，敢不敢去推而已。

門裡是條寬而曲折的甬道，走過一段，轉角處又有個大字：「轉」。

陸小鳳就轉過去，轉了幾個彎後，走上一個石台，迎面又有個大字：「停」。

陸小鳳停了下來，花滿樓當然也跟著停下，卻忍不住問道：「你爲什麼忽然停了下來？」

陸小鳳道：「因爲這裡有個『停』字。」

花滿樓道：「叫你停，你就停？」

陸小鳳道：「我不停又怎麼樣？這裡有一百零八處機關埋伏，你知不知道在哪裡？」

花滿樓道：「不知道，連一處都不知道。」

陸小鳳笑了笑，道：「既然不知道，爲什麼不索性大方些。」

花滿樓道：「既然往前面也可能遇上埋伏，為什麼不索性停下來。」

陸小鳳道：「一點也不錯，所以他們要我停，我就停，要我走，我就走。」

花滿樓嘆了口氣，道：「像你這麼聽話的人，倒實在少見得很。」

陸小鳳道：「既然我這麼樣聽話，別人又怎麼好意思再來對付我？」

花滿樓也忍不住笑道：「你無論做什麼事，好像都有你自己一套稀奇古怪的法子，但我卻從來也不知道你的法子是對是錯。」

陸小鳳還沒有開口，忽然發現他們站著的這石台在漸漸的往下沉。

然後他就發現他們已到了一間六角形的石屋裡，一張石桌上，桌上也有個大字：「喝」。桌子正中，並排擺著兩碗酒。

陸小鳳笑了，道：「看來聽話的人總是有好處的。」

花滿樓道：「什麼好處？請你喝酒？」

陸小鳳道：「不錯，這次人家已經請我們喝酒了，下次說不定還要請我們吃肉。」

花滿樓道：「這是真正的瀘州大麯，看來霍大老闆拿出來的果然都是好酒。」

陸小鳳道：「但好酒卻不是用鼻子喝的，來，你一碗，我一碗。」

花滿樓道：「這種酒太烈，一碗我只怕就已醉了。」

陸小鳳道：「好，你不喝我喝。」

他捧起一碗酒，就往嘴裡倒，一口氣就喝了大半碗，忽然發覺花滿樓的臉色已變了，忍不住停下來問道：「你不舒服？」

花滿樓連嘴唇都已發白，道：「這屋子裡好像有種特別的香氣，你嗅到沒有？」

陸小鳳道：「我只嗅到酒氣。」

花滿樓似已連站都站不穩了，忽然伸出手，摸到了那碗酒，也一口氣喝了下去，本來已變成灰色的一張臉，立刻又有了生氣。

陸小鳳眼珠子轉了轉，笑道：「原來這酒還能治病。」

他也喝完了自己的半碗酒，才發覺酒碗的底上，也有個字：「摔」！

於是他就將這隻碗摔了出去，「噹」的，摔在石壁上，摔得粉碎。

然後他就發覺石壁忽然開始移動，露出了一道暗門。門後有幾十級石階，通向地底。

下面就是山腹，陸小鳳還沒有走下去，已看到了一片珠光寶氣。

山腹是空的，方圓數十丈，堆著一紮紮的紅纓槍，一綑綑的鬼頭刀，還有一箱箱的黃金珠寶。

陸小鳳這一生中，從來也沒有看見過這麼多刀槍和珠寶。

可是最令他驚異的，並不是這些珠寶和刀槍，而是四個人。四個老人。

他們的臉色都是蒼白的，顯然已有多年未曾見過陽光，他們身上都穿著織錦繡金的滾龍袍，腰上還圍著根玉帶，赫然是帝王的打扮。

下面還有四張雕著金龍的椅子，一個老人坐在椅上，癡癡的出神，一個老人正蹲在地上打算盤，嘴裡唸唸有詞，彷彿正在計算著這裡的財富，一個老人對著面銅鏡，正在數自己頭上的白髮。

還有個老人正背負著雙手，在踱著方步，看見陸小鳳，就立刻迎了上來，板著臉，厲聲道：「爾等是何許人？怎敢未經通報，就闖入孤家的寢宮？莫非不知道這是凌遲的罪名麼？」

他的態度嚴肅，看來竟真的有點帝王的氣派，並不像是在開玩笑。

陸小鳳卻怔了怔，忍不住問道：「你說這裡是皇宮？你又是什麼人呢？」

這老人道：「孤家乃是金鵬王朝第十三代大金鵬王。」

陸小鳳又怔住，他從未想到這裡居然又有個大金鵬王。

誰知道這裡的大金鵬王還不止一個。

這老人的話剛說完，另外的三個老人立刻都衝了過來，搶著說道：「你千萬莫要聽這瘋子胡言亂語，孤家才是真正的大金鵬王，他是冒牌的。」

「他才是冒牌的……他們三個全都是冒牌的。」

四個老人竟異口同聲，說的全是同樣的話，一個個全都爭得面紅耳赤，剛才的那種王者氣派，現在已全都不見了。

陸小鳳忽然覺得這四個人全都是瘋子，至少全都有點瘋病。

遇見這種人最好的法子就是趕快溜之大吉，就算世上的珠寶全都在這裡，全都給他，他也不想在這裡多留片刻了。

只可惜他再想退回去時，才發現石階上的門已關了起來，那四個老人也已將他圍住，紛紛搶著說道：「你看我們誰是真的大金鵬王……你說句良心話。」

他們蒼白而衰老的臉上，忽然全都露出了種瘋狂而獰惡的表情，陸小鳳知道他無論說誰是真的，另外三個立刻就會跟他拚命。

他這一生中，也從來沒有遇見過如此可笑，又如此可怕的事。他簡直連想都沒有想到過。

就在這時，他忽然聽見了三聲清悅的鐘聲，後面的山壁上，忽又露出了一道門戶。

四個身穿黃袍，內監打扮的俊俏少年，手裡捧著四個朱紅的食盒，魚貫走了出來。

這四個老人立刻趕回去，在自己的盤龍交椅上坐下，臉上又擺出很莊重嚴肅的表情，四個少年已分別在他們面前跪下，雙手捧起食盒，道：「陛下請用膳。」

陸小鳳忽然覺得頭很痛，因爲他實在弄不清究竟是怎麼回事？

難道這四個老人全是真的大金鵬王？否則又怎會有內監來服侍他們用膳？

但這裡明明是霍休的別業，又怎會有這麼樣四個人在這裡？

後面山壁的那扇門還是開著的，他悄悄拉了拉花滿樓的衣袂，兩個人一起縱身掠了過去。

門後又是條甬道，甬道的盡頭又有扇門，就看見了霍休。

霍休身上穿著套已洗得發了白的藍布衣裳，赤足穿著雙破草鞋，正坐在地上，用一隻破錫壺，在紅泥小火爐上溫酒。

好香的酒。

十一 第六根足趾

一

空氣裡充滿了芬芳醇厚的酒香，紅泥小火爐的火並不大，卻恰好能使得這陰森寒冷的山窟，變得溫暖舒服起來。

陸小鳳輕輕嘆了口氣，道：「我總算沒有找錯地方，而且來得正是時候。」

霍休也嘆了口氣，道：「我真不懂，你這人爲什麼總是能在我有好酒喝的時候找到我。」

他微笑著，轉過頭，一雙發亮的眼睛，使得這已垂暮的老人看來還是生氣勃勃，微笑著道：「你若是不怕弄髒你的衣服，就坐下來喝一杯吧！」

陸小鳳看著自己身上鮮紅的斗篷，再看看他身上已洗得發白的舊衣服，忍不住笑道：「等我有你這麼多家當的時候，我也會穿你這種衣服的。」

霍休道：「哦？」

陸小鳳道：「這種衣服只有你這種大富翁才配穿，我還不配。」

霍休道：「爲什麼？」

陸小鳳道：「因爲一個人若到了真正有錢的時候，無論穿什麼衣服都無所謂了。」

霍休微笑道：「只可惜你永遠也發不了財的！」

陸小鳳道：「為什麼？」
霍休道：「因為你太聰明，太聰明的人都發不了財的。」
陸小鳳道：「可是上次我們見面時，你還說我遲早有發財的一天。」
霍休道：「那只因為上次我還沒有發現你這麼聰明。」
陸小鳳道：「你幾時發現的？」
霍休道：「剛才。」
陸小鳳又笑了。
霍休道：「除了你之外，只怕還沒有第二個人能如此順利就找到這裡來。」
陸小鳳笑道：「那是不是因為別人都沒有我這麼聽話？」
霍休點點頭，說道：「看到門上的『推』字時，十個人中至少有九個不肯推門的，不推門就根本進不來，看到『轉』字若是不轉，無論誰也休想走出我那九曲迷陣，看到『停』字若不停，縱然不被亂箭射成個刺蝟，也得掉在油鍋裡脫層皮。」
陸小鳳道：「但最厲害的恐怕還是上面那屋子裡的迷魂香了，連花滿樓都幾乎被迷倒，能想得到那兩碗酒非但沒有毒藥，反而有解藥的人，只怕也不多。」
霍休道：「你卻已想到了。」
陸小鳳笑了笑，道：「我只知道你這人不管是好是壞，至少還不會要朋友上當，因為你的朋友根本就沒幾個，死一個就少一個。」
霍休用一雙發亮的眼睛盯著他，過了很久，忽然問道：「你還知道什麼？」

陸小鳳也在凝視著他，過了很久，才緩緩說道：「我還知道你並不姓霍的，你本來的名字是上官木。」

霍休居然面不改色，淡淡道：「不錯。」

陸小鳳道：「你跟閻鐵珊、獨孤一鶴，本來都是金鵬王朝的重臣。」

霍休道：「不錯。」

他的臉色居然還是很平靜，連一點內疚懺悔的意思都沒有。

陸小鳳嘆了口氣，道：「但後來你們卻見利忘義，將那筆財富吞沒了，你們一到了中土，就躲了起來，並沒有依約去找那位第十三代大金鵬王……」

霍休忽然打斷了他的話，道：「你錯了。」

陸小鳳皺眉道：「錯了？」

霍休道：「只有這一點錯了。」

陸小鳳道：「哪一點？」

霍休道：「失約的並不是我們，而是跟著上官謹出亡的小王子。」

陸小鳳怔住，這一點的確是他想不到的，他根本就不相信。

霍休道：「他非但沒有在我們約的地方等我們，而且一直在躲著我們，我們尋找了幾十年，都沒有找到他。」

陸小鳳道：「這麼樣說來，並不是你們在躲他，而是他在躲你們？」

霍休道：「不錯。」

陸小鳳說道：「你們是他父王托孤的重臣，又帶著一大筆本來屬於他的財富，他爲什麼要躲著你們？難道他有毛病？」

霍休冷冷道：「因爲那筆財富並不是他的，而是金鵬王朝的。」

陸小鳳道：「這又有什麼分別？」

霍休道：「不但有分別，而且分別很大。」

陸小鳳道：「哦？」

霍休道：「他若承受了這筆財富，就得想法子利用這筆財富去奪回金鵬王朝失去的王權，那並不是件容易事，非但要吃很多苦，而且隨時都可能有性命之危。」

陸小鳳同意，生在帝王之家，有時也並不是件幸運的事。「願生生世世莫生於帝王家」，這句話的辛酸，也不是普通人能體會得到的。

霍休目中忽然露出種無可奈何的悲傷之色，緩緩道：「只可惜我們那小王子，並不是田單光武那樣的人。」

陸小鳳忍不住問道：「他是個怎麼樣的人？」

霍休道：「他跟李後主一樣，是個詩人，也跟宋徽宗一樣，是位畫家，他從小就已被人稱爲『詩書畫』三絕。」

他嘆息著又道：「這麼樣一個人，他的生性自然很恬淡的，對於王位的得失，他也許不在乎，只想能詩酒逍遙，平平靜靜的過一生，何況……」

陸小鳳道：「何況怎麼樣？」

霍休道：「上官謹的財富，本來已足夠他們逍遙一生了。」

陸小鳳不再說話，但不說話的意思，並不表示他已相信。

霍休道：「你不信？」

陸小鳳還是不說話。

霍休道：「我們爲了復興金鵬王朝而準備的軍餉和武器，你剛才想必已見到。」

陸小鳳點點頭。

霍休道：「我們利用金鵬王朝的財富，的確又賺了不少錢，但那也只不過是爲了想利用這筆財富，遊說你們當朝的重臣，借兵出師，但小王子若不在，我們豈非出師無名？」

他的話顯然已使得陸小鳳不能不信，但陸小鳳卻還是忍不住問道：「他若真的一直在躲著你們，現在爲什麼又忽然要找你們了？」

霍休冷冷道：「以前也並不是沒有人來找過我們。」

陸小鳳道：「哦？」

霍休道：「外面那四個老頭子，你剛才想必已見過了。」

陸小鳳恍然道：「他們難道全都是冒充大金鵬王，來謀奪這筆財富的？」

霍休點點頭，淡淡道：「他們要發財，我就讓他們一天到晚面對著那些黃金珠寶，他們要冒充帝王，我就讓他們一天到晚穿著龍袍坐在王位上，他們雖然想騙財，我卻並沒有虧待他們。」

陸小鳳嘆了口氣，苦笑著：「看來你也不是君子，君子是絕不會用這種法子對人的。」

其實他也不能不承認，用這種法子來對付那種人，正是再恰當也沒有的了。

霍休道：「這件事本是個很大的秘密，除了我們四人和小王子外，本不該有別人知道的。」
陸小鳳道：「既然如此，他們又怎麼會知道？」
霍休道：「他們也不知道。」
陸小鳳怔住，這句話的意思他聽不懂。
霍休道：「知道這秘密的，是另外一個人，他們只不過是被這人利用的傀儡而已。」
陸小鳳道：「這人是誰呢？」
霍休道：「不知道。」
陸小鳳道：「連他們也不知道？」
霍休冷笑道：「你若是他，你會不會以真面目見人？」
陸小鳳苦笑道：「我不會。」
霍休道：「他們一共只見過這人三次，每次見到他時，他的容貌都不一樣，若不是因爲他說話的聲音並沒有改變，他們根本就不相信那是同一個人。」
陸小鳳道：「看來這人不但計劃周密，而且還是個精通易容術的高手。」
花滿樓一直在靜靜的聽著，忽然道：「真正精易容術的高手，連聲音也可以改變的。」
陸小鳳道：「哦！」
花滿樓道：「易容術也就是東瀛扶桑三島上所說的忍術，其中有一種功夫，練好了就能控制自己咽喉的肌肉，使說話的聲音完全改變。」
陸小鳳道：「連你也分別不出？」

花滿樓道：「這種功夫若是已練到了家，就連我也分辨不出。」

陸小鳳沉吟著，道：「難道這次找我們來的那大金鵬王，也是冒牌的！」

霍休道：「我請司空摘星去偷那丹鳳公主，爲的就是要查明他的真假，只可惜他偏偏也是你的朋友！」

陸小鳳道：「幸好你後來總算還是得手了，上官丹鳳畢竟還是已落入你手裡。」

霍休道：「誰說她已落在我手裡？」

陸小鳳皺眉道：「難道沒有？」

霍休道：「沒有。」

陸小鳳又怔住，他知道霍休絕不是個說謊的人。

霍休說的若不是謊話，上官丹鳳又怎麼會忽然失蹤了呢？他想不通，沒有人能想得通。

霍休道：「直到現在，我還沒有見過她這個人！」

陸小鳳道：「上官飛燕你也沒有見過？」

霍休道：「這名字我連聽都沒有聽見過！」

陸小鳳更想不通了，這件事變化的複雜與詭譎，已完全出了他意料之外，他苦笑著道：「難怪閻鐵珊一聽說我知道這秘密，就要趕我走了，他想必認爲我也是串通好了，來謀奪這筆財富的。」

霍休道：「當時你卻以爲他是因爲秘密被揭穿，而惱羞成怒了。」

陸小鳳只有承認。他現在終於也明白，閻鐵珊臨死前看著上官丹鳳時，爲什麼會有那種奇怪的表情。但上官丹鳳難道真是個爲了謀財而殺人的兇手？

他還是不能相信，這件事若真是個騙局，爲什麼又有那麼多人要阻止他管這件事？青衣樓爲什麼會派出人來，阻止他和大金鵬王見面？

花滿樓忽然道：「你最後一次見到那小王子，是在什麼時候？」

霍休道：「是在四十多年以前。」

花滿樓道：「那時他有多大年紀？」

霍休道：「十三歲。」

花滿樓道：「事隔四十多年，當年十三歲的小王子，現在也已是個垂暮的老人了。」

霍休長長嘆了口氣，道：「歲月無情，每個人都要老的。」

花滿樓道：「那末你又怎麼能分辨出現在一個六十歲的老人，是不是當年那十三歲的小王子？」

霍休沉吟著，道：「這其中也有個秘密，這秘密還不曾有別人知道！」

花滿樓沒有再問，他認爲每個人都有權保留自己的秘密。

但霍休卻已接著道：「可是我信任你們，所以我願意將這秘密告訴你們。」

花滿樓以沉默表示感激，能獲得霍休這種人的信任，並不是件容易事。

霍休道：「金鵬王朝的每一代帝王，都是生有異相的人，他們每一隻腳上，都生著六根足趾。」

陸小鳳恍然道：「你就因爲這一點，才能發現外面那四位老人都是冒牌的。」

霍休點點頭，道：「這秘密就算有人知道，也很難僞裝，雙腳上都生著六趾的人，我至今還沒有見過第二個。」

陸小鳳笑道：「我連一個都沒有見到過。」

霍休笑了笑，道：「有四條眉毛的人也不多的。」

陸小鳳也笑了。

霍休道：「所以你現在只要能設法脫下那位大金鵬王的靴子來，看看他腳上有幾根足趾，就可分辨出他的真假了。」

陸小鳳道：「這並不難。」

霍休微笑道：「脫男人的靴子，至少總比脫女人的褲子容易些。」

陸小鳳嘆了口氣，道：「看來你的確也不是個君子，完全不是。」

霍休卻又嘆息了一聲，道：「要做君子並不難，要做我這樣的小人，才是件難事。」

陸小鳳明白他的意思。無論誰有他這麼多財富要看管，都不能不先以小人之心去提防著別人的。

霍休又說道：「這次那大金鵬王若真的是當年的小王子，我也可將肩上這副擔子卸下來了，否則……」

陸小鳳道：「否則我就也將他請來，和外面的那四位老人作伴。」

他們走出這神秘的山窟時，已是凌晨。春風冷而清新，青山翠綠，草上的露珠在曙色中看來，遠比珍珠更晶瑩明亮，這世界還是美妙的。

陸小鳳深深的吸了口氣，苦笑道：「我的預感並沒有錯，今天我果然又遇見了件怪事。」

這件事的發展和變化，的確不是任何人能想像得到的。

花滿樓忽然道：「你想，這世上是不是真的會有雙腳上都長著六根足趾的人？」

陸小鳳道：「我不知道，我沒見過。」

花滿樓道：「世上若根本沒有這種人，我們也就永遠找不到真正的大金鵬王了，霍休說的就算不是真話，豈非也變成了真的？」

陸小鳳沉吟著，忽又笑了笑，道：「我只知道這本是個無奇不有的世界，本就有各式各樣奇奇怪怪的人。」

花滿樓也笑了，道：「不錯，一個人既然可以有四條眉毛，爲什麼不能有六根足趾呢？只可惜你的四條眉毛，已只剩下兩條。」

陸小鳳摸著自己的上唇，微笑著道：「這次你又錯了。」

花滿樓道：「什麼事？」

陸小鳳道：「鬍子無論被人刮得多光，都一樣還是會長出來的。」

他說完了這句話，就看見一個人幽靈般從瀰漫著晨霧的樹林中走了出來。

她的臉色蒼白，雖然顯得疲倦而憔悴，卻還是非常美麗的。

陸小鳳認得她：「葉秀珠葉姑娘？」

葉秀珠點點頭。

陸小鳳道：「葉姑娘莫非是在這裡等人？」

葉秀珠搖搖頭，道：「昨天晚上，我一直都在這裡。」

陸小鳳道：「爲什麼？」

葉秀珠黯然道：「我們在這裡，埋葬了家師和小師妹，大師姐已累了，我……我卻睡不著。」

她的確是峨嵋四秀中最老實的一個，一看見男人，幾乎連話都說不出了。

陸小鳳嘆了口氣，對這個女孩子，他心裡的確覺得很抱歉，他也不知道該說什麼。

葉秀珠卻忽然又說道：「我們一直沒有追上西門吹雪，所以……現在我們連三師妹的死活都不知道。」

陸小鳳道：「我會去替你們找她回來的。」

葉秀珠頭垂得更低，過了很久，才輕輕道：「我還有句話要告訴你。」

陸小鳳等著她說下去。

葉秀珠道：「這句話本來是三師妹想告訴你們的，可是她還沒有說出來，就已……就已……」她聲音突然哽咽，悄悄的用衣袖拭了拭淚痕，才接著道：「家師這次到關中來，就因爲他老人家得到個消息，知道青衣第一樓，就在珠光寶氣閣後面的山上。」

陸小鳳忍不住道：「無論誰得到的消息，都不一定完全是正確的。」

葉秀珠霍然抬頭，道：「但三師妹卻是因爲這句話而被人暗算的，顯然有人不願她將這句話說出來，所以我認爲這句話一定很重要，才來告訴你。」她面上露著悲憤之色，聲音也大了。

陸小鳳又不禁覺得很抱歉，苦笑道：「我知道你的好意，無論如何，我若查明了這件事，一定會先來告訴你。」

葉秀珠又垂下了頭，沉默了很久，才輕輕的問道：「現在你們要到哪裡去？」

陸小鳳道：「我們要去看一個腳上長著六根足趾的人……」

葉秀珠又抬起頭，吃驚的看著他，忽然轉過身，很快的走了。

花滿樓嘆了口氣，道：「我想她現在一定會認爲你是個瘋子。」

陸小鳳也嘆了口氣，苦笑道：「現在連我自己都漸漸覺得自己有點瘋了。」

二

長廊中黝暗而靜寂，他們在長廊的盡頭處等著，已有人爲他們進去通報大金鵬王。

花滿樓忍不住悄悄道：「你想你有沒有把握能脫下他的靴子來？」

陸小鳳道：「沒有。」

花滿樓道：「你有沒有想出什麼法子？」

陸小鳳道：「想倒是想出了不少，卻不知該用哪一種？」

花滿樓道：「你說兩種讓我聽聽！」

陸小鳳道：「我可以故意打翻一壺水，潑在他的腳上，可以故意說他的靴子很好看，請他脫下來讓我看看。」

花滿樓皺眉道：「你難道不知道這些法子有多蠢？」

陸小鳳苦笑道：「我當然知道，但是這根本就是件蠢事，我又怎麼能想得出不蠢的法子來？」

他沒有再說下去，因爲這時門已開了。

大金鵬王還是坐在那張寬大而舒服的椅子上，臉上的表情，顯得興奮而急切，不等他們走進來，就搶著問道：「你們已找到了那三個叛臣？」

陸小鳳道：「只找到兩個。」

大金鵬王眼睛裡發出了光，道：「他們的人呢？」

陸小鳳道：「已經死了。」

大金鵬王動容道：「怎麼會死的？」

陸小鳳說話有點心不在焉，因爲他還沒有看見大金鵬王的腳——大金鵬王的膝上，蓋著條織著金龍的薄被，好像很怕冷。

花滿樓卻已經將經過簡單的說了出來，又道：「我們沒有找到霍休，因爲他本就是個很難找到的人。」這是他第一次說謊，他忽然發覺說謊並不是件很困難的事。

因爲他說這句謊話時，心裡並沒有覺得對不起任何人。

大金鵬王長長嘆息了一聲，恨恨道：「我本想見他們一面的，看看他們還有沒有臉見我。」

花滿樓忽然道：「現在我也想見一個人！」

大金鵬王道：「誰？」

花滿樓道：「朱停。」

大金鵬王皺眉道：「我也正想問你們，我已派過兩次人去請他，他都還沒有來。」

花滿樓沉思著，終於笑了笑，道：「這也許只因爲他本來就是個懶人。」

陸小鳳忽然道：「這張被上繡的龍真好看，簡直就像是真的一樣。」

這也是句蠢話，接著，他又做了件蠢事。他居然去掀起了這張被，然後他就真的像是個蠢人般怔在那裡。大金鵬王的褲腳下竟是空的，兩條腿竟已從膝蓋上被切斷了。

大金鵬王道：「你是不是在奇怪我的腿怎麼會忽然不見了的？」

陸小鳳只有苦笑著點點頭。

大金鵬王嘆道：「我的腿本來就有毛病，一喝了酒，就疼得要命，一個人年紀大了，毛病也就多了。」這是真話，陸小鳳上次來的時候就已知道。

大金鵬王苦笑著道：「可是一個像我這樣的老人，除了喝酒外，還能有什麼樂趣？」

陸小鳳勉強笑道：「所以……你偷偷的又喝了酒？」

大金鵬王道：「我本來以爲喝一點沒關係的，誰知道三杯下肚，兩條腿就腫了起來，而且竟潰了膿，所以……所以我就索性叫柳餘恨把我這兩條腿割斷。」

他忽然大笑，又道：「現在我雖然已沒有腿，卻可以放心的喝酒了。今天晚上，我就要找你們拚一拚，看看我這老頭子的酒量，是不是還能比得上你們這些年輕小伙子。」

陸小鳳只有看著他苦笑。

大金鵬王道：「你們若早來幾天，我一定會將割下來的兩條腿讓你們看看，讓你們知道，我的人雖已老，卻還是有毒蛇噬手，壯士斷腕的豪氣。」

陸小鳳忍不住問道：「現在那兩條腿呢？」

大金鵬王道：「我已將它燒了。」

陸小鳳愕然道：「燒了？為什麼要將它燒了？」

大金鵬王說道：「這兩條腿害得我十年不能喝酒，我不燒了它，難道還將它用香花美酒供起來不成？」

陸小鳳說不出話來了，看著這老人面上驕傲而得意的表情，他忽然覺得自己愈來愈像是個呆子。

又呆又蠢。

三

長廊裡還是黝暗而陰森的，他們慢慢的走了出去。

花滿樓忽然笑了笑，道：「現在你總算解決了個難題了。」

陸小鳳道：「哦！」

花滿樓道：「你已用不著再想法子去脫他的靴子，因為他根本就沒有靴子！」

陸小鳳冷冷道：「你幾時變得這麼樣滑稽的。」

但這件事卻一點也不滑稽。現在連霍休也分不出這大金鵬王是真是假了。

若說這只不過是巧合，他實在很難相信真有這麼巧的事。

若說這不是巧合，大金鵬王又怎會知道這秘密的？他們一離開霍休那小樓，就直接到了這裡，大金鵬王除非有千里眼，順風耳，否則又怎麼會知道他們要來看他的腳？

陸小鳳又嘆了口氣，道：「我若一喝酒腿就腫，說不定也會把兩條腿割掉的。」

花滿樓嘆道：「這世上拚了命也要喝酒的人，好像真不少。」

陸小鳳忽然道：「那間屋子想必還為你留著，你為什麼不進去睡一覺，莫忘記今天晚上人家還要找你拚酒。」

花滿樓道：「你呢？」

陸小鳳道：「我要去找一個人。」

花滿樓道：「找誰？」

陸小鳳道：「當然是去找一個女人，一個有腳的女人。」

花滿樓臉上忽然發出了光，道：「不錯，你應該趕快去找一個腳上有六根足趾的女人。」

陸小鳳道：「哦？」

花滿樓道：「莫忘記金鵬王朝每一代嫡系子孫，腳上都有六根足趾的，這本是他們的遺傳，上官丹鳳既然是大金鵬王的親生女兒，腳上也應該有六根足趾的，你……」

他沒有再說下去，因為他忽然發現陸小鳳又走了。

將近黃昏，未到黃昏。花園裡的花還是開得正艷，風中充滿了花香，但卻看不見人。

上官雪兒並不在花園裡。陸小鳳找的並不是上官丹鳳，因為他知道上官丹鳳絕不會在這裡。

大金鵬王居然沒有問他女兒的行蹤，這也是件很奇怪的事。

陸小鳳現在卻沒有空想這件事，他只想趕快找到上官雪兒，他有一句話要問上官雪兒，一句很重要的話。

他不想找她的時候，她總是在他面前晃來晃去，現在他急著要找她，這小妖精卻偏偏連人影都看不見了。陸小鳳嘆了口氣，穿過鮮花中的小徑，忽然發現一扇角門。

門是虛掩著的，後面是個小小的院子，院子裡有一口水井。

他推開門走進去，就終於找到了上官雪兒，這小妖精好像總是喜歡做一些奇奇怪怪的事。

現在她竟一個人蹲在院子裡，一雙大眼睛霎也不霎的看著面前的一片空地，似已看得出了神。

地上卻什麼也沒有，連一根草也沒有。

陸小鳳實在想不通，這塊空地有什麼好看的，忍不住道：「小表姐，你在看什麼？」

雪兒既沒有出聲，也沒有回頭，就算是學究在考證經典時，也不會有她這麼樣專心。

這小妖怪究竟在看什麼呢？陸小鳳好奇心也不禁被引了起來。

於是他也蹲了下去，蹲在雪兒身旁。雪兒的眼睛盯著什麼地方看，他的眼睛也盯著什麼地方看，他什麼也沒有看見。

這地方顯然已很久沒有下雨了，地上的泥土很乾燥，外面的花園裡雖然花草茂密，這地方卻只有一片寸草不生的黃土。

那口井彷彿也已很久沒有用過了，井口的轆架上，也積著一層黃土，院子兩旁有幾間破舊的廂房，門上的鐵鎖已生鏽。

陸小鳳看來看去，也看不出雪兒蹲在這裡幹什麼。

雪兒忽然道：「這裡本是我祖父在世時，打坐學禪的地方。」

陸小鳳知道她祖父就是昔年和霍休一起受命托孤的上官謹，也就是大金鵬王的重房皇叔。

雪兒道：「自從我祖父一年前去世之後，這裡就沒有人來過。」

陸小鳳終於又忍不住問道：「你到這裡來幹什麼？」

雪兒霍然扭過頭，瞪著他，道：「這句話正是我想問你的，你到這裡來幹什麼？」

陸小鳳道：「我……我是來找你的。」

雪兒道：「找我幹什麼？」

陸小鳳道：「來看看你，跟你聊聊。」

雪兒板起了臉，冷笑道：「我說的話，你連一句都不信，我跟你還有什麼好聊的！」

陸小鳳笑了笑，道：「你怎麼知道你說的話我連一句都不信？」

雪兒道：「你自己說的。」

陸小鳳眨了眨眼，道：「你難道認為我說的話，句句都是真的？」

雪兒用一雙大眼睛瞪著他，瞪了半天，忽然笑了。

陸小鳳也笑了，他忽然發現雪兒笑起來的時候，看來真是個又乖又聽話的女孩子。

雪兒卻又板起了臉，道：「你要跟我聊什麼，現在就聊吧。」

陸小鳳道：「我想問問你，你最後一次看見你姐姐，是在什麼時候？」

雪兒道：「就是你帶花滿樓回來的那一天，也就是我們出去找你的那一天。」

陸小鳳道：「你回來之後，就沒有再看見過她？」

雪兒道：「沒有。」

她臉上又露出了悲傷之色，道：「她平時一直對我很好，平時就算出去，也會告訴我的，但這次……這次她一定是被人害死了。」

陸小鳳眼睛裡帶著思索的表情，道：「她平時是不是常出去？」

雪兒道：「以前她本不敢的，我祖父去世之後，她的膽子就漸漸大了，不但出去的時候漸漸多了起來，而且時常一出去就是半個月不回來，我總懷疑她在外面有了情人，可是她死也不肯承認。」

她補充著，又道：「我們的父母很早就已去世，我們一直都是跟著祖父的，所以她天不怕，地不怕，就怕我祖父。」

陸小鳳道：「你叔叔後來不管她？」

雪兒搖搖頭，道：「他想管也管不住，有一次他甚至把我姐姐鎖在房裡，我姐姐還是想法子溜出去了。」

陸小鳳道：「他平時對你姐姐不好？」

雪兒道：「不好，他總是罵我姐姐，說她敗壞了上官家的門風，我姐姐根本就不買他的帳。」

她咬著嘴唇，輕輕道：「就因爲這緣故，所以我才會懷疑是他害死我姐姐的。」

陸小鳳道：「可是你姐姐並沒有死。」

雪兒道：「誰說的？」

陸小鳳道：「花滿樓最近還看過她。」

雪兒冷笑道：「他看過我姐姐？他瞎得就像蝙蝠一樣，怎麼能看得見我姐姐？」

陸小鳳道：「他聽得出你姐姐說話的聲音。」

雪兒的臉色忽然變了，道：「那一定是上官丹鳳冒充她的，她們兩個人長得本來就有點像，小時候就常常彼此模仿對方說話的聲音，有一次她蒙著臉，學我姐姐說話的聲音來騙我，連我都被她騙過了。」

陸小鳳臉上也不禁露出種很奇怪的表情，這件事雖然愈來愈詭譎，也愈來愈有趣了。

雪兒用力握著拳頭，忽然又道：「你這麼樣一說，我就明白了，害死我姐姐的，一定是她。」

陸小鳳道：「你是說上官丹鳳？」

雪兒點點頭，道：「她表面上雖然對我姐姐好，但我姐姐卻常說她完全是虛情假意，因爲她心裡一直都在嫉妒我姐姐又比她聰明，又比她漂亮。」

她不讓陸小鳳開口，搶著又道：「她害死了我姐姐後，又故意在花滿樓面前冒充我姐姐，讓你們認爲我姐姐還沒有死。」

陸小鳳嘆了口氣，不知道該說什麼了，雪兒說的話雖然有點荒謬，但也不是完全沒有可能的。

雪兒忽然拉住他的手，道：「所以你一定要幫我一個忙。」

陸小鳳道：「幫你什麼忙？」

雪兒道：「幫我把我姐姐的屍體挖出來！」

陸小鳳道：「你知道你姐姐的屍體被人埋在哪裡？」

雪兒道：「我知道，一定就在這裡。」

陸小鳳想笑，又笑不出。

雪兒的表情卻很嚴肅，道：「我總是在花園裡找，所以總是找不到，現在我才發現，她想必一定是在這裡害死我姐姐的，所以就將屍體埋在這裡了。」

陸小鳳嘆了口氣，道：「你怎麼發現的？」

雪兒道：「我祖父晚年的時候，變得就像是個老和尙一樣，非但連一隻螞蟻都不肯踩死，而且常常用碎米來餵牠們，所以這院子裡本來有很多螞蟻的。」

她的臉已因興奮而發紅，又說道：「但現在我已經在這裡看了兩個時辰了，連一隻螞蟻都沒有看見。」

陸小鳳道：「所以你認爲……」

雪兒搶著道：「我認爲這塊地下面一定有毒，所以連螞蟻都不敢來。」

陸小鳳道：「有毒？」

雪兒說道：「她一定是用毒藥害死我姐姐的，現在毒已經從我姐姐的屍體裡散發出來，滲入了土壤，所以連這裡的泥土都被毒死了。」

陸小鳳道：「泥土也會被毒死？」

雪兒道：「當然會，泥土也有活的和死的兩種，活的泥土上，才長得出花草，才有小蟲螞蟻。」

陸小鳳又嘆了口氣，接道：「你想得太多了，一個人小時候就胡思亂想，長大了，就會老得很快的。」

雪兒瞪著他，道：「你不肯幫我的忙？」

陸小鳳苦笑道：「今天我做的蠢事已經夠多了。」

雪兒又瞪了他半天，忽然大叫，道：「救命呀，陸小鳳要強姦我。」

陸小鳳也急了，道：「我連碰都沒碰你，你鬼叫什麼？」

雪兒冷笑說道：「我不但現在要叫，以後只要我碰見一個認得你的人，就要告訴他，你總是強姦我！」

陸小鳳也叫了起來，道：「我總是要強姦你？」

雪兒道：「嗯，『總是』的意思，就是說你已強姦過我好多好多次了。」

陸小鳳道：「你以爲有人會相信小丫頭的鬼話？」

雪兒道：「誰不相信，我就脫下衣服來給他看，要他看看我是不是還很小！」

陸小鳳吃驚的看著她，不停的搖著頭，喃喃道：「這丫頭瘋了，一定是瘋了！」

雪兒道：「好，就算我瘋了，所以我現在還要叫。」她果然真的又叫了起來。

但這次陸小鳳很快就掩住了她的嘴，道：「難道你現在就要挖？」

雪兒點點頭，等他的手放開，就立刻道：「你是不是已答應了？」

陸小鳳苦笑道：「我只奇怪，這種法子是誰教給你的？」

雪兒又笑了，道：「這本來就是女人對付男人，最古老的三種法子之一，現在我才知道這法子果然有效。」

陸小鳳道：「還有另外兩種法子是什麼？」

雪兒嫣然道：「那怎麼能告訴你，我還要留著來對付你的，怎麼能讓你學了去！」

她跳了起來，又道：「我去找鋤頭，你乖乖的在這裡等著，今天晚上我去偷幾隻鴿子，烤來給你下酒。」

陸小鳳道：「鴿子？」

雪兒道：「我姐姐養了很多鴿子，平時她連碰都不許別人碰，但現在……現在我想她已不會在乎了。」

她臉上又露出悲傷之色，忽然轉過身，很快的跑了出去。

陸小鳳看著她兩條大辮子在後面甩來甩去，眼睛裡又露出種很奇怪的表情，突然縱身躍起，追上了雪兒，道：「我跟你一起去找鋤頭。」

雪兒道：「爲什麼？」

陸小鳳笑了笑，道：「我怕你被鴿子啣走。」他的笑容看來好像也有點奇怪。

雪兒看著他，道：「你是不是怕我也會跟我姐姐一樣，突然失蹤？」

一陣涼風吹過，幾隻燕子從花叢中飛起，飛出牆外，天色已漸漸黯了。

陸小鳳凝注著已漸漸消失在暮色中的燕影，忽然長長嘆息，道：「連燕子都不願留在這裡，何況人呢？……」

上官飛燕是不是也已像這燕子一樣飛了出去？還是已被埋在黃土裡？

上官丹鳳爲什麼也失蹤了呢？大金鵬王是不是已經知道她的去處，所以才沒有向陸小鳳問她的消息？

他已被割掉的那雙腳上，是不是還長著第六根足趾？這些問題的答案，又有誰知道？

黃昏，黃昏後。風更清冷，清冷的風從窗外吹進來，吹到花滿樓身上時，他就知道天已黑了。

他的皮膚也和他的鼻子和耳朵一樣，有種遠比常人靈敏的感覺。

但現在他並沒有心情來享受這四月黃昏的清風，他的心很亂。

自從在那小店裡見到上官飛燕後，他的心就時常會覺得很亂，尤其是在他完全孤獨的時候。

他總覺得有件事很不對，但究竟是什麼事，他自己卻說不出。

現在已經快到晚飯的時候，陸小鳳還沒有回來，大金鵬王也沒有派人來請他們準備去吃晚飯。

事情好像又有了變化，他甚至已可感覺得到，但究竟會有什麼變化，他也說不出。

就在這時，他忽然發覺風中又傳來一種特異的香氣，正是那種令他心神不安的香氣。

莫非上官飛燕已回來了？他的手輕按窗台，人已越出窗外，他相信自己的感覺絕不會錯的。

但他什麼也看不見，在他的世界裡，永遠是沒有光亮、沒有色彩，只有一片黑暗，絕望的黑暗！

剛才的香氣，似已和花香混合到一起，他已分不出是從什麼方向傳來的，但卻忽然聽到一個人說話的聲音從花香最濃處傳出來：「我回來了。」果然是上官飛燕說話的聲音。

花滿樓勉強控制著心裡的激動，過了很久，才輕輕嘆了口氣，道：「你果然回來了。」

上官飛燕道：「你知道我會回來？」

花滿樓道：「我不知道，我只不過希望你回來。」

上官飛燕道：「你在想我？」

花滿樓笑了笑，笑容中卻帶著種說不出的情感，也不知是歡喜？還是辛酸？

上官飛燕卻已走過來，拉住了他的手，道：「我回來了，你爲什麼反而不高興？」

花滿樓道：「我……我只是有件事想不通！」

上官飛燕道：「什麼事？」

花滿樓道：「這兩次我見到你時，總會想到另外一個人。」

上官飛燕道：「想到誰？」

花滿樓道：「上官丹鳳。」

他說出了這名字，就感覺到上官飛燕的手似乎輕輕的一抖。

可是她的手立刻握得更緊了些，帶著三分嬌嗔，道：「你見到我時，反而會想到她？」

花滿樓道：「嗯！」

上官飛燕道：「爲什麼？」

花滿樓道：「因爲……因爲我有時總會將你跟她當作同一個人。」

上官飛燕笑了，道：「你怎麼會有這種感覺的？」

花滿樓道：「我也不知道，所以……我也時常覺得很奇怪。」

上官飛燕道：「難道你也相信了我那妹妹的話，認爲上官飛燕已被人害死了，現在的上官飛燕，只不過是上官丹鳳僞裝的？」

花滿樓沒有開口，因爲他心裡的確有這種懷疑，他不願在他所喜愛的人面前說謊。

上官飛燕道：「你還記不記得崔一洞？還記不記得你曾經問過我，有沒有聽見過雪花飄落在屋頂上的聲音？能不能感覺到花蕾在春風裡慢慢開放時，那種奇妙的生命力？知不知道秋風中常常都帶著種從遠山上傳過來的木葉清香？」

花滿樓當然記得。這些話本是他說的，上官飛燕現在說的連一個字都沒有錯。

上官飛燕道：「我若是上官丹鳳，我怎麼會知道你說的這些話？怎麼會記得這麼清楚？」

花滿樓笑了，他忽然發覺自己的懷疑，實在是不必要的。

對這個女孩子，他心裡不禁又有分歉意，忍不住輕輕伸出手，去撫摸她的頭。

上官飛燕已倒在他懷裡，緊緊抱住了他，他心裡只覺得說不出的幸福和滿足，幾乎已忘了一切。就在這時，他忽然感覺到上官飛燕的手，已點上了他腦後的「玉枕」穴，然後他就什麼都感覺不到了。

四

地上已多了個一丈多寬、兩尺多深的大洞，陸小鳳身上已多了一身汗。

上官雪兒蹲在旁邊，用一雙手托著腮，不停的催著：「你停下來幹什麼？快點繼續挖呀，看你身體還滿棒的，怎麼會這樣沒有用？」

陸小鳳用衣袖擦著汗，苦笑道：「因爲我還沒吃飯，現在我本該坐在一張很舒服的椅子上，陪你叔叔喝酒的，但是我卻像個呆子一樣，在這裡挖洞。」

雪兒眨著眼，道：「你難道好意思叫我這麼樣一個小女孩來挖，你卻在旁邊看著！」

陸小鳳道：「我不好意思，所以我才倒楣。」

雪兒道：「這怎麼能算倒楣，這是光榮。」

陸小鳳道：「光榮？」

雪兒道：「別的男人就算跪在地上求我，要替我挖洞，我還不肯哩。」

陸小鳳嘆了口氣，他忽然發現自己根本就不該來找這小妖精，根本就不該跟她說話的。

可是他立刻又發覺自己這想法錯了。他一鋤頭挖下去時，忽然看到地下露出塊鮮紅的衣角。

雪兒已跳了起來，道：「你看我說的不錯吧！這下面是不是埋著人。」

這次他用不著她催，陸小鳳也起勁了，放下鋤頭，換了把鏟子，幾鏟子下去，地下埋著的屍體已漸漸露了出來，居然還沒有腐爛。

雪兒已將本來掛在井上的燈籠提過來，燈光恰巧照在這屍體的臉上。

她忽然驚呼了一聲，連手裡的燈籠都提不穩了，幾乎掉在陸小鳳手上。

陸小鳳也怔住。他這一輩子幾乎從來也沒有這麼樣吃驚過。

這屍體竟不是上官飛燕，竟赫然是上官丹鳳！

燈光不停的搖來搖去，因為雪兒的手也一直在不停的抖。

屍體的臉，非但完全沒有腐爛，而且居然還顏色如生，一雙眼珠子已凸了出來的大眼睛，彷彿正在瞪著陸小鳳。

陸小鳳的膽子一向不小，可是想到上官丹鳳不久前跟他說過的那些話，想到她那些甜蜜動人的笑容，他的手也軟了，手裡的鏟子，也已拿不住。

鏟子從他手裡落下去時，恰巧打在這屍體的身上。只聽「噹」的一響，聲音竟像是金鐵相擊，陸小鳳也忍不住伸手去摸了摸，才發覺這屍體又硬又冷，竟真的像是鋼鐵一樣。

他的手也冷了，忍不住長長嘆了口氣，道：「她果然是被毒死的。」

雪兒道：「是……是誰毒死了她？」

陸小鳳沒有回答，他根本就不知道答案。

雪兒道：「中毒而死的人，屍體本來很快就會腐爛的，看來她被毒死還沒有多久。」

陸小鳳道：「已有很久了。」

雪兒道：「你怎麼知道？」

陸小鳳道：「因為她身子裡的毒，已散發出來，滲入泥土中。」

這本是雪兒自己說的，她果然沒有說錯。

陸小鳳又道：「而且，看這塊地的樣子，至少已有一兩個月沒有翻動過。」

雪兒道：「你的意思是說，她死了至少也一兩個月。」

陸小鳳道：「不錯。」

雪兒道：「那末她的屍體爲什麼還沒有腐爛？」

陸小鳳道：「因爲她中的毒，是種很奇怪的毒，有些藥物甚至可以將一個人的屍體保存幾百年，何況，這塊地非但很乾燥，而且蟲蟻絕跡，無論誰的屍體被埋在這裡，都不會很快腐爛的。」

他的聲音單調而緩慢，因爲他嘴裡在說話的時候，心裡卻在想著別的事。他要想的事實在太多太多了。

雪兒也在沉思著喃喃道：「一兩個月之前，那時我姐姐還沒有去找花滿樓。」

陸小鳳沉思著，點了點頭。

雪兒道：「我姐姐將花滿樓帶回來之後，我才跟著去找你的。」

陸小鳳道：「不錯。」

雪兒道：「她若在一兩個月以前就已死了，怎麼還能去找你？你怎麼還能看見她？」

陸小鳳道：「我看見的上官丹鳳，並不是真的上官丹鳳。」

雪兒道：「是誰呢？」

陸小鳳沒有回答這句話，卻反問道：「這兩個月以來，你有沒有看見你姐姐跟她同時出現過？」

雪兒想了很久，才搖了搖頭，道：「好像沒有。」

陸小鳳道：「這兩個月來，你是不是覺得她對你的態度有點奇怪？」

雪兒又想了很久，才點了點頭，道：「好像是的，以前她跟我見面，還有說有笑的，但最近她好像一直在躲著我。」

陸小鳳道：「那只因爲她已不是真的上官丹鳳，她怕被你看出來！」

雪兒皺著眉，道：「她會是誰呢？怎麼裝得那麼像，難道……」

她突然又跳起來，高聲道：「難道你認爲你看見的上官丹鳳是我姐姐扮成的！」

陸小鳳沒有說話，不說話的意思，有時就等於是默認。

雪兒瞪著眼，道：「難道你認爲上官丹鳳並沒有害死我姐姐，我姐姐反而害死了她？」

陸小鳳嘆了口氣，道：「我只知道現在她的確已死了。」

雪兒道：「我姐姐爲什麼要害死她？你能不能說得出道理來？」

陸小鳳沒有說，卻不知是說不出？還是不願說？他突然蹲下去，去脫這屍體的鞋子。

雪兒失聲道：「你想幹什麼？」

陸小鳳道：「我想看看她的腳。」

雪兒叫了起來，道：「你瘋了，你簡直是不折不扣的瘋子！」

陸小鳳嘆了口氣，苦笑道：「我也知道這麼樣做的確有點瘋，可是我非看看不可。」

他已將鞋子脫了下來，一雙很纖秀的腳上，竟赫然真的有六根足趾。

雪兒突然安靜了下來，過了很久，才黯然道：「這真的是我表姐。」

陸小鳳道：「你也知道你表姐有六隻足趾？」

雪兒道：「嗯！」

陸小鳳道：「你怎麼知道的？」

雪兒道：「她……她總是不肯讓別人看她的腳，有時我們大家脫了鞋子到河邊去玩水，就是她一個人不肯脫。」

女孩子都是愛美的，腳上長著六根足趾，並不是件值得誇耀的事。

雪兒道：「她愈不肯讓別人看，我就愈想看，所以，有一天我趁她在洗澡時，突然闖了進去。」

陸小鳳苦笑，只有苦笑，看來這小妖精真是什麼都做得出的。

雪兒道：「她看見我時，開始很生氣，後來又求我，不要把這件事告訴別人。」

陸小鳳道：「你答應了？」

雪兒點點頭道：「我從來也沒有告訴過別人！」

陸小鳳道：「你姐姐呢？」

雪兒道：「她也不知道，我也沒有告訴過她。」

陸小鳳沉吟著，忽又問道：「你叔叔的腳是什麼時候割斷的？」

雪兒臉上露出吃驚之色，道：「他的腳被割斷了！我怎麼不知道？」

陸小鳳動容道：「你真的不知道？」

雪兒道：「我昨天中午還看見他在我姐姐養鴿子的地方走來走去，好像在替我姐姐餵鴿子。」

陸小鳳眼睛裡忽然發出了光。

雪兒道：「這兩個月來，若真是有人在冒充我表姐，爲什麼連我叔叔都沒有看出來？」

她想問陸小鳳，但這時陸小鳳已忽然不見了。

夜色凄清，昏黯的燈光照在屍身一張冷冰冰的臉上，一雙空空洞洞的眼睛，又彷彿在瞪著她。

雪兒忍不住機伶伶打了個寒噤，突然聽到一個人在黑暗中冷冷道：「你不該多事的。」

她聽得出這聲音，她的心不禁沉了下去。

走廊裡陰森而黝暗，門是關著的。陸小鳳敲門，沒有回應，再用力敲，還是沒有回應。

他的臉色已變了，突然用力一撞，三寸多厚的木門，竟被他撞得片片碎裂。

桌上的黃銅燈已點起，椅子上卻是空著的，大金鵬王平時總是坐在這張椅子上，但現在他的人卻不見了。

陸小鳳卻並沒有露出驚訝之色，這變化似乎本就在他意料之中。

那床上面繡著金龍的褥被，已落在地上，他彎下腰，想拾起，忽然看見一隻手。

一隻枯瘦乾癟的手，從椅子後面伸出來，五指彎曲，彷彿想抓住什麼，卻又沒有抓住。

陸小鳳走過去，就看見了大金鵬王。

這老人的屍體還沒有完全冰冷僵硬，呼吸卻是早已停止，眼睛裡帶著種無法形容的驚慌和憤怒之色，顯然臨死前還不相信，殺他的那個人真能下得了毒手。

他的另一隻手臂上，帶著道很深的刀痕，好像有人想砍下這隻手，卻沒有砍斷。

他的手緊握，手背上青筋凸起，顯然死也不肯鬆開手裡抓住的東西。

陸小鳳蹲下去，才發現他手裡握著的，竟赫然是隻鮮紅的繡鞋。

就像是新娘子穿的那種紅繡鞋，但鞋面上繡著的，既不是鴛鴦，也不是貓頭鷹，而是隻燕子──正在飛的燕子。

他抓得太緊、太用力，一隻本來很漂亮的紅繡鞋，現在已完全扭曲變形。

但他的臉上卻完全沒有表情，和他那雙凸出來的、充滿了驚懼憤怒的眼睛一比，更顯得說不出的恐怖詭秘。

陸小鳳用不著去觸摸，也看得出他臉上已被很巧妙的易容過。

這老人顯然也不是真的大金鵬王！大金鵬王當然也已和他的女兒同時死了！

陸小鳳看著他的眼睛，看著他已被割斷了的腿，忍不住長長嘆了口氣，喃喃道：「我做的蠢事雖然不少，但你做的事豈非更蠢？」

這句話他並沒有說完，因爲他已聽見一絲很尖銳的劍風破空聲。

劍風是從他身後的窗戶刺進來的，來勢非常急，在窗外暗算他的這個人，無疑已可算是武林中的一流劍手。武林中的一流劍手並不多。

陸小鳳嘆了口氣，他已知道這個人是誰了。

他的身子滑開三尺，嘆息著道：「柳餘恨，你不該現在就來的。」

窗外果然傳來柳餘恨的聲音，聲音冰冷：「可是我已來了！」

他的劍比他的聲音更快。古老的優美的雕花窗格，「砰」的被震散，他的人和他的劍同時飛了進來。

他的頭髮披散，眼睛裡帶著種狂熱的光芒，他的人看來遠比他的劍可怕。

陸小鳳沒有看他的人。

他的劍光兇狠迅急，劍招改變得非常快，每一劍刺的都是立刻可以致命的要害。

陸小鳳的目光，始終盯著他的劍鋒，就像是一個孩子盯著飛舞的蝴蝶。

霎眼間柳餘恨又刺出了十七劍，就在這時候，陸小鳳突然出手。

只伸出兩根手指一挾，沒有人能形容他這動作的迅速和巧妙，甚至沒有誰能想像。

心有靈犀與指通──他的手指似乎已能隨心所欲。

柳餘恨第十八劍刺出，突然發覺自己的劍鋒已被挾住！

這一劍就像是突然刺入一塊石頭裡，他用盡全身力氣，都無法拔出來。

劍是裝在他右腕上的，已成了他身體的一部分，但他卻還是沒有法子將這柄劍從陸小鳳的指間拔出來，也無法撤手。

這隻手腕上平時裝的是個鐵鈎，可以挑起各種東西的鐵鈎，只有在要殺人時，鐵鈎才會換成劍的。他顯然早已準備要殺人。

陸小鳳看著他已痛苦而扭曲的臉，心裡忽然生出種說不出的憐憫之意，道：「我不想殺你，你走吧。」

柳餘恨沒有開口，他的回答是他左腕上的鐵球。

鐵球帶著風聲向陸小鳳砸下來，陸小鳳若不放手，大好的頭顱就要被砸扁。

他還有一隻手，鐵球擊下來時，他這隻手斜斜一劃，柳餘恨的左臂就垂了下去。

陸小鳳緩緩道：「我若放開手，你走不走？」

柳餘恨突然冷笑了，笑聲中充滿了輕蔑──對陸小鳳的輕蔑，對自己生命的輕蔑。

陸小鳳嘆了口氣，苦笑道：「爲什麼我總是要遇見這種愚蠢的人，爲什麼……」

他這句話沒有說完，因爲當時他已聽見了一個人說話的聲音。

這聲音本來是上官丹鳳說話的聲音，但現在他已知道上官丹鳳是絕不會再出現的了。

落日的餘暉已消失，屋子裡更暗。一個人幽靈般忽然出現在門口，一個非常美麗的女人，美得溫柔而甜蜜。

她凝視著陸小鳳，微笑著道：「因爲你自己也是個愚蠢的人，蠢人總是常常會碰在一起的。」

陸小鳳沒有看見過這個女人，但他已知道她是誰了：「上官飛燕？」

「是的。」她笑得就像個天真的女孩子：「你看我是不是比上官丹鳳漂亮？」

陸小鳳點點頭，他不能不承認。

上官丹鳳無疑是個非常美麗的女人，但是他現在看見的這個女孩子，卻美得幾乎已接近每個男人心目中的夢想。

她不但美，而且純潔而天真，她看著你的時候，就好像已將你當做她在這世上唯一的男人，同時讓你也覺得她就是唯一的女人。

上官丹鳳的笑，可以讓你引起很多幻想，她的笑卻也可讓你忘記一切。

陸小鳳嘆了口氣，道：「你錯了。」

上官飛燕道：「我錯了？」

陸小鳳道：「一個像你這麼漂亮的女人，無論爲了什麼，都不該扮成別人的。」

上官飛燕眨了眨眼，道：「假如那天晚上你就看見我的真面目，你還會不會放我走呢？」

陸小鳳道：「假如你早就讓我看到你的真面目，我也許根本就不會等到那天晚上了。」

上官飛燕道：「難道在馬車上你就要？……」

陸小鳳道：「我說過，我是個禁不起誘惑的人。」

上官飛燕笑了，道：「你雖然不是個君子，說的話倒還很老實。」

陸小鳳道：「你非但不是個淑女，說的話也不老實。」

上官飛燕嫣然道：「一個女孩子若是太老實，就難免會上你這種男人的當。」

她說話的聲音也變了，竟似已完全變成了另外一個人在說話。

對陸小鳳來說，這種聲音的突然改變，甚至比易容更不可思議。

他能了解易容術，也見過已被傳說得接近神話的人皮面具。

但他卻不能了解，一個人的聲音怎麼能改變成另一個人的。

上官飛燕當然已看出他驚異的表情，微笑著道：「我的聲音是不是也比上官丹鳳好聽？」

陸小鳳苦笑。

上官飛燕道：「現在你想必已該看出來，我樣樣都比她強，可是從我一生出來，她就已壓在我的頭上。」

她甜蜜溫柔的聲音裡，忽然充滿怨恨，又道：「從小我就穿她穿過的衣服，吃她吃剩下的東西，只因爲她是公主。」

上官飛燕冷笑。

陸小鳳道：「所以一有了機會，你就要證明你比她強。」

陸小鳳道：「所以你祖父一死，你就不願再耽在家裡。」

上官飛燕道：「誰也不願意寄人籬下，看人臉色的。」

陸小鳳道：「你本來只想憑你的本事，闖闖江湖，做幾件揚眉吐氣的事給他們看，卻想不到在江湖上居然遇見了一個能讓你傾心的男人。」

上官飛燕臉色變了變，道：「我早就知道那小鬼什麼都已告訴了你。」

陸小鳳說道：「那個男人不但對你也非常傾慕，而且很同情你的身世，所以他找個機會替你出氣。」

上官飛燕冷冷道：「說下去。」

陸小鳳道：「他知道金鵬王朝的秘密後，就替你出了個主意。」

上官飛燕在聽著，臉上的甜蜜微笑已看不見了。

陸小鳳道：「他勸你想法子將金鵬王朝的財富，從閻鐵珊他們手裡要回來，無論誰有了那筆龐大的財富，都立刻可以出人頭地。」

上官飛燕道：「我當然不願意讓別人來坐享其成。」

陸小鳳道：「所以你就跟你的情人，定下了一條妙計。」

上官飛燕道：「我本來只想殺了那個年老昏庸的大金鵬王，可是我們派來假冒他的人，易容無論多麼巧妙，也一定瞞不過上官丹鳳的。」

陸小鳳道：「所以你索性就連她一起殺了。」

上官飛燕道：「不錯。」

陸小鳳道：「恰巧你們的容貌本來就有三分相像，而且你從小就能模仿她的聲音，所以你正好代替她，來嚐嚐做公主的滋味。」

上官飛燕冷笑道：「那滋味並不好。」

陸小鳳道：「像這種秘密，你們當然不願讓一個多嘴的孩子知道，所以你們一直都瞞過雪兒，只可笑她居然反而以為你遭了上官丹鳳的毒手。」

上官飛燕恨恨道：「那小鬼不但多嘴，而且多事。」

陸小鳳道：「我只奇怪你為什麼不直接去找霍休他們呢？」

上官飛燕道：「因為我們事後才發現，大金鵬王必定有個秘密的標記，只有當時和他同時出亡的那些大臣才知道，所以無論誰來冒充他，都難免要被霍休那些老狐狸識破的。」

陸小鳳道：「你那時還不知道他是個有六隻足趾的人？」

上官飛燕道：「我不知道，我也不敢冒險。」

陸小鳳道：「所以你們認爲最好的法子，就是先找一個人去替你們將那些老狐狸殺了。」

上官飛燕道：「不錯。」

陸小鳳苦笑道：「但這個人卻並不太好找，因爲他不但要有能殺霍休那些人的本事，還得有天生就喜歡多管閒事的臭脾氣。」

上官飛燕淡淡道：「這個人的確不好找，除了你之外，我們就簡直想不出第二個人來了。」

陸小鳳嘆了口氣，苦笑道：「看來像我這樣的人，世上倒真還不太多的。」

上官飛燕道：「只不過要讓你甘心情願的出手，也不是件容易的事。」

陸小鳳道：「幸好我不但喜歡多管閒事，而且還有點拉著不走，趕著倒退的騾子脾氣。」

上官飛燕終於笑了笑，道：「想不到你倒還很了解你自己。」

陸小鳳道：「你們故意要勾魂手他們來攔阻我，因爲你們知道，愈是有人不准我去做一件事，我愈是偏偏要去做的。」

上官飛燕笑道：「山西人的騾子也是這樣子的。」

陸小鳳道：「後來你們故意殺了蕭秋雨和獨孤方來警告我，也正是這意思。」

上官飛燕道：「那也因爲他們已知道太多了。」

陸小鳳道：「你在那破廟中故意以歌聲誘我們去，故意在水盆裡留下幾根頭髮，爲的只不過是要花滿樓相信你還是活著吧？」

上官飛燕道：「那也爲了使你們以後不再相信那小鬼說的話。」

陸小鳳道：「你知道雪兒在窗外偷看的時候，就故意在她眼前『殺』了柳餘恨。」

上官飛燕冷冷道：「那小鬼當然不會知道，這只不過是我跟柳餘恨故意演給她看的一齣戲。」

陸小鳳道：「當我們看見柳餘恨還活著的時候，當然就更認爲她是個說謊精。」他又嘆了口氣，苦笑道：「只可憐她看見柳餘恨又活著出現的時候，那表情真像是忽然見到了個活鬼一樣，連話都不敢說，就跟他乖乖的走了！」

上官飛燕道：「我本該早就把那小鬼關起來的，只可惜……」

陸小鳳道：「只可惜那幾天你要做的事太多，而且你也怕我們回來後看不見她，會更起疑心。」

上官飛燕冷笑道：「有時我簡直認爲你就是我肚子裡的蛔蟲，我的心事你好像全知道。」

陸小鳳道：「你故意又在花滿樓面前出現了一次，爲的當然是想將罪名推到霍休身上。」

上官飛燕道：「不錯。」

陸小鳳嘆道：「我只奇怪你怎麼能騙過他的，他不但耳朵特靈，鼻子也特別靈，就算聽不出你的聲音，也該嗅得出你的氣味來。」

每個人身上，本來都有種和別人不同的氣息，甚至比說話的聲音還容易分辨。

上官飛燕道：「那只因爲我每次見他時，身上都故意灑了種極香極濃的花粉，等我再以上官丹鳳的身分出現時，就已將這種香氣洗乾淨了！」

陸小鳳嘆道：「看來你考慮得很周到。」

上官飛燕嫣然道：「我是個女人，女人本就是不願冒險的。」

陸小鳳道：「那末你爲什麼要柳餘恨來殺我？」

上官飛燕悠然道：「這原因你應該知道的。」

陸小鳳道：「是不是因爲他對你已沒有用了，所以你又想借我的手殺他？」

上官飛燕嘆了口氣，道：「其實我早該看出你不喜歡殺人，否則閻鐵珊也用不著我去動手了。」

自從她一出現，柳餘恨就像是變了個人，變得非常安靜。

每當他看著她的時候，那隻獨眼中就會露出種非常溫柔的表情。

上官飛燕說的這句話像是一柄尖刀，忽然刺入他的心裡，他顫聲道：「你……你真的想我死？」

上官飛燕連看都不看他一眼，冷冷道：「其實你早該死了，像你這種人，活著還有什麼意思？」

柳餘恨道：「可是你……你以前……」

上官飛燕道：「我以前說的那些話，當然全都是騙你的，你難道還以爲我真的會喜歡你？」

柳餘恨全身都似已冰冷僵硬，動也不動的站在那裡，癡癡的看著她，獨眼中充滿了怨毒，卻又充滿了愛意，也不知過了多久，才輕輕嘆了口氣，道：「不錯，你當然不會真的喜歡我，我自己也明白，我只不過一直都在自己騙自己。」

上官飛燕道：「你至少還不太笨。」

柳餘恨慢慢的點點頭，忽然反手一劍，刺入了自己的胸膛裡。

劍鋒竟穿透了他的心，鮮血箭一般從他背後標出來，一點點濺在牆上。

可是他臉部又變得完全沒有表情，對他說來，死，竟彷彿已不是件痛苦的事，而是種享受。

他的眼睛裡忽然發出了光，忽然笑了笑，喃喃說道：「死原來並不是件困難的事，能死在你的面前，我總算還……」他沒有說完這句話，他已倒了下去。

陸小鳳沒有阻攔他，也來不及阻攔。一個人能平平靜靜的死，有時的確比活著好。

「多情自古空餘恨，他實在是個多情的人，只可惜用錯了情而已。」陸小鳳凝視著上官飛燕，忽然對這個無情的女人生出種說不出的厭惡。

不是痛恨，而是厭惡，就像是人們對毒蛇的那種感覺一樣。

他冷冷道：「你也做了件愚蠢的事。」

上官飛燕道：「哦？」

陸小鳳道：「你不該逼他死的。」

上官飛燕道：「爲什麼？」

陸小鳳道：「他若活著，至少總不會眼看著我殺你。」

上官飛燕道：「你要殺我？你忍心殺我？」

陸小鳳道：「我的確不願殺人，更沒有殺過女人，但你卻是例外。」

上官飛燕笑了笑，道：「既然如此，你爲什麼還不動手呢？」

陸小鳳道：「我不著急。」

上官飛燕嫣然道：「你當然不著急，我反正已跑不了的，何況，你一定還有話要問我。」

陸小鳳道：「你也不笨。」

上官飛燕道：「你是不是想問我，我怎麼會在你趕來之前，先要柳餘恨割斷那老頭子一雙腳的？我怎麼會忽然知道他應該有六根足趾？」

陸小鳳道：「這點我也不必問了。」

上官飛燕道：「你已知道？」

陸小鳳道：「鴿子飛得當然比人快。」

上官飛燕嘆了口氣，道：「你真是個聰明人。」

陸小鳳道：「我本不該將這秘密洩露給葉秀珠知道的。」

上官飛燕道：「你只告訴了她一個人？」

陸小鳳道：「不錯。」

上官飛燕道：「你是無意洩漏的？還是故意試探她？」

陸小鳳嘆了口氣，道：「我並不想害她，她也是個可憐的人。」

上官飛燕突然冷笑道：「你看錯了人，這女人看來雖老實，其實卻是個天生的婊子。」

陸小鳳道：「只因爲她跟你愛上同一個男人？」

上官飛燕鐵青著臉，道：「他只不過是在利用她，就好像我利用柳餘恨一樣而已。」

陸小鳳道：「葉秀珠將這秘密告訴了他，他就用飛鴿傳書來通知你。」

上官飛燕點點頭，臉上的表情忽又變得很溫柔，道：「那黑鴿子本來是我們用來傳送情書的，想不到現在又有了別的用處。」

陸小鳳道：「他既然命勾魂手和鐵面判官替他做事，莫非他才是青衣樓的老大？」

上官飛燕道：「你猜呢？」

陸小鳳道：「我猜不出。」

上官飛燕道：「你難道以爲我會告訴你？」

陸小鳳道：「你現在當然不會告訴我的。」

上官飛燕道：「我以後也不會告訴你，你永遠也不會知道他是什麼人的。」

陸小鳳道：「但你卻是個女人。」

上官飛燕道：「女人可又怎麼樣？」

陸小鳳冷冷道：「像你這麼漂亮的女人，鼻子若是被人割下來，也一定會變得很難看的。」

上官飛燕失聲道：「你……你難道忍心割下我的鼻子？」

陸小鳳淡淡道：「你若以爲我的心真比豆腐還軟，你就錯了。」

上官飛燕吃驚的看著他，道：「我若不肯告訴你他是什麼人，你就要割我的鼻子？」

陸小鳳道：「先割鼻子，再割耳朵。」

上官飛燕嫣然笑道：「你嘴裡說得雖兇，其實我也知道這種事你絕對做不出的。」

陸小鳳沉下了臉，道：「你想試試？」

上官飛燕道：「我知道你連試都不會試，因爲你也絕不會喜歡沒鼻子的朋友。」

陸小鳳道：「幸好你已不是我的朋友。」

上官飛燕道：「我雖然不是，但花滿樓和朱停卻是的。」

陸小鳳的臉色也變了。

上官飛燕悠然道：「你若割下我的鼻子來，他們只怕連腦袋都保不住，沒有腦袋豈非比沒有鼻子更難看一點？」

陸小鳳瞪著她，忽然大笑。

上官飛燕道：「你認為這是件很好笑的事？」

陸小鳳笑道：「你難道要我相信，花滿樓又被你騙了？」

上官飛燕道：「我能夠騙他一次，就能夠騙他第二次！」

陸小鳳道：「只有呆子才會被人騙兩次，他不是呆子。」

上官飛燕道：「但他卻是個多情的人，呆子最多只不過會上人兩次當，多情的人卻可能會被人騙上兩百次，因為這本就是他自己心甘情願的。」

陸小鳳道：「朱停難道也是個多情人？」

上官飛燕道：「他不是，他太懶了。」

陸小鳳道：「懶人也有好處的。」

上官飛燕道：「哦？」

陸小鳳道：「他連動都懶得動，又怎麼會去上別人的當？」

上官飛燕微笑道：「要讓他那麼懶的人上當，的確不容易，幸好他還有個好朋友，送了張銀票給他，要他來上當。」

陸小鳳笑不出了。

上官飛燕忽然道：「你當然不會看著他爲了你這個好朋友而送掉腦袋的，何況還有個千嬌百媚的老闆娘也在陪著他死呢！」

陸小鳳嘆了口氣，道：「老闆娘通常都比老闆還懶，這次怎麼也來了？」

上官飛燕道：「因爲她知道你一定會去救她的，她在等你。」

陸小鳳道：「她在什麼地方等我呢？」

上官飛燕道：「你想知道？」

陸小鳳道：「很想。」

上官飛燕道：「你想我會不會帶你去？」

陸小鳳道：「不會！」

上官飛燕道：「你錯了，我若不肯帶你去，又何必告訴你？」

陸小鳳道：「至少你現在總不會帶我去的。」

上官飛燕嫣然道：「你真是個聰明人。」

陸小鳳苦笑道：「只可惜我的朋友不是太懶，就是太笨。」

上官飛燕道：「但他們畢竟是你的朋友，你當然還是要去救他們。」

陸小鳳道：「我可以考慮考慮。」

上官飛燕道：「考慮什麼？」

陸小鳳道：「我得先看看你要我做什麼樣的事，才肯帶我去。」

上官飛燕道：「我想我要你做的，只不過是件很容易的事。」

陸小鳳道：「什麼事？」

上官飛燕道：「我只不過要你去替我殺個人而已，對你說來，殺人豈非是件很容易的事？」

陸小鳳道：「那也得看你要我去殺的是什麼人。」

上官飛燕道：「這個人你一定可以對付他的。」

陸小鳳道：「誰？」

上官飛燕道：「西門吹雪。」

陸小鳳笑了，道：「你究竟是想要我去殺他？還是想要他殺了我？」

上官飛燕道：「當然是要你去殺他，他侮辱了我，從來沒有人像他那樣侮辱過我。」

陸小鳳道：「就爲了這一點，所以你要殺他？」

上官飛燕道：「女人家的心眼兒，總是很窄的。」

陸小鳳道：「我若殺不了他，反而被他殺了呢？」

上官飛燕道：「那你也不必難受，等你走在黃泉路上時，一定會有很多朋友趕去陪你。」

陸小鳳嘆道：「看來我好像已沒什麼選擇的餘地了。」

上官飛燕道：「一點也沒有。」

陸小鳳道：「無論是他死也好，是我死也好，你反正都會很愉快的。」

上官飛燕道：「憑良心講，你們兩個就算全死了，我也不會傷心。」

陸小鳳道：「想不到你居然還有良心！」

上官飛燕道：「我當然有，所以我希望你殺了他，用他的一條命，換花滿樓他們的三條命。」

陸小鳳嘆道：「這筆帳算來倒也不吃虧，只可惜我也不知道他在哪裡。」

上官飛燕道：「你一定可以找得到他。」

陸小鳳道：「我怎麼找？」

上官飛燕道：「那天他帶走了孫秀青，當然是爲了要救孫秀青的命。」

陸小鳳道：「他除了殺人之外，偶爾也會救人的。」

上官飛燕道：「所以他現在一定是在一個可以給孫秀青養傷的地方，那附近有什麼地方可以養傷的，你應該知道。」

陸小鳳道：「但死人就用不著養傷了。」

上官飛燕道：「不錯！」

陸小鳳道：「所以這也得問你，孫秀青中了你的飛鳳針後，是不是還有救？」

上官飛燕冷冷道：「她中的不是飛鳳針，是飛燕針，那本來是無救的，但西門吹雪卻好像也是個大行家。」

陸小鳳道：「哦？」

上官飛燕道：「飛燕針的毒與平常暗器不同，中了飛燕針後，若是靜靜的躺著，必死無疑。」

陸小鳳續道：「所以石秀雪已死了。」

上官飛燕道：「但西門吹雪卻將孫秀青帶著滿山飛奔，讓她的毒性發散出來，反而可能有救。」

陸小鳳道：「那天你暗算了她以後，還沒有走？」

上官飛燕笑了笑，道：「在你們那些高手面前，我怎麼能走？所以我索性躲在那裡，你們出去追我時，我一直都在看著。」

陸小鳳苦笑道：「你的膽子倒真不小！」

上官飛燕道：「我知道你們一定想不到我還敢留在那裡的。」

陸小鳳道：「等我們都走了後，你就出來了？」

上官飛燕道：「那時已只剩下花滿樓一個人，我知道他絕不會疑心我，我就算說雪是黑的，墨是白的，他也不會不信。」

陸小鳳道：「爲什麼？」

上官飛燕嫣然道：「因爲他喜歡我，一個男人要是喜歡上一個女人，那可真是沒法子的事。」

陸小鳳道：「就因爲他喜歡你，所以你認爲他吃虧上當都活該？」

上官飛燕道：「那是他自己心甘情願，我又沒有一定要他喜歡我。」

陸小鳳忽然又嘆了口氣，道：「現在我只有一句話要告訴你了。」

上官飛燕道：「你說。」

陸小鳳道：「一個人總是要將別人當做笨蛋，他自己就是個天下第一號的大笨蛋。」

上官飛燕皺眉道：「你這是什麼意思？」

陸小鳳道：「你若回頭去看看，就會明白我的意思了。」

上官飛燕回過頭，她只覺得自己整個人，好像忽然掉進了個又黑又深的大洞裡。

屋子裡更黑，一個人靜靜的站在黑暗中，動也不動。

「花滿樓！」上官飛燕終於忍不住叫了起來。

花滿樓的神情卻是很平靜，看來並沒有絲毫痛苦憤怒之色。

上官飛燕看著他，詫聲道：「你……你怎麼到這裡來的呢？」

花滿樓淡淡道：「我走來的。」

上官飛燕道：「可是我……我明明已閉住了你的穴道！」

花滿樓道：「別人點你的穴道時，你若能將真氣逼在那穴道的附近，過一陣子，也許就可以有法子將閉住的穴道撞開，這種功夫我恰巧會一點點。」

上官飛燕道：「難道你早已想到我會下手的？難道你早已有了準備？」

花滿樓道：「我並不想要我的朋友爲了救我而去殺人。」

上官飛燕道：「我剛才說的話，你也全都聽見了？」

花滿樓點點頭。

上官飛燕道：「你……你……你不生氣？」

花滿樓淡淡道：「每個人都難免做錯事的，何況，你的確並沒有要我喜歡你。」

他看來還是那麼平靜、那麼溫柔，因爲他心裡只有愛，沒有仇恨。

上官飛燕看著他，竟連她這種女人，臉上都不禁露出了慚愧之色。

陸小鳳也在看著他，輕輕嘆息，道：「這個人實在是個君子。」

花滿樓笑了笑，道：「君子和呆子，有時本就是差不多的。」

陸小鳳道：「老闆呢？」

花滿樓道：「老闆當然在陪著老闆娘。」

陸小鳳道：「他們爲什麼不來？」

花滿樓道：「他們在聽雪兒講故事。」

陸小鳳苦笑道：「看來他們上當的時候也已快到了。」

其實他當然知道他們爲什麼不來，他們是爲了他才會被騙的，他見到他們時，總難免有點不好意思，他們並不想要他覺得不好意思。

雪兒也不想見到她的姐姐，在這種情況下，她們見了面，彼此心裡都不會很好受的。

上官飛燕終於長長嘆息了一聲，道：「你剛才說的話，現在我總算已明白了。」

陸小鳳道：「哦。」

上官飛燕道：「看來我做的才真正是件蠢事，蠢得不可救藥。」

陸小鳳道：「哦？」

上官飛燕道：「我一直把你們當做呆子，現在才知道真正的呆子原來是我自己。」

她又嘆息了一聲，道：「但是你就算真割下我的鼻子，我也不會說出他是誰的。」

陸小鳳道：「原來你也是個多情的人。」

上官飛燕笑了笑，笑得很凄涼，道：「一個女人若喜歡上一個男人，也同樣是件沒法子的事。」

花滿樓慢慢的點了點頭，道：「我明白，我明白。」

上官飛燕黯然道：「只不過，我實在對不起你，你就算殺了我，我也不怪你！」

花滿樓道：「我並不想傷害你。」

上官飛燕道：「你想把我怎麼樣？」

花滿樓道：「不怎麼樣。」

上官飛燕動容道：「你……你難道肯放我走？」

花滿樓什麼都沒有說，忽然轉過身，慢慢的走了出去。陸小鳳嘆了口氣，居然也跟著走了出去。

上官飛燕吃驚的看著他們，忽然大聲道：「我明白你的意思了，你知道我現在一定會去找他的，所以故意放我走，好在後面跟蹤我。」

陸小鳳並沒有回頭，淡淡道：「我用不著這麼做。」

上官飛燕道：「爲什麼？」

陸小鳳道：「因爲我已經知道他是誰了？」

上官飛燕變色大呼道：「你知道他是誰？……他是誰？」

陸小鳳還是沒有回答，也不再開口，他趕上了花滿樓，並肩走過了陰暗的走廊，走入了黑暗中。

屋子裡也是一片黑暗。

上官飛燕一個人站在黑暗裡，身子突然開始發抖，卻不知因爲寒冷？還是因爲恐懼？

花園裡黑暗而幽靜，風中的花香彷彿比黃昏前還濃，幾十顆淡淡的秋星剛昇起，卻又被一片淡淡的雲掩住。

花滿樓走得很慢，走到一叢月季花前，他才輕輕的嘆了口氣，道：「她也是個可憐的女孩子。」

陸小鳳點點頭，似已忘了花滿樓是看不到他點頭的。

花滿樓道：「每個人都難免有做錯事的時候，她雖然做了錯事，可是……」

陸小鳳打斷了他的話，道：「做錯事就要受懲罰，無論誰做錯事，都得付出代價。」

花滿樓道：「但你卻放過了她。」

陸小鳳道：「那也許只因爲我知道有人一定不會放過她。」

花滿樓道：「誰？她的情人？」

陸小鳳道：「不是情人，他是個無情的人。」

花滿樓道：「你真的已知道他是誰？」

陸小鳳道：「假的。」

花滿樓道：「她說的難道沒有錯？你是不是想在暗中跟蹤她？」

陸小鳳笑了笑，道：「我雖然不是君子，卻還不至於說了話不算數的。」

花滿樓道：「你既然不知道那個人是誰，又不去跟蹤她，難道你準備就這樣算了？」

陸小鳳道：「算不了的。」

花滿樓道：「我不懂你的意思。」
陸小鳳道：「我雖然找不到那個人，但他卻一定會來找我的。」
花滿樓道：「你有把握？」
陸小鳳道：「至少有七分把握。」
花滿樓道：「哦？」
陸小鳳道：「現在他必定以為我已知道他是誰了，怎麼肯讓我活下去？」
花滿樓道：「你剛才故意那麼說，為的也就是要他來找你？」
陸小鳳道：「我那麼說，也等於救了上官飛燕。」
花滿樓道：「你既然知道他是誰，他就不必再殺上官飛燕滅口了。」
陸小鳳又笑了笑，道：「至少現在他第一個要殺的是我，不是上官飛燕。」
花滿樓道：「只可惜他聽不見你剛才說的那句話。」
陸小鳳道：「他聽得見！」
花滿樓皺眉道：「你難道認為他剛才也在那裡？」
陸小鳳道：「他現在也一定還在那裡。」
花滿樓道：「所以他隨時都可能出現，隨時都可能要你的命。」
陸小鳳道：「不錯。」
花滿樓道：「但你卻好像一點都不擔心。」
陸小鳳微笑道：「我這人最大的好處，就是……」

他這句話還沒有說完，忽然發現花滿樓的臉色已變了。花滿樓並不是個容易吃驚變色的人。

陸小鳳忍不住問道：「什麼事？」

花滿樓沉聲道：「血腥！」

陸小鳳道：「什麼血？誰的血？」

花滿樓道：「我只希望不是上官飛燕的……」

血是上官飛燕的，她的咽喉已被割斷了，血還沒有凝固。她的臉上充滿了驚訝和恐懼，就像是那大金鵬王臨死時的表情一樣。顯然她也想不到殺她的這個人，竟真的能下得了毒手！她死也不相信。

——是情人？還是無情的人？沒有人，只有一片黑暗。

風中的血腥氣還是很濃，花滿樓黯然道：「他還是殺了她！」

陸小鳳道：「嗯！」

花滿樓道：「他顯然並不相信你所說的話。」

陸小鳳道：「嗯！」

花滿樓道：「現在他既然將上官飛燕殺了滅口，這世上也許已沒有第二個人知道他是誰了。」

陸小鳳道：「嗯。」

花滿樓道：「所以你也永遠找不到他。」

陸小鳳忽然道：「我只知道無論誰做錯了事，都必定要付出代價的。」

花滿樓黯然道：「上官飛燕的確已付出了她的代價，可是殺她的人呢？」

殺她的人已消失在黑暗中，可能也永遠消失。

陸小鳳忽然握起花滿樓的手，道：「老闆呢？」

老闆已不見了，本來囚禁他們的地窖裡，已沒有人。一張陳舊的紅木桌子倒在地下，桌上的茶壺和杯子都已粉碎。

陸小鳳道：「他們剛才一定交過手。」

花滿樓道：「你認爲是那個人來將朱停他們綁走的？」

陸小鳳冷笑道：「看來他對我還是有點不放心，所以將朱停他們綁走，準備來要脅我。」

花滿樓道：「他能在片刻間將他們綁走，武功絕不在你之下。」

朱停和老闆娘的武功並不弱，何況還有那人小鬼大的上官雪兒。

陸小鳳道：「我本來就沒有認爲他的武功比我差。」

花滿樓道：「武功這麼高的人，並沒有幾個。」

陸小鳳道：「所以他錯了。」

花滿樓道：「他不該多此一舉的。」

陸小鳳道：「他這麼樣做，已無異告訴我們他是錯了。」

花滿樓嘆了口氣，道：「我說過，每個人都會做錯事的。」

陸小鳳道：「做錯事就得受懲罰，無論誰都一樣。」

屋子裡靜寂如墳墓，十個人靜靜的坐在那裡，看著陸小鳳。樊大先生、簡二先生、市井七俠和山西雁，酒已喝了很多，但現在都已停止。

朋友們一起喝酒，若還沒有醉，本來是很難停止的。他們卻都很清醒，每個人的臉上都完全沒有酒意，卻帶著種很奇怪的表情。

山西雁的神色更沉重，凝視著陸小鳳，忽然道：「你真的能確定，這件事的主謀就是他？」

陸小鳳點點頭。

山西雁道：「你有把握？」

陸小鳳嘆了口氣，道：「我們是朋友，我也知道你們跟他的關係，若沒有一點把握，我爲什麼要來找你們？」

山西雁握緊了雙拳，突然重重一拳打在桌子上，厲聲道：「霍天青當真做了這種事，我跟他無論有什麼關係，都從此斷絕！」

樊大先生冷冷道：「但我卻還是不相信他會做出這種事。」

陸小鳳道：「我本來也不敢相信的，但除了他之外，已找不出第二個人。」

樊大先生道：「哦？」

陸小鳳道：「只有他能在片刻間制住朱停他們三個人。」

樊大先生道：「這理由不夠充分。」

陸小鳳道：「只有他才可能知道金鵬王朝的秘密，因爲他是閻鐵珊最親信的人。」

樊大先生道：「這也不夠。」

陸小鳳道：「只有他才能從這件事中得到好處，閻鐵珊一死，珠光寶氣閣就已是他的。」

閻鐵珊和霍休一樣，也是個老光棍，別人懷疑他是個太監，並不是沒有理由的。

陸小鳳道：「以他的身分和武功，若非另有企圖，又怎麼肯做閻鐵珊那種人的總管？」

這點連樊大先生都已無法否認。

陸小鳳道：「江湖中當然絕不會有人想到，青衣第一樓竟會在珠光寶氣閣裡。」

山西雁動容道：「你說青衣第一樓在珠光寶氣閣裡？」

陸小鳳點點頭，道：「獨孤一鶴顯然就是因爲得到這消息，所以才來的，所以霍天青才會先藉故消耗了他的內力，讓他死在西門吹雪的劍下！」

花滿樓一直坐在旁邊，此刻也忍不住道：「孫秀青、石秀雪也就因爲要說出這秘密，所以才會被上官飛燕殺了滅口。」

山西雁道：「她們若知道這秘密，馬秀真和葉秀珠又怎會不知道？」

陸小鳳道：「她們也知道！」

山西雁道：「但她們還活著。」

陸小鳳道：「葉秀珠還活著，只因爲她也和上官飛燕一樣，愛上了少年英俊武功高絕的霍天青。」

山西雁道：「馬秀真呢？」

陸小鳳道：「若是我猜得不錯，她想必也已死在霍天青手裡，甚至可能是葉秀珠殺了她的。」

山西雁道：「他為了轉移你的目標，所以才說出山後那小樓，讓你去找霍休？」

陸小鳳點點頭，道：「無論是我死在那小樓裡，還是霍休死在我手上，這件事都已可結束，他從此就可以高枕無憂了！」

山西雁道：「但他卻沒有想到，你跟那孤僻的老人，居然會是老朋友。」

陸小鳳道：「他為了想知道這件事的結果，所以才要葉秀珠在外面等著打聽消息。」

山西雁道：「也只有一個人知道你們要去找霍休。」

陸小鳳又點點頭，道：「但葉秀珠卻說錯了一句話。」

山西雁道：「她說錯了什麼？」

陸小鳳道：「她說她留在那裡，只因為她剛將獨孤一鶴和石秀雪的屍體埋葬。」

山西雁皺眉道：「獨孤一鶴身為一派掌門，又怎麼會葬得那麼草率？」

陸小鳳嘆了口氣，道：「葉秀珠究竟還是個很賢良的女孩子，還沒有學會應該怎麼說謊。」

山西雁也嘆了口氣，苦笑道：「要在你這種人面前說謊的確也不容易。」

陸小鳳道：「但我卻在她面前說出了六根足趾的秘密，所以她立刻就去告訴了霍天青，珠光寶氣閣和霍休那小樓距離本就很近。」

山西雁道：「所以也只有霍天青才能這麼快就得到她的消息。」

陸小鳳道：「不錯。」

山西雁道：「你是故意將這秘密洩露給她的？還是無意？」

陸小鳳並沒有直接回答這句話，卻笑了笑道：「我當時只不過覺得她本不該在那裡出現的，我只不過覺得有點奇怪。」

山西雁看著他，又嘆了口氣，苦笑道：「你本不該叫陸小鳳的，你根本就是一隻小狐狸。」

陸小鳳也嘆息著，苦笑道：「但我卻很佩服霍天青，他實在是個思慮周密、頭腦冷靜的人，這件事若是一局棋，對方的每一著都已在他計算之中。」

山西雁道：「只可惜到最後他自己還是走錯了一步。」

陸小鳳道：「每個人都難免會錯的，他也是人。」

樊大先生忽然又冷笑道：「其實他最後縱然不走那著棋，你還是能找到他的。」

陸小鳳道：「至少我那時還不能確定！」

樊大先生道：「現在呢？」

陸小鳳道：「現在我還是沒有十分把握，只不過有了九分而已。」

樊大先生道：「你爲什麼來找我們？」

陸小鳳道：「你們是我的朋友，我答應過你們，絕不跟他交手的。」

樊大先生道：「現在我們已不是朋友！」

陸小鳳道：「我們還是朋友，所以我才來。」

樊大先生道：「來收回你的話？」

陸小鳳道：「無論誰做錯了事，都得付出代價，霍天青也一樣！」

樊大先生道：「你難道想要我們幫你去殺了他！」

陸小鳳苦笑道：「我只不過想請你們去轉告他，明日日出時，我在青風觀等他！」

樊大先生道：「很好。」他突然飛身而起，目光刀鋒般瞪著陸小鳳，道：「請！」

陸小鳳道：「請？請什麼？」

樊大先生道：「請出手！」

陸小鳳道：「我說的話你難道不信？」

樊大先生道：「我只知道霍天青是天禽門的掌門，我樊天儀恰巧是天禽門的弟子。」

陸小鳳道：「所以你……」

樊大先生道：「所以只要我樊天儀活著，就不能讓別人去對付霍天青。」

山西雁皺眉道：「大義滅親，這句話你難道沒聽說過？」

樊大先生冷冷道：「我聽說過，但卻已忘了。」

簡二先生也慢慢的站起來，道：「我們本來就是不分黑白，不知輕重的人。」

那賣包子的小販突然大聲道：「這種人該死！」

簡二先生道：「不錯，很該死。」

賣包子的小販道：「只可惜我包烏鴉恰巧也是這種人。」

簡二先生道：「所以你也該死。」

包烏鴉道：「真該死，而且現在就該死了。」他突然跳起來像根標槍，一頭向牆上撞過去。

他沒有撞到牆上，卻撞上了陸小鳳的胸膛。陸小鳳忽然間已擋在他前面。

包烏鴉淩空翻身，兩條腿在屋樑上一蹬，頭下腳上，一頭往石板上栽了下去，他還沒有撞在石板上，只覺得有隻手在他腰畔輕輕一托，他的人已四平八穩的站住了，正好面對著一個人，一個長身玉立，臉色蒼白的人。

霍天青！

每個人全都怔住，就連陸小鳳都怔住，誰也想不到霍天青居然會在此時此刻出現，誰也想不到他居然還敢來，霍天青的臉色雖是蒼白，但神情卻還是很冷靜。

包烏鴉握緊雙拳，顫聲道：「你……你爲什麼不讓我死？」

霍天青道：「你該死？」

包烏鴉道：「我該死……」

霍天青冷冷道：「你們若全都該死，難道要天禽門全都死盡死絕不成？」

包烏鴉可怔住了。

霍天青道：「天禽門傳你們一身武功，並不是要你們自己找死的！」

包烏鴉道：「可是你……」

霍天青冷笑道：「我跟你們又有何關係？若是爲了別的事，你們就算全都死光，我也不會看你們一眼的。」

包烏鴉道：「但是你現在……」

霍天青道：「現在我只不過不願要你們爲我死而已，日後傳說出去，居然有個賣包子的爲我而死了，我霍天青豈非罪人？」

他突然從懷中拿出面竹牌，一折兩斷，冷冷道：「我霍天青有財有勢，這種窮掌門我早已不想當了，從此我和你們天禽門全無關係，若有誰再敢說我是天禽門下，我就先割下他的舌頭，再打斷他兩條腿。」

包烏鴉看著他，眼睛突然發紅，突然伏在地上，高聲痛哭起來。

山西雁的眼睛似也發紅，卻突然仰面狂笑道：「好，霍天青，你總算還是姓霍的，總算還沒有辱沒這個『霍』字。」

霍天青連看都不看他們一眼，慢慢的轉過身，凝視著陸小鳳，陸小鳳也凝視著他。

兩個人面面相對，互相凝視著，也不知過了多久，陸小鳳忽然長長嘆了口氣，說道：「爲什麼是你？爲什麼偏偏會是你？」

霍天青冷冷道：「我做的事，你這種人是永遠也不會明白的。」

陸小鳳道：「我知道你一心想做一件驚天動地的大事，你不想在令尊的餘蔭下過一輩子，但這種事……」

霍天青厲聲道：「這種事就是大事，除了我霍天青外，還有誰能做得出？」

陸小鳳苦笑道：「的確沒有別人。」

霍天青道：「除了你之外，也沒有別人能破壞我的大事！」他忽然仰面長嘆，道：「這世上有了我霍天青，就不該再有你陸小鳳！」

陸小鳳道：「所以……」

霍天青道：「所以我們兩人之間，總有一個非死不可，卻不知是你死？還是我死？」

陸小鳳長長嘆息，道：「明日日出之時，也許就知道了。」

霍天青冷笑道：「朝朝有明日，明日之約，又何妨改爲今日？」他忽然拂了拂衣袖，人已在門外，只聽他冷淡的聲音遠遠傳來：「今日黃昏時，我在青風觀外等你！」

黃昏。青風觀。青風觀在青山上，青山已在斜陽外。

沒有霧，淡淡的白雲縹緲，看來卻像是霧一樣。一陣風吹過，蒼松間的昏鴉驚起，西天一抹斜陽更淡了。然後暮色就已籠罩大地。陸小鳳面對著滿山蒼茫的暮色，心情卻比這暮色還沉重。

花滿樓意興也顯得很蕭條，嘆息著道：「霍天青還沒有來哩！」

陸小鳳道：「他一定會來的。」

花滿樓道：「我想不到他竟是這麼樣一個人，他本不該做出這種事的。」

陸小鳳黯然道：「可是他偏偏做了。」

花滿樓道：「這也許只因爲他太驕傲，非但想勝過所有的人，還想勝過他自己的父親！」

陸小鳳道：「驕傲本就是件很愚蠢的事哪。」

一個人若是太驕傲了，的確就難免會做些愚蠢的事。

花滿樓道：「也就因爲驕傲，所以他並不想推諉自己的責任。」

陸小鳳沉默了很久，忽又問道：「你若是我，你會不會放過他？」

花滿樓道：「我不是你。」

陸小鳳長長嘆息了一聲，道：「幸好你不是我，幸好我也不是你……」

花滿樓沒有再說下去，因爲這時他已聽見了開門的聲音。青風觀那古老而沉重的大門，剛剛開了一線。一個黃衣道僮手提著燈籠，走出來，還有個人跟在他身後，卻不是霍天青，而是個黃袍道人。

這個道人寬袍大袖，兩鬢已斑白，帶著種很嚴肅的表情，腳步雖然很輕健，看來卻不像練過武功的樣子。他四面看了一眼，就筆直的向陸小鳳走了過來，行禮道：「施主莫非就是陸小鳳公子？」

陸小鳳點點頭，道：「道長是……」

這道人道：「貧道青楓，也就是這小小道觀的住持。」

陸小鳳道：「道長莫非是霍天青的朋友？」

青楓道：「霍施主與貧道是棋友，每個月都要到貧道這裡來盤桓幾天的。」

陸小鳳道：「現在他的人呢？」

青楓臉上忽又露出種很奇怪的表情，道：「貧道此來，正是爲了要帶施主去見他的。」

陸小鳳道：「他在哪裡？」

青楓緩緩道：「他在貧道的雲房中相候，已有多時了。」

小院中出奇幽靜，半開的窗子裡香煙縹緲，淡淡的隨風四散，門也是虛掩的。

陸小鳳穿過小院，等青楓推開了門，他就看見了霍天青，霍天青卻已永遠看不到他了。

霍天青竟已死在青楓道人房裡的雲床上，雲床低几上，有個用碧玉雕成的盤龍杯，杯中還留著些酒，毒酒！

霍天青的臉是死灰色的，眼角口鼻中，還隱隱可看出已被擦乾淨了的血痕。陸小鳳看著他，心已沉了下去。

青楓道人神色很慘淡，黯然道：「他來的時候，我還以為他是來下昨日未完的那一局殘棋的，正等著他有什麼新妙著，能逃過那一劫？誰知他卻說今天沒有下棋的心情。」

陸小鳳道：「他只想喝酒？」

青楓點點頭，道：「那時貧道才看出他的神情有異，彷彿心事重重，而且還不停的在長吁短嘆，喃喃自語。」

陸小鳳道：「他說了些什麼？」

青楓道：「他彷彿是在說人生百年，轉眼即過，又說這世上既然有了他霍天青，為什麼偏偏又要多出個陸小鳳。」

陸小鳳苦笑，卻又忍不住問道：「這酒是你替他準備的？」

青楓道：「酒是此間所有，酒杯卻是他自己帶來的，他生有潔癖，從來不用別人用過之物。」

陸小鳳拿起酒杯嗅了嗅，皺眉道：「毒果然是在酒杯上。」

青楓道：「他幾次拿起酒杯，又放下，像是遇見了一著難題，舉棋不定，貧道正在奇怪時，他突然仰面大笑了三聲，將杯中酒喝了下去。」這滿懷憂慮的道人，雙手合什，黯然道：「貧道實在沒有想到，他年紀輕輕，就已看破了世情，但願他早歸道山。」他聲音愈說愈低，目中竟似有淚將落。

陸小鳳沉默著，心情更沉重，過了很久，才長長嘆道：「他沒有再提起別人？」

青楓道：「沒有。」

陸小鳳道：「也沒有說起朱停這名字？」

青楓道：「沒有。」

雲床旁邊擺著一局殘棋，青楓道人喃喃道：「世事無常，如白雲蒼狗，又有誰能想到，這一局殘棋猶在，他的人卻已經不在了。」

陸小鳳忽然道：「他著的是黑子？」

青楓道：「貧道總是讓他一著。」

陸小鳳拈起粒黑棋，沉思著，慢慢的擺下，道：「我替他下這局棋。」

青楓淒然而笑，道：「這一子擺下，黑棋就輸了。」

陸小鳳道：「但除此以外，他已無路可走了。」

青楓道：「這局棋他本就輸了，他自己也知道的，只不過一直不肯認輸而已。」

陸小鳳目光凝視著遠方，喃喃道：「但現在他畢竟已認輸了——棋局就是人生，只要一著走錯，就非輸不可。」

青楓忽然揮袖拂亂了這局殘棋，悠悠道：「人生豈非也正如一局棋，輸贏又何必太認真呢？」

陸小鳳道：「若不認真，又何必來下這一局棋？」

青楓看了他一眼，雙掌合什，慢慢閉上眼睛，不再說話。一陣風吹開窗戶，夜色已籠罩大地。

陸小鳳躺在床上，凝視著胸膛上的一杯酒，這杯酒已在他胸膛上擺了很久，直到現在還沒有喝下去，他似已連喝酒的心情都沒有。

花滿樓道：「你在想朱停他們？」

陸小鳳沉默。

花滿樓道：「人若將死，其心也善，霍天青既然已決心求死，想必就不會再造孽殺人，現在他們說不定已平安回到家裡。」

這句話不但是安慰陸小鳳，也是安慰他自己。陸小鳳卻彷彿沒有聽見。

花滿樓勉強笑了笑，道：「無論如何，這局棋總算是你贏了。」

陸小鳳忽然長長嘆息一聲，道：「但這最後一著，卻不是我自己下的。」

花滿樓道：「也不是照你的意思下的麼？」

陸小鳳道：「不是。」

他苦笑著，又道：「所以我雖然贏了這局棋，卻比輸了還難受。」

花滿樓也不禁長長嘆息，道：「他為什麼不肯將這一局殘棋下完呢？」

陸小鳳道：「因為他自己知道這局棋已輸了，就正如他昨天也不肯下完那局棋一樣——」

這句話剛說完，他突然從床上跳起來，胸膛上的酒杯「噹」的一聲，跌在地上，跌得粉碎。

花滿樓知道他從來也不肯讓自己的酒杯跌碎的。但現在他卻似已完全忘了這句話，他失魂落魄的站在那裡，只覺得全身都已冰冷，從頭一直冷到了腳底。

花滿樓並沒有問他為什麼？花滿樓知道他自己會說出來。

陸小鳳忽然道：「昨天他也沒有下完那局棋？」

花滿樓道：「不錯。」

陸小鳳道：「昨天他還在青風觀下棋。」

花滿樓的臉色也變了。

陸小鳳道：「上官飛燕若是死在他手裡的，他昨天怎麼能在這裡下棋？」

上官飛燕在數百里外，霍天青就算長著翅膀也無法在一天之內趕回來。上官飛燕正是昨天死的。

花滿樓只覺得手腳也已冰冷，嘆聲道：「我們難道錯怪了他！」

陸小鳳緊握著雙拳，道：「至少上官飛燕絕不會是被他殺了的。」花滿樓點點頭。

陸小鳳道：「至少這一點我們是錯怪他了。」

花滿樓道：「他為什麼不辯白？」

陸小鳳道：「他約我在青風觀相見，也許正是為了要那道人來證明昨天他還在青風觀下棋的。」

花滿樓道：「因為他知道若是空口辯白，你一定不會相信的。」

陸小鳳道：「只可惜他竟連辯白的機會都沒有。」

花滿樓道：「這麼樣說來，他當然不是自己要死的？」

陸小鳳道：「絕不是。」

花滿樓道：「是誰殺了他？」

陸小鳳道：「殺他的人，也就是殺上官飛燕的人。」

花滿樓道：「這個人才真正是這件事的主謀？」

陸小鳳道：「不錯。」

花滿樓道：「青楓道人也被他收買了，所以才幫著他說謊。」

陸小鳳道：「出家人也是人。」

花滿樓道：「既然如此，青楓道人當然一定知道他是誰！」

陸小鳳長長嘆息，道：「所以現在我只希望青楓還活著。」

他失望了。他們再回到青風觀時，青風觀已化作一片火海，沒有人能逃出來，連一個人都沒有。

烈火無情，放這把火的人更無情，這人是誰？

青風觀在前山，霍休的小樓就在山後，前山雖已化做了一片火海，山後卻還是和平而寧靜的。

門上那個「推」字仍在，陸小鳳就推開門，同花滿樓兩人走了進去，這是他第二次推開這扇門，說不定也就是最後一次。山腹是空的，什麼都沒有了，那些數也數不盡的珠寶和兵器，竟已全都奇蹟般不見。山腹的中間，有個小小的石台鋪著張陳舊的草蓆，霍休赤著足，穿著件已洗得發白的藍布衣裳，正在盤膝坐在草蓆上溫酒，好香的酒。

陸小鳳長長吸了一口氣，走下石階，微笑道：「這次我來得好像也正是時候。」

霍休也微笑道：「但這次我已不奇怪了，反正我只要一有好酒，你就會找來的！」

陸小鳳道：「但我卻反而有點懷疑了。」

霍休道：「懷疑什麼？」

陸小鳳道：「懷疑你是不是故意用好酒把我勾引來的？」

霍休大笑道：「不管怎樣，好酒總是好酒，你若不怕弄髒你的衣服，還是可以坐下來喝一杯。」

陸小鳳道：「我怕。」

霍休皺眉道：「你怕？」

陸小鳳道：「我怕的倒不是弄髒這身衣服。」

霍休道：「你怕什麼？」

陸小鳳道：「我怕我會像霍天青一樣，喝下這杯酒，就要等著別人來收拾這局殘棋了。」

霍休看著他，目光變得就像是柄出鞘的刀，他沒有再說話，只慢慢的倒了一杯酒，慢慢的喝了下去。陸小鳳也沒有再說什麼，他知道這句話已足夠，他面對著的是個聰明人，對聰明人說話，一句就已足夠。也不知過了多久，霍休突又大笑，道：「看來還是瞞不過你。」

陸小鳳道：「所以你也不必再瞞我。」

霍休道：「你怎麼會想到是我的？」

陸小鳳嘆了口氣，道：「我本來想不到的，從一開始，我就錯了。」

霍休道：「哦？」

陸小鳳道：「我總認為你也跟閻鐵珊和獨孤一鶴，也是受害的人，我總認為只有霍天青才能在這件事裡得到好處。」

霍休道：「現在呢？」

陸小鳳道：「現在我才想通，真正能在這件事中得到好處的，只有一個人。」

霍休道：「這個人就是我了。」

陸小鳳道：「不錯，這個人就是你！」

霍休又倒了杯酒。

陸小鳳道：「大金鵬王一死，這世上就不會再有人會向你追討金鵬王朝的舊債了。」

霍休慢慢的點了點頭，道：「他本來也不會問我要的，但近年來他已太窮，他是個很會花錢的人，從來也不知道賺錢的辛苦。」

陸小鳳道：「所以你非殺了他不可？」

霍休冷冷道：「這種人本就該死！」

陸小鳳道：「但他死了還不夠，因為獨孤一鶴和閻鐵珊還是要來分那筆財富的。」

霍休道：「這筆財富本就是我的，只有我一個人辛辛苦苦的保護它，讓它一天比一天增加，我絕不能讓任何人分享！」

陸小鳳道：「所以他們也該死？」

霍休道：「非死不可！」

陸小鳳嘆了口氣，道：「其實這筆財富就算三十個人花，也花不完的，你已這麼大年紀，將來難道還要將它帶進棺材裡？」

霍休瞪著他，冷冷的說道：「你若有了個老婆，白天反正也不能用她的，但肯不肯讓別人來跟你共用？」

陸小鳳道：「這完全是兩回事。」

霍休道：「在我看來，這兩回事卻完全是一樣的，這些財富就像是我的老婆一樣，無論我是死是活，都絕不讓別人來用它！」

陸小鳳道：「所以你先利用霍天青和上官飛燕，去殺了大金鵬王，又利用我除去獨孤一鶴和閻鐵珊。」

霍休道：「我本不想找你的，只可惜除了你之外，我實在想不出第二個人來做這件事。」

陸小鳳苦笑道：「這句話我聽說過。」

霍休道：「這是實話。」

陸小鳳道：「是我自己心甘情願上了你的鈎的，但霍天青呢？像他那種人又怎麼會被你所用？」

霍休道：「不是我要他上鈎的。」

陸小鳳道：「是上官飛燕？」

霍休笑了笑，道：「你難道不覺得她是很能令男人心動的女人？」花滿樓苦笑。

陸小鳳嘆了口氣，道：「你又怎麼能打動她的？」

霍休悠然道：「我雖然已是個老頭子，但卻也一樣能讓女人心動的，因爲我有樣任何女人都無法拒絕的東西。」

陸小鳳道：「什麼東西？」

霍休道：「我的珠寶。」他微笑著，淡淡接道：「世上絕沒有不愛珠寶的女人，就正如世上沒有不愛美女的男人一樣。」

陸小鳳道：「你答應將你的珠寶分給上官飛燕，要她去誘惑霍天青？」

霍休大笑道：「你們都以爲她的情人是霍天青，卻想不到她愛上的竟是我這個老頭子。」

陸小鳳忍不住提醒他：「她愛上的也不是你，是你的珠寶。」

霍休笑道：「那也沒有什麼分別，反正在我眼中看來，她早已是個死人。」

陸小鳳道：「你早就打算事成後將她殺了滅口的？」

霍休道：「我說過，我的財富絕不讓任何人來分享。」

陸小鳳道：「所以你故意將六根足趾的秘密告訴我，要我去殺了她？」

霍休道：「但霍天青卻還被蒙在鼓裡，所以才急著用飛鴿傳書，將這秘密去告訴上官飛燕。」

陸小鳳道：「連他也不知道你才是這件事真正的主謀？」

霍休道：「他當然不知道，否則他又怎麼肯死心塌地的替上官飛燕賣命？」

陸小鳳道：「但你也沒有想到，我居然會放過了上官飛燕。」

霍休道：「所以我只好自己出手了。」

陸小鳳道：「霍天青也不是個愚蠢的人，他知道上官飛燕的死訊，也已想到這件事必定還有個主謀的人，所以跟我訂了青風觀的約會後，就先趕來找你。」

霍休道：「他的確並不太笨，只可惜聰明人也時常會做笨事的。」

陸小鳳嘆道：「他的確不該一個人來找你的。」

霍休道：「所以他也該死。」

陸小鳳道：「你殺了他之後，才將他送到青風觀去？」

霍休道：「青風觀的地產也是我的，我隨時都可收回來。」

陸小鳳道：「所以你要青楓道人幫著你說謊時，他也不敢拒絕。」

霍休悠然道：「一個出家人居然也說謊，當然也該死！」

陸小鳳道：「你本想讓我認爲霍天青是畏罪而死的，本想要我就此罷手了。」

霍休嘆道：「我的確已不願你再管這件事，只可惜那多嘴的道士卻害了你。」

陸小鳳道：「他害了我？」

霍休道：「我聽他說出昨天的那局殘棋時，就已知道你遲早會想到這點漏洞的。」

陸小鳳道：「所以你就索性將青風觀放把火燒了。」

霍休道：「那塊地我也正好還有別的用處。」

陸小鳳道：「在你看來，這些人豈非也全都跟那塊地一樣？只不過是你利用的工具而已。」

霍休道：「所以我要他們活著，他們才能活著，我要他們死，他們就得死！」

陸小鳳苦笑道：「你怎麼想到我也會被你利用的？」

霍休道：「每個人都有弱點，你只要能知道他們的弱點，無論誰都一樣可以利用。」

陸小鳳道：「我的弱點是什麼？」

霍休冷冷道：「你的弱點就是太喜歡多管閒事！」

陸小鳳嘆惜道：「所以我才會做你的幫兇，替你去約西門吹雪，幫你除去閻鐵珊和獨孤一鶴。」

霍休道：「你做得一直都很好，霍天青死了後，你若肯罷手了，從此以後，你還是可以隨時來喝我的好酒，你若有困難的時候，我甚至說不定還會借個萬把兩銀子給你。」

陸小鳳嘆道：「只可惜我現在還沒有罷手。」

霍休也嘆了口氣，道：「你可知道我爲什麼要將這裡的東西都搬走？」

陸小鳳不知道。

霍休接道：「因爲我已準備將這地方，留作你們的墳墓。」

陸小鳳苦笑道：「這墳墓倒真不小。」

霍休悠然道：「陸小鳳能葬在青衣第一樓下，也該死而無憾了。」

陸小鳳嘆道：「上官飛燕至少還說了句實話，青衣第一樓果然就在這裡。」

霍休道：「只可惜別人愈是說青衣第一樓就在這裡，你反而愈不相信。」

陸小鳳道：「你當然就是青衣一百零八樓的總瓢把子？」

霍休微笑道：「『總瓢把子』這四個字的聲音實在好聽，我喜歡聽這四個字。」

陸小鳳道：「難道比你數錢的聲音還好聽？」

霍休淡淡道：「我不數錢，我的錢數也數不清。」

陸小鳳又嘆了口氣，道：「現在我才真的明白，你怎麼會發財的了。」

霍休道：「你雖然明白，可惜你這一輩子也學不會的。」

陸小鳳道：「我並不想把錢帶到棺材裡去。」

霍休大笑，道：「好，很好。」

陸小鳳道：「很好？」

霍休笑道：「據說你身上總是帶著厚厚的一疊銀票，而且一出手至少就是五千兩。」

陸小鳳苦笑道：「那五千兩銀票，現在只怕也已到了你腰包裡。」

霍休道：「你既然不想把錢帶進棺材，等你死了之後，我一定會替你把銀票拿出來的。」

陸小鳳道：「你連死人的錢都要？」

霍休道：「無論什麼錢都要，這也是發財的秘訣之一。」

陸小鳳道：「只可惜我現在還活著。」

霍休道：「但現在你卻已到了墳墓裡。」

陸小鳳道：「你有把握能殺了我？」

霍休道：「無論誰進了墳墓，都再也休想活著出去。」

陸小鳳看著他，眼睛裡也發出了刀鋒般的光。

霍休微笑道：「你的手是不是已經癢了？」

陸小鳳道：「的確有點癢。」

霍休悠然道：「只可惜我卻沒有跟你動手的興趣，我一向不喜歡跟一個已經快死的人動手的。」

他的手輕輕在石台上一按，突然間「轟」的一響，上面竟落下個巨大的鐵籠來，罩住了這石台。

陸小鳳皺了皺眉，道：「你幾時變成鳥的？爲什麼要把自己關在籠子裡？」

霍休道：「你覺得很滑稽？」

陸小鳳道：「的確很滑稽。」

霍休道：「等我走了後，你就不會覺得滑稽了，一個人若知道自己快要餓死的時候，無論什麼事他都不會覺得滑稽了。」

陸小鳳道：「我已經快要餓死？」

霍休冷冷道：「等我走了之後，這裡唯一能吃的東西，已只有你和你的朋友身上的肉，唯一能喝的，就是你們自己的血。」

陸小鳳道：「可是你怎麼走呢？」

霍休道：「這裡唯一的出路，就在我坐的這石台下面，我可以向你保證，等我走了後，一定不會忘記將這條路封死的。」

陸小鳳臉色變了變，勉強笑道：「我好像並不是從這條路進來的。」

霍休道：「你進來的那扇門，只能在外面開，我也可以保證，絕不會有人替你在外面開門。」

陸小鳳道：「你還可以保證什麼？」

霍休道：「我還可以保證你不出十天，就會渴死，只不過我一向是個很謹慎的人，所以我一定還要多等十天才回來。」

陸小鳳道：「你還回來？」

霍休笑了笑，道：「我當然要回來，回來拿你身上的銀票。」

陸小鳳笑道：「你知不知道現在我口袋裡所剩下的，已只有一個大洞。」

霍休嘆了口，道：「看來你已決心連死都不肯讓我佔一點便宜。」

陸小鳳道：「你總算想通了。」

霍休道：「幸好我還是有便宜可佔的。」

陸小鳳道：「哦？」

霍休道：「我至少還可以把你們身上衣服剝下來，去賣給舊貨攤子，至少還可以賣幾文錢。」

陸小鳳道：「連幾文錢都要？」

霍休道：「錢總是好的，幾文錢總比沒有錢好。」

陸小鳳道：「好，我給你。」他的手突然揮出，十幾枚青銅錢夾帶著勁風，向霍休打了過去。

霍休沒有動，也沒有閃避，只等著這些銅錢穿過鐵籠的柵欄，他才招了招手，這十二枚銅錢就突然全都落入了他的掌心。這老人手上功夫之妙，連陸小鳳看見都不禁動容，脫口道：「好功夫！」

霍休已將那十二枚銅錢小心翼翼的收了起來，微笑著道：「有錢可收的時候，我功夫總是特別好的。」

陸小鳳道：「只可惜這種功夫比我還是差一點。」

霍休大笑，道：「你莫非是想激我出去跟你打一架？」

陸小鳳道：「我的確有這意思。」

霍休道：「那麼我勸你還是趕快打消這主意。」

陸小鳳道：「你是死也不肯出來的了？」

霍休道：「就算我想出去，現在也已出不去了。」

陸小鳳道：「爲什麼？」

霍休道：「這鐵籠子是百煉精鋼鑄成的，淨重一千九百八十斤，就算有削鐵如泥的刀劍，也未必能削得斷，何況那種刀劍也只有在神話傳說裡才能找得到。」

陸小鳳道：「一千九百八十斤的鐵籠子，當然也沒有人能舉起來。」

霍休道：「絕沒有。」

陸小鳳道：「所以非但你出不來，我也進不去。」

霍休道：「所以你只好看著我走，然後再等著餓死。」

陸小鳳道：「你先用這鐵籠把自己關起來，爲的就是怕我找你打架？」

霍休道：「我已是個老頭子，已經連跟女人上床的興趣都沒有，何況打架？」

陸小鳳拍了拍花滿樓的肩，嘆道：「看來我們好像已只有等死了！」

花滿樓居然笑了笑，淡淡道：「看來這就是他最後一著了！」

陸小鳳道：「你總不能不承認，他這一著實在厲害得很。」

花滿樓道：「但我們卻還有一著沒有下，我們手裡還有一個人。」

陸小鳳道：「哦？」

花滿樓道：「你難道忘了朱停？」

陸小鳳微笑道：「我沒有忘。」

花滿樓微笑道：「所以你直到現在，還能笑得出來。」

陸小鳳道：「所以你一點都不著急。」

花滿樓道：「他本不該將朱停也綁到這裡來的。」

陸小鳳道：「的確不該。」

霍休臉色似已有些變了，忍不住道：「朱停在這裡又怎麼樣？」

陸小鳳淡淡道：「也沒有怎麼樣，只不過這世上還沒有一個地方關得住他的。」

花滿樓道：「他這人也沒有別的長處，只不過恰巧是魯大師的徒弟而已。」

霍休皺眉道：「魯大師？」

花滿樓道：「你當然應該知道，魯大師就是魯班祖師的後人，也正是普天之下，製作機關的第一高手。」

陸小鳳道：「魯大師死了之後，這第一高手就是朱停老闆了。」

霍休道：「所以他只要在這裡，你們就一定能出得去？」

陸小鳳道：「不錯。」
霍休道：「他的確就在這裡。」
陸小鳳道：「我知道。」
霍休道：「就在後面你上次見到我的地方。」
陸小鳳道：「我知道。」
霍休道：「世上既然沒有能關得住他的地方，他爲什麼還不出來？」
陸小鳳道：「他會出來的。」
霍休笑了笑，道：「現在就算他能出得來，也已太遲了。」
陸小鳳道：「哦？」
霍休道：「這地方的機關總樞，就在我坐的地方下面。」
陸小鳳道：「哦？」
霍休道：「只要我一出去，當然立刻就毀了它的。」
陸小鳳道：「然後呢？」
霍休道：「然後這地方所有的出口，立刻就會全都被石塊封死，每一塊石塊的重量，都在八千斤以上，所以……」
陸小鳳道：「所以我們已非死在這裡不可？」
霍休淡淡道：「莫說你們，就算魯班復生，也只有在這裡等著再死一次。」
陸小鳳道：「所以你現在就要走了？」

霍休道：「我本來還想陪你在這裡多聊聊的，我知道等死並不是件好受的事。」

陸小鳳道：「但現在你卻已改變了主意？」

霍休道：「不錯！」

陸小鳳道：「看來我非但留不住你，也沒法子送你了。」

霍休道：「但是你一定很快就會想念我的，我知道……」他微笑著伸手，又道：「只要我的手按下去，我的人就不見了，你從此以後，也就永遠看不見我了。」

他的手按了下去，他的人並沒有不見，臉上的笑容卻不見了。

四四方方的一個石台，還是四四方方的一個石台。他的人本來端端正正的坐在上面，現在還是端端正正的坐在上面，臉上的表情，就好像突然被人在鼻子上打了一拳。

一粒粒比黃豆還大的汗珠子，突然從他頭上冒了出來。陸小鳳好像也覺得很奇怪，他一向很了解霍休，沒有十分把握的事，這老狐狸是絕不會做的，霍休說這石台下面就是個出口，這石台下面就一定有個出口，但現在，這個出口好像已忽然不見了。

陸小鳳眨著眼，道：「你爲什麼還不走？」

霍休握緊雙拳，道：「你……你……」他沒有說完這句話，已暈了過去。

陸小鳳嘆了口氣，忽然發現除了他之外，還有別人在嘆氣。嘆氣的人並不是花滿樓，是上官雪兒和老闆娘，她們嘆著氣，走了過來，臉上都帶著春花般的微笑。

上官雪兒說道：「看來你說的不錯，這個人果然有兩手。」

老闆娘笑得更甜，道：「所以他才是獨一無二的陸小鳳！」

陸小鳳卻不禁苦笑，道：「你們一直不出來，爲的就想等著看我是不是還有兩手？」

上官雪兒嫣然道：「我們本來以爲你這次絕不會再有什麼法子對付這老狐狸了，想不到你居然還留著最後一著。」

老闆娘吃吃的笑道：「你這最後一著，實在妙極了。」

上官雪兒道：「這籠子本是他用來對付你，他自己只怕做夢也想不到，反而被你關在籠子裡。」

陸小鳳也笑了，道：「這一著就叫做『請君入甕』。」

老闆娘看著他，眼波如水，道：「這麼絕的法子，真虧你怎麼想得出來的。」

陸小鳳悠然道：「我本來就是個天才。」

上官雪兒道：「難道你沒有進來之前，已經算準他要從那條路出去，所以先把那條路封死了？」

陸小鳳不開口。

老闆娘也忍不住問道：「你爲什麼不說話？用的究竟是什麼法子？」

陸小鳳忽然搖搖頭，道：「我不能告訴你。」

上官雪兒道：「爲什麼？」

陸小鳳笑了笑，道：「每個人都要替自己留兩手絕招的，尤其在你們這樣的女人面前，更千萬不可洩露。」他笑得也有點像是隻老狐狸了，忽然接著道：「我的絕招若是被你們全學會了，我以後還有什麼好日子過？」

們？」

等到沒有人的時候，花滿樓也忍不住問他：「你用的究竟是什麼法子？爲什麼不肯告訴她

陸小鳳的回答很妙：「因爲我也不知道。」

花滿樓愕然道：「你也不知那出路是怎麼會突然被封死的？」

陸小鳳道：「不知道。」

花滿樓怔住。

陸小鳳道：「也許那只不過因爲機關突然失靈了，也許因爲有隻老鼠無意間闖進去，將機簧卡死……」他目中也帶著些微沉思之色，嘆息著道：「究竟是什麼原因呢？誰也不知道，恐怕只有天知道了。」

花滿樓道：「只有天知道？」

陸小鳳點點頭，道：「你知不知道做壞事的人，爲什麼總會在最後關頭功敗垂成？」

花滿樓道：「不知道。」

陸小鳳道：「因爲老天早已爲他們準備好最後一著，在那裡等著他們了，所以無論他們的計劃多巧妙，也一樣沒有用的。」

花滿樓道：「所以這最後一著，也不是你使出來的，而是天意。」

陸小鳳道：「不錯。」

花滿樓忽然笑了。

陸小鳳道：「你笑什麼？你不信？」

花滿樓笑道：「你難道真的以爲我會相信？」

陸小鳳嘆了口氣，苦笑道：「爲什麼我說真話的時候，別人反而總不肯相信？」

十二 尾聲

石階上的門已開了，是朱停開的。有人能做得出這種開不得的門，就有人能將它打開。

世界上的事，有很多都是這樣子的，所以你就算能做出種任何矛都刺不穿的盾來，也一定有人能做出種矛來刺穿你的盾。這世上並沒有真正「絕對」的事存在。

陸小鳳坐在石階上，看著籠子裡的霍休，他忽然覺得這籠子實在很像個牢獄。

——無論誰做錯事，都一定要受到懲罰的。陸小鳳嘆了口氣，這件事能這麼樣結束，他已覺得很滿意。這件事是怎麼樣結束的呢？——

老闆正用一個木頭做的三角架，在測量這山洞的高低。老闆娘在旁邊看著，她知道他一定又有了個新奇的主意，可是她並不想問。她知道沒有一個男人在思索時，喜歡女人在旁邊多嘴的。

朱停卻忽然問她：「那個人是不是要走了？」

老闆娘道：「嗯！」

朱停道：「你不去送他？」

老闆娘道：「你去，我就去。」

朱停冷冷道：「他好像並不想要我去。」

老闆娘道：「你也不想去？」朱停承認。

老闆娘道：「但他若有事找你，隨隨便便派一個人來通知一聲，你就立刻去了。」
朱停道：「那只不過因爲我知道，我若有事找他，他也會來的。」
老闆娘道：「來了也不打招呼，不說話？」
朱停道：「來不來是一回事，說不說話又是另外一回事了！」
老闆娘嘆了口氣，道：「像你們這樣的朋友，天下只怕還找不出第二對來。」
朱停放下手裡的三角架，凝視著她，忽然道：「我已經決定留在這裡了。」
老闆娘道：「我知道。」
朱停道：「你能夠在這種地方耽下去？」
老闆娘道：「只要你能耽得下去，我就能。」
朱停道：「你若不想耽在這裡，我也不怪你。」
老闆娘瞪眼道：「你想趕我走，好讓那小狐狸精陪著你？」
朱停笑了，道：「你幾時變得會吃醋的？」
老闆娘道：「剛才。」
朱停道：「剛才？」
老闆娘道：「剛才那小狐狸精偷偷的在跟你說什麼？」
朱停微笑道：「說的當然是個秘密。」
老闆娘又瞪起了眼，道：「什麼秘密？」
朱停悠然道：「我以後會告訴你的，現在……現在你已經可以送他了。」

老闆娘道：「不去。」

朱停道：「為什麼？」

老闆娘咬著嘴唇，說道：「從今天起，我要開始寸步不離的盯著你，無論什麼地方我都不去，因為——」

朱停道：「因為什麼？」

老闆娘看著他，美麗的眼睛裡充滿了愛情，柔聲道：「因為現在我才知道你是個了不起的男人，我怕別人搶走你！」

陸小鳳遠遠的看著他們，忽然嘆了口氣，道：「看來他們的危機已過去了。」

花滿樓道：「他們有什麼危機？」

陸小鳳道：「這兩年來，老闆娘好像對老闆有點失望，我總擔心他們會變成一對怨偶。」

花滿樓道：「老闆娘是不是覺得老闆太懶、太沒有用？」

陸小鳳笑道：「但現在她總該知道，她的丈夫是個多麼了不起的天才了。」

花滿樓承認：「若不是老闆，我們說不定真要被困死在這裡。」

每個女人都希望自己能為自己的丈夫覺得驕傲的。

陸小鳳又嘆了口氣，道：「別的我倒不怕，但挨餓的滋味，看來好像是真的很難忍受。」

他正看著籠子裡的霍休，霍休卻瞪大了眼睛，看著籠子外的上官雪兒。

雪兒的手裡拿著根香腸和兩個餅，正在和霍休嘀嘀咕咕的說著話，也不知她在說些什麼。

霍休已經氣得臉紅脖子粗了，忽然跳起來，用力去撞那籠子。他當然撞不開，這籠子本就是他特地打造的，誰也撞不開。

雪兒在外面冷冷的看著他，好像已要走了，霍休卻又留住她，兩個人又說了幾句話，霍休忽然長長嘆了口氣，在一張紙上畫了個花押，用這張紙，換了雪兒的香腸和餅，立刻就坐在地上，狼吞虎咽的吃起來。

花滿樓忽然問道：「他還是寧死也不肯說出他將那筆珠寶藏到哪裡去了？」

陸小鳳道：「他不怕死。」

花滿樓苦笑道：「他真的認爲窮比死還可怕？」

陸小鳳笑道：「但現在他也許已發現還有件事比窮更可怕了！」

花滿樓道：「餓？」

陸小鳳還沒有說話，雪兒已跳躍著奔了上來，眼睛裡發著光，笑道：「我已將那根香腸和兩個餅賣給他了，你們猜我賣了多少銀子？」他們猜不出。

雪兒揮舞著手裡的那張紙，道：「我賣了五萬兩，整整五萬兩，我隨時都可以用他親手寫的那張紙條，到他的銀號裡去提銀子的。」

陸小鳳忍不住笑道：「你的心倒黑。」

花滿樓笑道：「天下只怕再也找不出更貴的香腸來了。」

雪兒道：「所以那老狐狸簡直氣得要發瘋，可惜卻又非買不可。」

花滿樓嘆道：「挨餓的滋味看來的確不好受。」

陸小鳳道：「你難道準備把他的家當全敲光？」

雪兒道：「那些財產本就是我們的，莫忘記我也姓上官。」

陸小鳳笑道：「你就算每天敲他五萬兩銀了，一年之內，只怕也敲不光他的。」

雪兒道：「那麼我就在這裡敲他三年，敲光爲止，反正有人在這裡陪我。」

陸小鳳道：「老闆真的已決定留在這裡麼？」

雪兒點點頭，臉上忽然露出種很神秘的微笑，道：「他跟老闆娘說，他要留在這裡，是爲了要用這地方製造幾樣驚人的東西來，其實我知道他是爲什麼要留下來的。」

陸小鳳道：「是爲什麼？」

雪兒眨著眼，笑得更神秘，道：「那是個秘密。」

陸小鳳道：「什麼秘密？」

雪兒道：「既然是秘密，怎麼能告訴你？」

陸小鳳盯著她看了半天，忽又笑了笑，道：「你的秘密我本就不想知道，我只不過有點擔心。」

雪兒道：「擔心什麼？」

陸小鳳道：「你用這張紙條去提銀子時，別人若是要追問這紙條的來歷呢？」

雪兒道：「絕不會有人問的。」

陸小鳳道：「哦？」

雪兒笑道：「莫忘記他本就是個神秘而古怪的老頭子，連他最親信的部下，都一向不知道他的行蹤，他本就一直是用這種法子辦事的。」

陸小鳳嘆了口氣，道：「看來這好像又是他自己在自作自受。」

雪兒笑道：「一點也不錯，若不是他自己造成這種結果，我想要敲他的銀子，還真不容易。」

一個人的命運如何，本就是他自己造成的，所以，真正勤勉的人，總是會有很好的運氣。

陸小鳳微笑著站起來，道：「那麼你就在這裡慢慢的敲吧，最好能順便替我敲他幾罈好酒。」

雪兒凝視著他，道：「你……你現在就要走？」

陸小鳳道：「我若在這種地方耽上三天，不被悶死才怪。」

雪兒道：「我那個秘密你也不想問了？」

陸小鳳道：「不想。」

雪兒眼珠子轉了轉，忽又笑道：「其實我告訴你也沒有關係，你反正遲早總會知道的。」

陸小鳳也不反對。

雪兒道：「他留在這裡，只因爲我愛上了他，他也愛上了我。」

陸小鳳笑了。

雪兒淡淡道：「我知道你不信的，但等我嫁給他時，你就不能不信了。」

陸小鳳忍不住道：「你要嫁給他，老闆娘呢？」

雪兒悠然道：「老闆並不一定只能有一個老闆娘的，你能有四條眉毛，老闆爲什麼不能有兩個老闆娘？」

山坡在夕陽下，陸小鳳走在山坡上。他一聲也不響，已走了半天，忽然道：「那小狐狸一定又是在說謊。」

花滿樓道：「嗯！」

陸小鳳道：「老闆又沒有瘋，怎麼會娶她這種小鬼作小老闆娘？」

花滿樓道：「當然不會。」

陸小鳳又閉著嘴走了段路，忽然道：「但老闆卻是個混蛋，時常都會發瘋的。」

花滿樓道：「小老闆娘也通常都是小狐狸精。」

陸小鳳道：「所以你最好趕快回去勸勸那混蛋，叫他千萬不能做這種混蛋事。」

花滿樓道：「你自己爲什麼不去？」

陸小鳳道：「你知道我不跟他說話的。」

花滿樓道：「假如根本沒有這回事呢？老闆豈非要認爲我們是兩個瘋子？」

陸小鳳道：「偶爾做一次瘋子又何妨？」

花滿樓嘆了一口氣，道：「看來無論誰跟你交朋友，遲早總會被你傳染上一點瘋病的。」

但他去了，他沒法子不去。

陸小鳳就像是個傻瓜一樣，坐在路旁邊等著，幸好這條山路很偏僻，除了一個摘野菜的老太婆外，就沒有別的人經過，他並沒有等多久，花滿樓就回來了。

陸小鳳立刻問道：「怎麼樣？」

花滿樓板著臉，道：「你是個瘋子，我也是。」

陸小鳳道：「根本沒有那回事？」

花滿樓道：「他們的確有個秘密，老闆已收了雪兒做乾女兒。」

陸小鳳怔住。

花滿樓又嘆了口氣，苦笑道：「你明明知道那小鬼在說謊，爲什麼偏偏還要上她的當呢？」

陸小鳳也嘆了口氣，苦笑道：「因爲我不但是個混蛋，而且是個笨蛋。」

抬起頭，忽然看見雪兒連跑帶跳的趕了過來，她喘著氣問道：「你們剛才有沒有看見一個人走過去？」

陸小鳳道：「只有個摘野菜的老太婆。」

雪兒跳起來，道：「這個老太婆一定就是我姐姐。」

陸小鳳道：「你姐姐？上官飛燕？」

雪兒點點頭，眼睛裡發著光，道：「我現在才發現她並沒有死，她本來就很會裝死，剛才你們走了，我到下面去……」

陸小鳳不等她說完，忽然扭頭就走，而且還拉著花滿樓一起走：「這次無論你說什麼，我都不上當了，我根本連聽都不聽。」

看來他的確已下了決心，他走得真快。

雪兒癡癡的看著他們走遠，才輕輕嘆了口氣，喃喃道：「爲什麼我說真話的時候，別人反而偏偏不信呢……」

《金鵬王朝》完，相關情節請續看《繡花大盜》

陸小鳳傳奇（一）金鵬王朝

作者：古龍
發行人：陳曉林
出版所：風雲時代出版股份有限公司
地址：10576台北市民生東路五段178號7樓之3
電話：(02) 2756-0949　傳真：(02) 2765-3799
封面原圖：明人出警圖（原圖為國立故宮博物館典藏）
封面影像處理：風雲編輯小組
執行主編：劉宇青
業務總監：張瑋鳳
出版日期：古龍珍藏限量紀念版2024年8月
ISBN：978-626-7464-32-8

風雲書網：http://www.eastbooks.com.tw
官方部落格：http://eastbooks.pixnet.net/blog
Facebook：http://www.facebook.com/h7560949
E-mail：h7560949@ms15.hinet.net
劃撥帳號：12043291
戶名：風雲時代出版股份有限公司

風雲發行所：33373桃園市龜山區公西村2鄰復興街304巷96號
電話：(03) 318-1378　傳真：(03) 318-1378
法律顧問：永然法律事務所 李永然律師
　　　　　北辰著作權事務所 蕭雄淋律師

行政院新聞局局版台業字第3595號 營利事業統一編號22759935

定價：340元　

國家圖書館出版品預行編目資料

陸小鳳傳奇. 一，金鵬王朝／古龍 著. -- 三版.--
臺北市：風雲時代出版股份有限公司，2024.07
面；公分.（陸小鳳傳奇系列）古龍珍藏限量紀念版
ISBN 978-626-7464-32-8（平裝）

857.9　113007026